파라다이스
가든

Paradise
GARDEN

2006 오늘의 작가상 수상작

파라다이스 가든

권기태 장편소설

Paradise GARDEN

2

민음사

CONTENTS

제 5 부 빗물의 왕관

빗물의 왕관

··55

　도연명이 마흔한 살에 관복을 벗고 은거한 곳은 강서성 구강현 남쪽의 '시상(柴桑)'이라는 곳이다. 섭나무와 뽕나무가 많아서 붙여진 이름이다. 그는 곡괭이를 다시 쥔 지 열흘 만에 초가집 앞에 버드나무 다섯 그루를 심었다. 사람들이 그를 '오류(五柳) 선생'이라 불렀던 이유다.

　내가 시상 마을과 그 남쪽으로 보이는 여산(廬山) 골짜기의, 이른바 '여산 무릉도원'에 찾아간 것은 친구 진태호와 호남성 무릉의 도화원에 들른 다음 해다. 초봄에 흰 양복의 훤칠한 중국 사업가 한 사람이 영월의 우리 수목원에 찾아와서는 여산 무릉도원에 있다면서 큰 거울을 두 개씩이나 선물해 왔다. 수목원의 성명한은 대외사업에 관심이 컸는데, 몇 해 전부터 그와 이메일을 주고받다가 초청했다는 것이다. 흰 양복이 있다는 '무릉도원'은 명함에 'The Chinese Arcadia : The Happy Valley'라고 쓰여 있었다.

그는 도화관에서 북쪽으로 당단풍과 삼엽송이 심긴 숲길을 따라가다 보면 나오는 절벽 앞에 서더니, 저기 새겨진 그림이 뭐냐고 물었다. 나는 "미륵불."이라고 말해 주었다.

"아니, 저기엔 국화를 손에 든 도연명을 새겨 넣어야 하는데. 밑엔 복숭아들이 있고."

"뭐, 지금이라도 그렇게 할 수 있습니다. 아직 깊게 판 건 아니니까요."

성명한의 진지하고 선량한 얼굴이 흰 양복의 비위를 맞추려는 듯 희미한 웃음을 지었다. 나는 성명한이 몇 해 전 그런 그림을 새겨 넣어야 한다고 말했던 걸 얼핏 떠올렸다. 흰 양복은 손을 말아 쥐며 말했다.

"우린, '무릉도원 체인' 오래 준비해 왔습니다. 올해부터 본격적으로 공작을 합니다. 그러려면 '원판 무릉도원'하고 똑같은 스타일로 각지의 무릉도원을 세팅해야 됩니다."

내가 물었다.

"뭐로 사람들을 끌어 모읍니까? 이 깊은 산골짜기에."

"그러니까, 더더욱 세팅을 잘해야 합니다. 일단 관광으로 끌어 모으지만, 역시 성장동력은 가공할 주류(酒類)사업에 있습니다. 중국에서 술을 소재로 쓴 시의 비율이 가장 높은 시인이 누군 줄 아십니까?"

"그야 이백 아니오?"

"천만의 말씀! 이백은 16퍼센트 수준에 그치고 있습니다. 바로 도연명, 도잠 선생이 되겠습니다. 자그마치 45퍼센트, 더블 스코어도 넘습니다. 「음주」라는 시도 있습니다."

나는 일언지하에 이 사업을 그만두라고 말하고 싶었다. 하지만 성명한이 아주 진지하게 이 일을 검토해 왔다는 게 차츰 드러나자, 쉽게 잘라낼 수가 없었다. 그는 수목원의 일꾼이었다. 개간이며, 조림이며, 벌채며, 조경수들을 내다 파는 일까지 그가 가장 뛰어났다. 누구나 다 잘 알고 있었다. 흰 양복은 여산 무릉도원으로 나와 그를 초청했다. 나는 아무래도 성명한의 고집에 밀릴 것 같아서 입장이 그와 좀 다른 형선호도 같이 가자고 했다.

내가 무슨 암시를 받았거나, 선입견을 가졌던 때문일까. 장사(長沙) 비행장에 내려 강서성 여산으로 갈수록 지난해 원판 무릉도원으로 갈 때와 느낌이 비슷했다. 시상 마을의 도연명 생가 앞에 심긴 다섯 그루 버드나무를 보고 나서부터 그런 생각이 들었다. 여산으로 가자 주위 민가와 숲에 안개가 자욱해지는 게 심상치 않았다. 근처의 망망한 포양호(湖) 때문에 자주 생겨난다는 것이었다. 지난해 갔던 무릉도원도 동정호 때문에 자주 안개에 휩싸인다는 말을 들었던 게 기억났다.

실제 지프로 여산 무릉도원에 들어서자 지난해 본 것하고 똑같은 골짜기에 왔다는 느낌이 확신처럼 다가왔다. 거기처럼

'도화원(桃花源)'이라고 쓰인 패루(牌樓)가 새로 낸 출입구 옆에 서 있었다. 진나라 때 살았다는 진(秦)씨, 고(高)씨, 언(鄢)씨 대소가의 아홉 채 가옥 역시 대나무로 조성돼 있었고, 바닥의 대나무 회랑이 집과 집 사이를 이어놓고 있는 것도 마찬가지였다. 연꽃을 띄운 못 위에 신선들이 만난다는 우선교(遇仙橋)가 있는 것도, 돌들이 맞물리는 아귀를 따라 가늘게 회칠을 해놓은 석축들이 서 있는 것도, 돌계단이 그 사이로 죽 올라가 있는 것도 똑같았다.

나는 그때 갈색 얼룩이 유난히 짙은 다람쥐 한 쌍이 끝도 없이 이어진 상수리나무 가지들을 타고 앞서거니 뒤서거니 어두운 숲의 저편으로 자그맣게 사라지는 모습을 계단에서 바라봤다. 내 바로 앞에는 기우뚱한 동심원 속에 사방으로 뻗은 선들이 있는 커다란 거미집이 군데군데 반짝이면서 천천히 흔들렸다. 나는 그 거미집을 통해 다람쥐들을 본 것인데, 이런 상황을 어디선가 이미 겪은 듯한 기시감(旣視感)이 들었다. 그게 바로 지난해 무릉도원에서 본 것이라는 생각이 들자, 나는 섬뜩해졌다가 이내 어이가 없어졌다.

"이거 뭐, 저번에 본 무릉도원하고 똑같네. 서 있는 자리뿐 아니라 생김새나 분위기까지 같아."

내가 그만큼 얼이 빠지게 된 데에는 거기 골짜기의 음산하다고까지 해야 할 정도의 그윽하고 고요한, 어떤 분위기가 더해진 것 때문이었다. 깊은 숲과 높은 절벽이 어우러진 여산은 중국 은자(隱者)의 산이라고 불린다. 흰 양복이 자신감이 감도는 얼굴로 말했다.

"진짜가 따로 있는 게 아닙니다. 하나나 둘이 똑같으면 그만큼, 열이나 스물이 똑같으면 또 그만큼 진짜가 되는 겁니다. 백이 똑같으면, 그건 가짜가 아니라 바로 진짜가 된 거지요."

나는 들은 게 있어서 그를 밀어내듯이 물어보았다.

"그럼 진짜 무릉도원에만 산다는 것들도 여기 있는 거요? 각이 진 네모난 대나무(方竹)나, 속이 비어 있다는 공심(空心) 삼나무, 입이 앵무새 같고 등에 수염이 난 누런 거북(黃色龜) 말이오. 그런 건 원래 도화원 바깥으로 나가면 도로 둥글어지거나, 죽어버린다던데."

"하하, 어르신, 그런 건 걱정하지 마십시오. 아까 그 고씨 초가 짓는 데 쓰인 게 모두 방죽이었는데. 마당에도 있었고. 잘 못 보셨군요. 황색구는 우선교 아래서 헤엄치고 있고, 공심 삼나무는 저 아래서 보여드리지요."

"그런 걸 모두 어떻게 해냈단 말이오?"

"하하, 기업 비밀입니다, 어르신. 요즘은 그런 걸 다 만들어 내는 산업이 있으니까요. 원하시면 영월의 무릉도원에다가도 이렇게 해드리지요."

어두워지자 우리는 여산 무릉도원 사무실 옆방으로 돌아와서 의견들을 내놓았다. 형선호는 다소 열을 받은 것 같았다.

"이거 완전 짝퉁 무릉도원 아냐? 아까 그 흰 양복의 오메가하고, 부인의 루이뷔통도 이상했어."

성명한이 속삭이는 목소리로, 그러나 어조는 단호하게 말했다.

"너무 비하하지 마. 이건 짝퉁이 아니라 무릉도원 체인이야. 어쩌면 우리 수목원의 숨통이 확 트일지도 몰라. 수지가 대번에 좋아질 거야."

"무릉가든, 도원온천, 무릉건설, 도원 펜션……. 우리가 뭐, 그렇게 되자는 건가. 나는 속 빤한 돈벌이도 싫지만, 더더구나 뭘 복제해서 들여온다는 게 정말 싫어."

"복제하면 어때? 다들 무릉도원 체인에 들고 싶어 안달인데."

"복제하면 그게 무릉도원이 되는 건가?"

"아까 못 봤어? 김산 선생님도 똑같다고 하셨잖아?"

"그래, 예를 들어볼까. 나를 복제하면 정말 나를 그대로 만들어낸 건가. 내 인연까지 만들어낸 건가. 한 사람의 전생과 내세, 그러니까 모든 윤회의 내력까지도 모두 복제한 건가. 무릉도원에는 무엇보다 전쟁으로 피란에 나선 그 옛날 고씨들의 좌절과 헤맴이 담겨 있어. 사람들은 그런 걸 듣고 고씨들의 안식을 자기 일처럼 생각한다고. 그런데 이런 무릉도원 체인이 그런 걸 갖고 있나?"

"우리 실용적으로 생각하자. 아까 말 못 들었니? 100퍼센트 똑같으면 진짜가 된 거라고."

"번지르르하게 겉만 100퍼센트 똑같으면 뭐하나, 이 말이야. 여기 사람들은 방죽이나 공심삼나무, 황색구를 만들어내서 무릉도원의 '자손'들까지, 무릉도원의 '내세'까지 찍어낼

수 있다는 기세야. 그게 정말 가능하나? 사람들이 정말 호응할
까? 너는 정말 거기 동참하고 싶어?"

"우리 지금 얼마나 빠듯하게 사냐? 너나 나나 아이들도 있
잖냐. 정말 실용적으로 생각하자. 우리가 그렇다고 무슨 사기
를 치자는 게 아니잖아. 수목원도 차츰 진화시켜 가야지."

우리가 그러는 사이 바깥에는 차량들이 몰려들고 소란스러워
지더니 전조등을 환하게 켜놓고 있었다. 옆 사무실로 누군가
여러 명 몰려들었는데 고함을 치기 시작했다. 자세히 들어보니
호남성 무릉의 도화원에서 이런 사업을 하는 사내들이었다.

"아니, 체인을 확장하려면 본산(本山)인 우리 인가를 받아야
지! 왜 턱없이 당신네들이 나서는 거야! 광주(廣州)와 베트남,
태국에는 누구 맘대로 지점을 내준 거야!"

흰 양복이 맞고함 쳤다.

"무슨 소리하시오! 본산은 우리요! 우리! 중국 산업특허청
에 등록을 한 데가 어디요? 당신네요? 바로 우리요! 우리가 우
리 맘대로 체인을 만들었는데. 누가 뭐라고 한단 말이오! 그리
고 감히 본산을 참칭하지 마시오. 우리 따라 이것저것 손보느
라고 허겁지겁하는 걸 잘 알고 있소. 그러지 말고, 지금이라도
우리와 발을 맞춘다면 그대들을 2호점으로 인정해 주겠소!"

이런 식의 싸움이 계속되자 우리는 하냥 기다릴 수만은 없었
다. 총경리를 따로 불러 숙소로 나가게 해달라고 부탁했다. 우
리는 사무실을 슬그머니 가로질러 엘리베이터에 올라탔다. 거

기 양쪽 벽에 걸린 큰 거울 두 개가 보였다. 흰 양복이 우리한 테 준 선물과 똑같은 것이었다. 곧이어 아직까지 목청을 높이고 있는 흰 양복과 호남성 도화원 사장이 엘리베이터로 들어왔는데, 왼쪽 거울 속으로 두 사람의 모습이 끝없이 만들어지면서 안으로 들어가고 있었다. 오른쪽 거울도 마찬가지였다.

워낙 많은 차들이 몰려와 시위하는 바람에 우리는 정문으로 나가지 못했다. 대신 경내의 저 뒤편으로 들어가 동굴이 나 있는 후문으로 나가게 됐다. 오십 대의 총경리는 랜턴을 들고 우리 셋을 동굴 끄트머리까지 바래다줬다. 그는 굴 끄트머리에 폐쇄된 나무 문의 자물쇠를 풀더니 힘껏 밀어서 길을 열어줬다. 내가 말했다.

"이것도 호남성 도화원하고 똑같군. 정말 같은 거푸집에 찍어낸 것 같네."

그가 말했다.

"그럼요. 저기 저것도 보세요. 똑같아요."

그가 랜턴을 비춘 것을 보자 '진인고동(秦人古洞)'이라고 붉게 새긴 큰 돌과 껍질이 호랑이 가죽처럼 두껍고 얼룩진 소나무가 서 있었다. 그는 말을 이었다.

"우린 세상 곳곳에 무릉도원을 만들 겁니다. 우리가 애쓰면 애쓸수록 더 많은 사람들이 행복을 맛볼 거니까요."

우리를 비추던 불빛이 뒤로 물러나면서 동굴의 나무 문이 천천히 닫혔다.

··56

지프 바퀴가 길가의 가녀린 풀들을 밟으며 천천히 나가고 있는 느낌이 전해져 왔다. 신수호는 손이 묶이고 눈이 가려진 채 뒷좌석에 앉아 있었다. 짐칸에는 그를 납치한 사내들이 사냥한 노루와 수달, 고라니가 실려 있었다.

차가 멎자 쑤욱→ 하고 슬라이딩 도어 미끄러지는 소리, 신수호의 눈을 가렸던 청 테이프가 치익— 하고 살갗에서 떨어져 나갔다. 피부가 끌려 올라가고 눈썹이 서넛 뜯겨지는 불쾌한 느낌. 하루, 아니 이틀 만인가. 하도 오랜만에 눈을 떠 앞이 보이지 않았다. 환하게 눈이 부시더니 곧이어 맥이 풀리면서 시야는 먹물을 뿌린 것처럼 캄캄하고 아득해져갔다.

"어이, 아저씨, 저쪽으로 가! 비틀대지 말고!"

사내들 중의 하나가 소리쳤다. 신수호는 서서히 시야가 돌아왔는데 주위는 온통 옥수수 밭이었고 농로 하나가 나 있었다. 농로를 따라 한참 가자 날렵한 조릿대(山竹)들이 둘러선 외딴 집이 나타났다. 기와처럼 생긴 시커먼 나무토막들과 굵은 돌덩이들을 올려서 지붕으로 만들고, 벽은 통나무와 널로 댄 너와집이었다.

퍽, 퍽, 퍽, 퍽!

신수호가 마당에 들어서고 얼마 안 되어 갑자기 새들이 하늘에서 우박 비처럼 울 안으로 떨어져 내렸다. 울 밖까지 합하면 1분도 안 되는 사이에 그렇게 떨어진 새들이 20마리, 아니

30마리는 되는 것 같았다. 올려다보자, 새들은 하늘의 무슨 천장 같은 데라도 부딪힌 것 같았다. 갑자기 날갯짓을 정지하고 고도가 뚝 떨어지더니 기력을 잃은 채 단숨에 수직 추락하고 있었다. 저기 옥수수 밭들과 조릿대와 마당과 너와지붕으로 퍽! 퍽! 땅을 패버릴 듯이 떨어져 내렸다. 밤색의 작은 새들은 처마에 부딪혀 피를 토하면서 신수호의 발 앞에도 내리찍듯이 떨어져 내렸다.

도무지 현실이 아닌 것 같은 난데없는 일까지 벌어지자 신수호는 그제부터 자기가 겪어온 일들이 송두리째 백일몽이나 신기루 같은 것이라는 착각에 빠져들었다. 그가 정신을 바짝 차리고 헛기침을 하면서 목청을 돋우고 나면, 자기는 조치원 역 앞의 가건물 앞에 다시 서 있게 될 거라는 기대가 하릴없이 일었다. 그가 바로 이틀 전까지 신사 양복 1만 원 떨이를 하던 그 가건물 앞에.

하지만 그를 납치한 사내들의 목소리는 분명하고, 현실감을 띠고 있었다.

"나, 원, 참, 염병하네."

사내 하나가 눈을 치떠서 하늘을 올려다봤다.

"방울새야!"

"참새도 있어."

"왜 저래? 말세인가?"

"뭘 좀 집단으로 잘못 먹은 것 같아."

"그래, 썩은 것으로. 농약이나."

5.5구경 공기총을 어깨에 멘 사내가 말했다.

"쏠 필요도 없어. 그냥 주워오면 되겠어."

사내 하나가 신수호의 손발을 묶은 채 텅 빈 농막 안에 앉혀 놓았다. 왼쪽 팔목에 야자수 한 그루가 있는 무인도 문신을 파랗게 염색해 놓은 사내였다. 사냥을 떠나면서 "며칠 가나 보자."고 말했다. 신수호는 여전히 고개를 저었다. 도원수목원의 상속 문제에 대해서 모른다는 뜻이었다.

야자수 문신은 장대와 그물을 든 사내들을 데리고 나가 저수지와 참나무 숲에서 새들을 산 채로 잡아왔다. 그러고는 농막 안에 풀어 넣었다.

파다다닥—! 파다다닥—!

그가 들고 온 포대에서 쏟아져 나온 새들은 신수호가 갇혀 있는 비좁은 방 안을 한 바퀴 선회하고는 저마다 자리를 잡고 앉아 탁! 탁! 탁! 크게 서너 번씩 홰를 쳤다. 깃털들이 분분하게 날렸다. 신수호의 눈에 얼른 띄는 것은 붉은 부리에 황색 몸을 한 호반새와 검은 부리에 하늘색 몸을 한 물총새였다. 흔치 않은 새인데, 어디서 잡아왔을까. 두 마리가 번갈아 가며 파다다닥, 날아오르면 붉은색과 푸른색의 궤적이 잔상처럼 눈에 남았다. 그러고는 통통하고 아담한 동고비와 황색 배를 한 곤줄박이, 검은 머리의 박새들이 있었다. 그는 새들을 이렇게 가까이서 본 적은 없었지만 견딜 만하다고 생각했다. 새들이 예쁘다고 생각했기 때문이었다.

하지만 집 안이 갑자기 좁아지는 느낌이었다. 게다가 호반 새가 쪼르르르, 쪼르르르 울면서 그의 어깨 위로 날아오르자 그는 움찔했다. 자세히 보자 포대 속에 갇혀서 얼마나 용을 썼는지 새의 눈들이 새빨갛게 변해 있었다. 물총새도, 곤줄박이도. 열두어 마리가 되는 새들이 두 마리 중에 한 마리 꼴로 붉은 눈이 되어 그를 노려보고 있었다. 신수호는 갑자기 새들이 무서워졌다.

성림건설이 수목원을 사들이는 일에 직접 나서면 보상금 단위가 터무니없이 높아질 수 있었다. 그래서 간부 중 하나가 이번 일을 야자수 문신에게 완전히 맡겼다. 그는 서울에 흔한 무슨 부동산 개발의 사장 가운데 하나였다. 그 자신이 신수호에게 적당히 알려주기로는 그랬다. 그는 그동안 성림건설이 지을 아파트 부지에서 끝까지 버티는 철거민들을 몰아내는 일들을 해주고 돈을 받아왔다. 앵글, 쇠꼬챙이, 못 박힌 각목, 식칼까지 확확— 휘두르는 험하고 피비린내 나는 일이었다. 지난해 겨울부터는 철거민들이 화염병까지 내던졌다.

애초에 야자수 문신은 식구가 여럿 달린 나이트클럽 주먹으로 시작했다가 철거민들을 상대하는 길로 전업을 했다. 1990년 노태우 정권이 내건 '범죄와의 전쟁' 시절에 교도소에 갔다 오면서 나와바리를 잃어버리게 됐다는 것이다. 선거철마다 신한국당을 위해서 목숨을 걸었던 우리들의 밥그릇이 신한국당의 철퇴에 쪼개지다니!

울분을 달래면서 살던 그는 지난해 성남에서 철거민 몰아내는 일을 지휘하다가 무릎이 깨지고 구두와 바지에 불이 붙은 채 달아나면서 '이번이 마지막'이라고 결심했다. 그는 좀 더 근사한 일을 해보고 싶어 '부동산 개발'의 간판을 내걸었지만 환란이 닥쳐오고 불황이 워낙 심각해지자 더러운 일들에 다시 간여할 수밖에 없었다.

"자, 이런 이야기 들으니까, 재밌냐?"

야자수 문신이 신수호의 턱을 쳐올리면서 물었다.

"그러니까, 빨리 협조를 해, 응?"

사내들이 이틀째 다시 너와집 안에 새들이 담긴 포대 자루를 털어놓고 가자 신수호는 완전히 새들에 둘러싸인 것 같았다. 서른 마리는 족히 돼 보이는 새들이 앞 다투어 날개를 털어 대자 숨이 막힐 것 같았다.

사내들 가운데 가장 허우대가 좋은 치가 들어와 좁쌀을 방 안에 뿌려주었다. 키가 보통 사람보다 한 뼘쯤은 크고 5.5구경 공기총을 메고 다니는 이였다. 새들은 모이를 쪼느라 미친 듯이 푸드덕거렸다. 9월로 들어섰지만 아직도 낮이 되면 화덕 속에라도 든 것처럼 기온이 올라갔다. 거기다가 여기저기 새들이 싸놓은 똥에서부터 역겨운 황화수소 냄새가 퍼지기 시작하자 신수호는 욕지기가 올라오는 것 같았다.

신수호는 수목원에서 살다가 3년 전에 야반도주하듯 빠져

나온 사람이었다. 그를 끌고 온 사내들의 패거리는 수목원과 관련된 토지등기부등본이며 임야대장, 임야도, 김산의 호적등본, 주민등록등본을 빼내서 소유관계를 낱낱이 살펴본 모양이었다. 재산세 납부 내역을 알 수 있으면 김산이 가지고 있던 땅들을 모조리 알아낼 수 있는데 그게 안 된다고 투덜거리기도 했다.

수목원에 살던 시절 신수호도 그런 일을 한 적이 있었다. 수목원은 조림업을 하는 유한회사로 등기가 돼 있었다. 김산은 수목원의 창설자이자 사실상의 소유자였지만 법적으로는 다른 회원들과 함께 수목원을 공동소유하고 있는 출자자의 하나로 등기돼 있었다. 회원들과 주인의식을 나눠 갖기 위한 것이었다.

송순철은 당시 수목원의 운영 간사였는데 음흉한 사람이었다. 김산의 건강이 나빠지자 그는 수목원을 탈취할 흉계를 꾸몄다. 일단 유한회사를 증자시켜 김산의 지분을 턱없이 줄어들게 할 음모를 꾸몄다. 수목원 운영 방향에 대해 불만이 많았던 신수호도 몰래 가담했다. 그러나 새로 수목원에 들어온 강신영과 조성일이 송순철의 음모를 눈치 채고 험한 몸싸움까지 벌여가며 그를 쫓아내 버렸다. 신수호는 그제야 정신을 차렸다. 그런 식으로 과반 지분을 확보한다고 해봤자 수목원에서 진정한 지지를 얻을 수도 없을 거라는 걸 알고는 공개 사과하고 뉘우치는 입장이 돼버렸다.

사내들이 처음에 궁금해했던 것은 흩어져 있던 유한회사 지분이 어떻게 다시 김산한테 모아졌는가 하는 점이었다. 그 일이 있고 난 후 수목원의 회원들이 아마 자발적으로 지분을 김산 선생님한테 돌려줬으리라. 신수호는 거기까지만 대답했다.

"흐읍…… 구역질이 날 것 같네……."

앉아 있던 신수호가 황화수소 냄새를 견디다 못해 얼굴을 찡그렸다.

"그러니까 탁 털어놓으면 될 거 아냐…… 응? 김성효! 응? 김성효가 어딨냐고."

김성효는 김산의 아들이었다.

"정말 저도 모릅니다……. 이제 제발 그만하세요……."

신수호의 눈높이에 맞춰 쪼그리고 앉아 있던 5.5구경 공기총이 손에 움켜쥐었던 좁쌀을 휘휘 뿌려줬다. 그의 큰 손을 향해 시커먼 까치들과 참새들, 곤줄박이와 박새, 동고비가 날개를 탁탁, 털면서 미친 듯이 날아들었다.

"다 알고 왔는데, 이거 왜 이러나. 김성효하고 제일 친하게 지내신 분이!"

5.5구경 공기총이 좁쌀들을 신수호의 정수리에서 아래로 흘려보냈다. 미세한 가루들이 신수호의 얼굴 아래로 번지자 눈이 간지럽고, 쿨룩, 기침이 나왔다. 좁쌀이 떨어진 그의 맨발로 새들이 몰려들어 톡톡톡톡, 쪼기 시작했다. 살갗을 조심스럽게 건드리는 부리들이 있는가 하면, 나무껍질에 구멍을 파내는 힘으로 그야말로 찍어대는 부리도 있었다. 어어억! 신수

호는 기진맥진해 있는 상태였지만, 발가락들이 금세 오므라들었다. 깜짝 놀라면서 발을 구르다가 무릎을 접고 발을 뒤로 뺐다. 새들이 다른 살까지 쪼아 먹으면 어떡하나. 그 생각이 벌써 그를 파먹고 있었다. 눈동자를 움직이지 않는 5.5구경 공기총이 낮고 무표정하게 말했다.

"아저씨! 사람이 죽고 반년이 지나도 상속등기를 안 하면 가산세가 무지무지하게 붙어! 그런데 그게 쉽지가 않은 일이라서 빨리 준비를 해야 돼. 벌써 죽은 지 한 달이 지났어. 우리가 그 세금 피하게끔! 성효인지, 불효인지 만나게만 해달라는데 그게 그렇게 잘못이야? 응? 그렇게 잘못이야! 어디 있어?"

5.5구경 공기총의 입속에서 뭔가가 잠깐 반짝거렸다. 금니 같았다.

"수목원에 있겠지요."

"아저씨, 수목원에 없으니까, 이러고 있지."

"그럼, 저도 모른다니까요. 제가 수목원에 사는 사람입니까? 저도 알면 가르쳐드리지요. 모르는 걸 어떡합니까."

신수호는 덜덜덜덜 떨면서 말했다. 그는 사내들이 혹시라도 자기가 거짓말하고 있다고 오인할까 봐 두려웠다.

"정 그러면 김성효는 우리가 찾아볼게. 그럼. 그럼, 말이야. 김성효가 왜 그렇게 수목원에서 인정을 못 받는 거지? 응? 왜 그런 거야? 자기 아버지가 세운 수목원 아냐? 사람이 부실한가? 뭐 잘못한 게 있나? 파(派)가 갈려 있는 거 아냐?"

신수호는 거기 관해서는 절대 말할 수 없었다. 자기 제어가 잘 안 되는 김성효는 김산 선생님의 너무나 큰 취약점이었다. 거기다 그는 쓸데없는 자존심이 있었고, 오기가 셌다. 가끔 도지는 도박 벽도 그의 숨겨진 약점이었다. 그가 수목원을 물려받으면 어떻게 될지 걱정스러울 정도였다. 수목원 비닐하우스에서 조용하게 분재를 만들다가도 서로 그렇게 이야기를 나누곤 했다.

"아저씨, 이렇게 계속 버티면 우리가 포기하고 풀어줄 줄 아는 모양인데. 여긴 10년 가야 사람 하나 안 와. 여긴 버려진 데라고. 우린 이대로 가버릴 거야! 알아? 응?"

5.5구경 공기총은 자기 팔 위에 앉은 후투티를 파타타탁, 날려 올렸다. 그러고는 밖으로 나가버렸다. 후투티는 신수호의 무릎 끝으로 내려와 앉더니 사타구니 사이의 걸상에 남은 좁쌀들을 쪼아 먹기 시작했다. 신수호는 고양이나 개가 가까이 오면 비명을 지르는 자기 아내가 지금 이렇게 당하고 있다면 아마 기절했을 거라고 생각했다. 후투티는 인디언의 머리 장식 같은 깃털들을 까닥까닥 움직이더니 새빨간 눈으로 신수호를 올려다봤다. 이제 모든 새들이 불타오르듯이 새빨간 눈동자였다. 내가 혹시 잘못 보고 있나? 아냐, 아냐. 저렇게 분명하게 빨간 눈으로 쳐다보고 있는데. 신수호는 두려움에 차서 발끝과 턱 끝을 달달달달 떨기 시작했다. 무릎이 주체할 수 없을 정도로 흔들리자 후투티가 요란하게 날개를 치면서 날아올랐다. 새들은 나를 커다란 여치나 자벌레쯤으로 보고 있는 게 아닐까. 아니면 줄에 묶인 거대한 민들레 씨나. 그는

비현실적이고 터무니없는 생각들을 도무지 떨궈내지 못하고 있었다.

하지만 그런 생각들은 조금씩 조금씩 현실이 되고 있었다. 파타타탁! 붉은 눈을 한 서너 마리의 까치들이 한꺼번에 머리와 어깨로 날아와 그를 쪼기 시작했다. 까치들은 고기 찌꺼기까지 먹는 잡식성 새였다. "야아— 야아—!" 그는 걸상에 묶인 채로 몸을 뒤흔들고 껑충 튀어 오르면서 새들을 향해 고함을 질렀다. 하지만 시커먼 까치들은 별로 놀라는 기색도 없이 파타타탁, 천장으로 날아올랐다가 창가에 앉아 다시 그를 노려봤다. 새들은 알고 있는 것 같았다. 그가 줄에 묶여 꼼짝 못한다는 걸.

신수호는 탈진해 가고 있었지만 사흘째 되는 날 해거름까지도 입을 열지 않았다. 하지만 사내들은 짓궂다고나 해야 할 만큼 아주 자신 있는 표정들을 지으면서 돌아왔다. 지프의 헤드라이트가 하얗게 마당을 비추고 있어서 창문이 환해졌다. 망막까지 환해지는 듯하더니 다음 순간 신호수는 공포와 분노, 복수심과 좌절감이 엇갈렸다. 이대로 있다가는 미칠 것만 같았다.

하지만 사내들은 자신만만하고 비정한 표정으로 포대에 든 새를 또다시 풀어줬다. 이번에는 매부리를 한 흑갈색 무늬의 하얗고 제법 큰 새였다.

삑삑! 삑삑—! 쪼륵! 쪼륵—! 휘익! 휘익!—

새로 온 새의 사나운 기세에 눌려 다른 새들이 순식간에 방 언저리로 달아났다.

"이봐! 우리 이제 갈 거야!"

"생각 있으면 지금 말해! 그게 좋을 거야."

신수호는 그들을 한 번 올려다볼 뿐 입을 악물고 있었다. 한 맺힌 것처럼 실핏줄이 빨갛게 드러난 눈동자였다.

사내들은 별다른 실망이나 보복의 기미도 없이 손전등 불빛과 함께 방 밖으로 사라졌다. 얼마 지나지 않아 올빼미가 큰 눈을 치켜떴다. 어둠 속에 나타난 빨갛고 동그란 눈동자는 살기(殺氣)에 찬 망자의 눈이나, 불잉걸이 이글거리는 숯처럼 보였다. 그 시선을 직시하자 신수호의 눈은 단숨에 파먹힐 것만 같았다. 창가와 벽 아래 가장자리로 몰려간 다른 새들은 숨을 죽인 채, 걸상에 앉은 그와 올빼미 사이를 응시하고 있었다.

올빼미는 고개를 조금도 움직이지 않으면서 양 날개를 천천히 추켜올렸다. 신수호의 머릿속은 새카만 공포로 가득 차버려 기억상실증에 걸린 것처럼 아무런 생각도 나지 않았다. 자기가 지금 호흡을 하고 있는지도 의심스러웠는데, 정말 저도 모르게 날숨을 멎고 있었다. 마당에 정지해 있던 헤드라이트 불빛이 농로 쪽으로 서서히 물러나려는 찰나에 신수호는 비명을 내지르기 시작했다. 도저히 사람이 낼 수 있을 것 같지 않은 목소리였다.

"아, 아— 아아— 악—!"

김성효는 조급해지는 느낌이었다. 차는 제 속도를 내지 못했다. 안개가 차창을 슬쩍 비볐다가 저편으로 가볍게 떠밀려 가곤 했다. 차가운 수증기라고 해야 하나. 안개가 물로 된 것임을 대뜸 알게 하는 짙은 흰색이었다. 차는 꼭 자기만 한 크기의 터널을 내면서 남서쪽으로 서행해 갔다.

뒷자리에 앉은 김성효의 옆에는 밀짚으로 짠 것 같은 둥근 플라스틱 바구니가 있었다. 하얀 골프공들이 가득해서 차가 멎거나 커브를 돌면 저희끼리 표면을 긁고 있었다. 그는 공 속에 손을 파묻고 한 움큼 움켜쥐었다가 빠드득, 소리를 내며 굴려보았다. 아까 비행기가 한참 동안 제주공항 상공을 선회할 때 내려다봤던 활주로의 안개보다 훨씬 짙고 두터웠다. 그땐 줄을 지은 유도등과 풍향 깃발, 잔디밭이 안개 사이사이로 눈에 다 들어왔었다. 생각해 보니, 그제 떠나올 때 봤던 수목원도 강변부터 골짜기까지 모두 안개에 싸여 있었다. 조수석에 앉은 '공장장'이 말했다.

"기계를 새 걸로 하나 샀으면 하는데. 이 길로 쭉 따라가다가."

포커 카드를 말하는 것이다. 두 눈과 미간이 백미러에 떠오른 공장장은 "아무 데나 들러서 말이야." 하고 덧붙였다. 뒷장에 뭔가 비밀 표지를 해놓은 마킹 카드를 피하려면 불시에 임의로 구입하는 게 서로 좋다. 차가 달려갈수록 대기 중의 작은 물 알갱이들이 차창에 송글송글 맺혀 아래로 굴러 내려왔다. 김성효는 무심한 듯 "여기서 처음 나오는 슈퍼로 하지." 대답하고는 옆 차창을 손바닥으로 소리 나게 문질렀다. 손이 금방 젖어서 무릎에 대고 닦았다. 공장장은 얼마 가지 않아 차를 세우라고 했다. 반대 차로 저 멀리에서 차량들이 안개의 한 부분을 노랗게 밝히면서 다가왔다. 그러다 주행 소음이 차창 옆에서 전해지는 바로 그 순간 차는 금세 안개 속으로 사라졌다. 아주 비현실적이었다. 공장장이 말했다.

"자, 사 오쇼."

제주도 남서쪽 산방산 부근의 호텔 6층 스위트룸이 오늘의 '하우스'였다. 섬세하게 조각해 놓은 티크 출입문 바깥에 '내부 수리 중'이라는 팻말을 달아놓은 게 특이했다. 거실로 들어서자 바다 안개 속에 크게 휜 해안의 호(弧)가 정면으로 내다보였다. 멀어져 간 호의 끄트머리 바다 절벽 아래에는 일본군들이 함선 대피용으로 파놓았다는 거대한 방공호의 입구가 희미하고 거무스레하게 내다보였다.

거실 한가운데의 테이블 주위에는 담배 연기들이 자욱했다. 와이셔츠를 들쳐 올려 개구리처럼 볼록 나온 배를 보여주는 사내가 있었다. 왼쪽에 살을 꿰맨 자국이 매직펜으로 칠한 것처럼 흉하게 남아 있었다. 사내는 판돈을 마련하려고 신장을 판 적이 있다고 말했다. 얼굴을 찡그리며 개구리 배를 쳐다보던 정 이사가 김성효를 알아본 듯이 손을 슬쩍 들어 보였다.

급전을 빌려주는 전주(錢主)답게 손목에는 오메가 시계가 금장을 빛내고 있었다.

판은 흔히 세븐 오디라고 부르는 세븐 오디너리 포커였다. 보드에 펴서 서로 볼 수 있게 하는 오픈 카드가 네 장, 감추어 두는 히든 카드가 세 장, 모두 일곱 장을 합하면 다양한 경우의 수가 나올 수 있어서 도대체 저쪽의 전체 '족보'가 뭔지 암산으로만 추정할 수 있을 뿐이었다.

게임 멤버들은 모두 모르는 사람이었다. 오늘로써 장소를 옮겨가며 일곱 번째 맞붙는 공장장만 제외하면 그랬다. 이렇게 안면 없는 이들끼리 맞붙을 때는 사기를 당할 위험이 있는 반면, 판을 쓸어버린 뒤에도 위로금을 줄 필요가 없었다. 지는 사람의 입장에서는 한 번 잃게 되면 전무(全無)로 가게 되는 게임이었다. 그래서인지 판의 분위기에는 살벌하고 비정한 데가 있었다. 안경에 갈색 컬러를 넣은 사내는 부도로 친구 공장이 넘어가는 걸 막으려고 내리 닷새째 이 판에 뛰어들고 있다고 했다. 피부가 거친 포커 페이스였다.

김성효는 이런 숨 막히는 분위기가 싫었다. 공장장이 1등이었고, 그는 2등을 하고 있었다. 자신 없는 게임에선 베팅을 하지 않고 중도에 죽어버리는 작전으로 나간 덕분이었다. 그의 운영 스타일에 슬슬 시비를 걸어오는 구찌가 나왔다.

"아, 영월 사는 김 사장, 포복도 너무 낮은 포복이구마."

"하기야, 찔끔찔끔 챙겨서 밤새다 보면 비행기 값은 떨어지겠지."

김성효는 서서히 자존심이 긁힌다는 느낌을 받으면서도 냉정해지려고 했다. 이때 핸드폰으로 걸려 온 전화도 그가 차분해지는 데 한몫했다. 공중전화에서 걸어오는지 발신자를 알 수 없는 것이었다. 이전에 몇 차례 그랬던 것처럼 통화는 되지 않은 채 끊겨 버렸다. 김성효가 핸드폰을 집어넣으면서 말했다.

"아, 각자 스타일이 있는 거 아닙니까. 인파이터가 있으면, 아웃복서도 있고."

"다들 그러지 마. 이 친구 판 벌리면 정말 무서워."

공장장이 손에 쥔 패에서 눈을 떼지 않은 채 말했다.

"아, 나도 들었어요. 수목원 갖고 있다는 거. 세 번이나 담보 잡혔다며."

"세 번이 아냐. 네 번이야. 그런데 네 번 모두 끄떡없었다는 거 아냐."

"수목원이 아니고, 수목원 지분입니다."

김성효가 말을 바로잡았다. 패를 계산하기 위해 정신을 모은 그의 눈앞으로 일순 작은 정원이 들어 있는 상자가 보였다. 처음엔 흐릿하게 카드 위에 떠오르더니 2, 3초 후에 영상이 또렷해졌다. 아버지가 소학교 때 만들었다는 하코니와였다. 산등성이와 골짜기와 낭떠러지와 계곡, 그리고 절벽을 잇는 나무다리가 자그맣게 만들어진 상자였다. 그는 어릴 적 선반에서 내린 하코니와 앞에 팔을 괴고 엎드리곤 했다. 찬찬히 들여다보면 이끼 낀 바위를 적시며 흘러내리는 물소리와 절벽 사이를 빠져나온 바람 소리가 들려왔다. 그런 하코니와를 만들고 싶었다. 아버지의 하코니와보다 훨씬 더 정밀하고 아름다운 자연의 압축판. 그저 푸른 도료를 입힌 산이 아니라, 저마다 자태가 다른 나무 한 그루 한 그루를 일일이 만든 그런 산. 나무 사이에서 금세 학이 날아오를 것만 같은 그런 숲. 모여 있는 가지들 사이를 살펴보면 흰 알을 품고 있는 둥그런 둥지. 그런 모든 게 있는 하코니와. 그러나 그것은 오랜 바람이었을 뿐이었다. 그는 아직 자기 하코니와를 만들지 못하고 있었다. 그는 패를 쥔 두 손을 모으면서 고개 숙여 이마를 갖다 댔다.

김성효가 판을 키우면서 난타전이 벌어졌다. 그러나 몇 번 크게 벌었던 것도 끗발이 안 받쳐주면서 서서히 본전 밑으로 내려가 버렸다. 그는 공장장의 기운을 느낄 수 있었다. 고수들에게는 정말 신비로운 아우라 같은 게 있었다. 내가 치밀해지면 유린해 버리고, 내가 자신을 가지면 교란해 온다. 내가 보잘것없는 패를 감추고 공세를 펴면 기다렸다는 듯이 받아치고, 내가 정작 큰 패를 쥐고 기습을 노리면 다 안다는 듯이 빠져나가 버린다. 도대체 어떻게 해야 저런 경지에 오르는 걸까.

오늘 밤의 행운조차도 공장장에게 일방적으로 쏠리고 있는 것만 같다. 가장 극적인 게 김성효가 최고 수준의 족보들을 움켜쥐고 올인했다가 거덜이 나버린 경우였다.

4, 5, 6, 7, 8처럼 연속된 숫자가 다섯 장 모이면 스트레이트, 다이아몬드나 하트처럼 같은 무늬가 다섯 장 모이면 플러

시다. 아주 서열이 높은 족보들이라서 이들만 손에 쥐면 거의 판을 쓸게 되는 셈이다.

김성효는 이날 스트레이트를 한 번 만들었고, 후에 플러시까지 만드는 기회가 찾아왔다. 처음 스트레이트를 만들어놓았더니, 공장장은 풀 하우스를 꺼내놓으면서 압도해 버렸다. 그것은 같은 숫자가 두 장 모인 1페어, 또 다른 숫자가 세 장 모인 1트리플이 합쳐져서 만들어지는 족보였다.

새벽 2시 무렵 김성효는 다이아몬드를 네 장 쥐게 됐는데, 일곱 장째 히든 카드가 주어지자 카드를 손에 말아 쥐고 서서히 훔쳐보는 쪼기에 들어갔다. 아, 아. 손바닥의 작은 어둠 속에 도끼를 든 왕이 나타났다. 붉은 다이아몬드의 뾰족한 각이 위에서부터 내려다보이면서 그는 속이 시원하게 내려가는 기분이었다. 아, 이제 모두 끝났구나. 지금부터 모두 쓸어버릴 수 있구나. 김성효는 올인을 건 뒤 차분히 미소 지으면서 카드를 서서히 꺼내 보였다.

"모으느라고 욕 봤네요. 그런데 그 정도는 덮어야지."

공장장은 가소롭다는 듯이 포 카드를 꺼내 놓았다. 아, 이럴 수가. 어떻게 이럴 수가 있단 말인가. 플러시보다 높은 게 또 나오다니. 포 카드는 1이면 1, 에이스(A)면 에이스처럼 같은 숫자의 카드 네 장을 모은 것이다. 물론 김성효가 만든 플러시보다 끗발이 높았다. 아아, 공장장한테 포 카드가 돌아갈 바에야 차라리 나한테 플러시가 만들어지지나 않았더라면. 그렇게 배포 좋게 내지르지나 않았을 텐데. 온몸에서 혈액이 모두 빠져나오는 것만 같았다. 이번 판을 중도에 포기했던 사내가 가슴을 쓸어내리면서 눈을 크게 떴다.

"아니, 어떻게 거기서 포 카(포 카드)가 나오나."

"하기야 김 사장(김성효)도 플러시 쥐고 그렇게 안 지르면 인간도 아니지."

김성효가 손을 털고 일어서자 창밖으로는 밤안개가 커다란 천을 걸친 흰 새들처럼 지나가고 있었다. 저 건너편이 바다가 있는 곳인지 알아볼 수조차 없을 정도였다.

김성효는 건넌방으로 넘어와 혼자 앉아 있었다. 그는 절대로 운을 기대하지 않았다. 운이 차지하는 비중을 줄이기 위해 최선을 다했을 뿐이었다. 그의 적은 불확실성이었다. 수목원에서의 생활은 사계절의 분명한 기후가 식생을 돌보는 것이었다. 그가 개입할 여지가 없었다. 개입한다고 해도 효율이 너무나 적었다. 그는 열정적으로 앞날을 예측하고, 위험을 감수하고 승부수를 띄우는 일을 하고 싶었다. 그러나 전나무와 삼나무 숲에서는 그런 일을 할 수가 없었다. 그는 수목원에서 그저 무료해서 파락호처럼 살다가 때가 되면 나무들끼리 경쟁이 벌어지지 않도록 전기톱을 들고 간벌(間伐)을 할 뿐이었다. 이렇게 권태로운 곳에 무릉도원이라는 지명이 붙어 있다니. 이게 바로 사람들이 그토록 원하는 평화로운 삶이란 말인가. 어릴 적부터 무릉도원의 한가운데서 살아온 내가 지금 느끼는 이 한가한 지루함이 바로 행복의 실체란 말인가.

그는 시간이 막막하게 밀려올 때 하코니와를 만들려고 했다. 수목원 안에서 어린이용 집짓기 세트를 만드는 갈라파고스를 찾아가 실제 적송(赤松)처럼 휘어진 나무 둥치의 모형을 깎아내고, 회룡포의 물가에서 개흙과 모래를 가져와 지층이 드러난 단애의 축소판을 만들려고 했다. 그게 완성되면 도화관의 전시실을 찾은 게스트들에게 부자(父子) 한 세대에 걸쳐 하코니와가 얼마나 달라졌는지 보여주고 싶었다.

그러나 그는 자기 하코니와의 전체 얼개를 그려내기도 전에 우연히 포커의 세계를 알게 됐다. 그는 포커를 통해 자신의 무료한 일생 가운데 모험과 모험이 집약된 한순간을 만들 수 있었다. 그는 카드를 숨긴 채, 죽어버린 적들의 패를 기억하고, 아직 살아 있는 적들의 패가 가진 경우의 수를 암산했다. 그가 큰 패를 쥔 것처럼 엄포를 놓기도 했고, 낮은 패를 쥔 상대가 중도에 포기할까 봐 기죽은 얼굴을 가장하기도 했다. 그러는 와중에 자기가 합리적으로 투자할 수 있는 베팅 액수를 정했다.

그는 사실 그것이 보이지 않는 손의 작용을 예측하는 기업가 마인드이며, 시장경쟁의 원리라는 것을 서서히 알게 됐다. 실제의 기업가들이 정색을 하고 프로들의 포커 판에 뛰어드는 경우는 존재하지 않았다. 결코 없었다. 자본주의의 주역들은 사는 것 자체가 포커였기 때문이다. 수요와 공급, 정부와 시장, 경기와 주가, 환율과 유가(油價), 개발비와 자재가(價), 자기와 라이벌 조직의 에너지, 그 모든 것들을 예측하고 위험 수준을 낮추고 필승을 다짐하는 데에는 사실 포커의 원리가 작용하고 있었다. 경우의 수를 읽는 데 최선을 다하는 것, 최후의 승자가 될 수 없다면 안분지족하는 것, 극대치의 행운이 잡힐 듯하면 모험에 전력을 투구하는 것 — 바로 그런 것들이었다.

그러나 마흔이 훌쩍 넘은 그가 이제 와서 그 권태로운 수목원을 기업처럼 탈바꿈시킬 수는 없었다. 대신 그는 짧은 한순간 포커를 함으로써 가보지 못한 세계를 압축적으로 체험하기를 원했다.

52장의 카드에는 세계가 담겨 있었다. 스페이드(♠), 다이아몬드(♦), 하트(♥), 클로버(♣) 무늬가 각각 13장, 모두 합하면 52장…… 한 계절은 각각 13주, 모두 합하면 1년 52주…… 카드에 나오는 모든 수를 더해 보면 364, 여기에 빼놓았던 광대 — 조커를 더하면 365일이 되었다.

다시 스페이드, 다이아몬드, 하트, 클로버는 창과 돈과 성배와 곤봉. 군인과 상인과 승려와 농민들이 사는 네 가지 나라가 카드 속에 들어 있었다. 나라마다 킹과 퀸과 왕자 잭이 살고 있었다. 다이아몬드 나라의 퀸은 성경에 나오는 야곱의 두 번째 아내 라헬. 절세 미녀인 그녀와 결혼하고 싶어 처가에서 14년 동안 종살이했던 야곱의 열망이 퀸의 얼굴에 들어 있었다. 클로버 나라의 잭은 성배를 찾아 나선 아서 왕 원탁의 기사 랜슬롯. 왕비 귀네비어는 그의 무공이 쌓일수록 연모의 정을 가눌 수 없었다. 그녀의 손을 잡고 아서 왕을 배신해야 했던 랜슬롯의 욕망이 클로버 잭의 얼굴에 배어 있었다.

김성효는 이 세계에서 살고 싶어 수목원 지분을 저당 잡히곤 했다. 무료한 유토피아를 돈으로 바꾸어야 경제적 생사를 건 모험의 하코니와로 들어설 수 있었다. 아버지가 숨진 뒤로는 저당 잡힐 수 있는 지분이 훨씬 더 커졌다. 전체의 절반이나 되었다. 그만큼 그는 더 격렬한 세계로 들어설 수 있었다.

그러나 그는 결코 요행수나 운에 기대려는 게 아니었다. 그것의 지배력을 최대한 낮추기 위해 모든 지혜와 힘을 다 쏟는 것이었다. 하지만 오늘 밤과 같은 상황이 오면 그가 택할 수 있는 것은 무기력해지는 것밖에는 없었다. 자본주의의 실제 주역들도 아마 이런 일을 겪지 않겠나. 아직 지분을 모두 잃어버린 건 아니었다. 그는 어제 오후 사들였던 카드들을 손에 쥐었다. 제주공항에서 산방산 호텔 근처로 와서 다시 차를 세운 뒤에 두 번째로 사들인 카드들이었다. 그는 보드들 위에 킹과 퀸, 그리고 잭을 하나하나 내려놓았다.

••58

김성효는 카드를 섞어 에이스가 나오는 개수를 헤아리는 에이스 점을 보았는데, 세 번, 네 번 해보아도 하나도 나오지 않았다. 사실 오늘은 운이 안 좋은 날인 것이다. 그런데 왜 하룻밤에 스트레이트와 플러시가 번갈아 가면서 나왔나. 더 큰 불운으로 데려가려는 작은 행운의 미끼였나? 그런 거였나? 맞은

편에서 그가 쥔 패를 꿰뚫듯 쳐다보던 공장장의 무표정한 작은 눈동자가 구슬처럼 또렷하게 떠올랐다.

새벽 4시, 아니 5시인가. 어둠은 여전히 짙고, 물러갈 줄 모르는 안개가 창밖에 가득하다. 창을 열자 희미한 파도 소리가 들리지만 어디가 어딘지 가늠조차 할 수 없다. 산방산 가는 도로를 따라 켜진 나트륨 등의 희미한 빛을 통해서만 방향을 어림할 수 있을 뿐이다. 열린 창으로 들어와 그에게 안기는 안개는 어디선가, 지옥의 초입에서 흘러나오는 커다란 동물의 서늘한 입김 같았다.

그는 잠이 안 올 것 같아 다시 카드를 섞었다. 스페이드 나라의 킹인 이스라엘의 다윗 왕, 다이아몬드 나라의 킹인 로마의 줄리어스 시저, 하트 나라의 퀸인 이스라엘의 유디트, 클로버 나라의 퀸인 엘리자베스 1세. 왕과 왕비들 아래에 백성들을 하나하나 놓는다. 모두 뒷면으로 놓고 마구 섞어본다. 그러고는 자기 암산과 추측이 얼마나 맞는지 카드를 하나하나 뒤집어 맞춰본다.

그런데 뭔가가 좀 이상하다. 왠지 그런 느낌이 든다. 그는 눈썹 사이를 찌푸리며 카드를 눈앞으로 바싹 가져왔다. 스페이드 7의 뒷면이었다. 오른편 위쪽 귀퉁이의 무늬들이 미세하게 이상했다. 거기는 오른손잡이가 카드를 잡을 경우 상대편 시야에 들어오는 부분이었다. 윤곽을 나타내는 테두리 선은 쪽 곧았지만, 그 안에 들어 있는 무늬가 다른 것과 좀 달랐다. 풀 무늬와 실 꾸러미 무늬, 물결 무늬, 연쇄 십자 무늬가 들어 있었는데, 물결 무늬의 휘어지는 곡선이 테두리 선의 구석과 맞지 않았다. 이상하다는 느낌을 가지고 관찰할 때나 알아볼 수 있을 만큼의 특이점이었다. 김성효는 스페이드 5를 들고는 다시 쳐다보았다. 마찬가지였다. 이번에는 테두리 구석 바깥으로 나온 풀 무늬 디자인이 다른 카드와 달랐다. 미세하지만 분명했다. 두 장 다 그가 스트레이트를 만들 때 쥐었던 것이었다. "가만, 어떻게 하다가⋯⋯."

이런 일이 벌어졌을까? 김성효는 지금껏 테이블에서 그가 갖고 놀던 카드 뒷면을 하나씩 젖혀 보기 시작했다. 모두 다 무늬들이 조금씩 다른 비밀 표지의 카드들이었다. 아, 아닌가. 원래 이런 건데 내가 터무니없이 불신하고 있는 건가? 아니다. 이건 명백한 마킹 카드다. 하지만 이건 아까 판에서 쓰던 카드가 아니지 않은가. 차가 호텔로 다 와서 내가 그냥 아무 생각 없이 한 벌 더 사들인 게 아닌가. 한순간 그의 머릿속이 횅하니 비워진 것처럼 적막해졌다. 아니다. 두 시간 사이에 스트레이트와 플러시가 내 손안에 들어온 일은 평생 처음이었다. 그런데 바로 그 두 시간 사이에 풀 하우스와 포 카드가 나오는 적수를 만난 일도 처음이었고. 보통 승부는 겨우 1페어나, 2페어에서 결정 난다. 어떻게 이런 일이 있을 수 있었단 말인가. 모두들 그렇게 기이한 일을 그냥 넘어갔다니. 아! 이건 사기다. 공항에서 산방산으로 오는 서부 산업도로 옆의 슈퍼마켓들마다 이런 카드로 모조리 깔아놓은 거다. 그의 노기가 비등점을 확 넘어섰다. 얼굴에 검은 진흙이라도 끼얹힌 것처럼 그는 벌떡 일어섰다.

"아, 완전히 당한 거다."

그의 허벅지에 받힌 의자가 뒤로 넘어가면서 바닥을 몇 번씩 때렸다.

"이 나쁜 자식들!"

불신과 적개심으로 화상이라도 입은 것처럼 그의 얼굴이 벌겋게 달아올랐다.

"내, 이 자식들을!"

멱살을 쥐고 목을 비틀어야 한다. 얼굴이 금방이라도 수직과 수평 방향으로 터져버릴 것 같았다. 그는 곧장 자리를 박차고 문으로 달려갔지만 바로 다음 순간 문손잡이에서 손이 멈춰졌다. 그는 자기 혼자 터뜨린 노기를 바깥에서 알아채진 않았는지 숨을 죽였다. 저도 모르게 그렇게 되었다. 그리고 서늘한 칼이라도 입술에 문 느낌이 되었다.

"좋다. 내일도 있다. 그대로 갚아주마."

··59

김성효는 다음 날 저녁 판을 평정하고 나자 세상의 모든 일이 그를 중심으로 돌아가는 것처럼 여겨졌다. 이슬비가 내리고 있었지만 어제 같은 농무(濃霧)는 아니었다.

그가 테이블 위에 쌓인 지폐와 수표들을 서류 가방에 쓸어

담는 동안 주위는 적막 속에 냉동돼 버린 것 같았다. 공장장과 갈색 선글라스, 그리고 모두들 그의 손이 무정한 갈퀴처럼 테이블 위를 부채꼴로 훑고 지나가는 것을 퀭하고 정지된 시선으로 지켜봤다. 누구 하나 입을 여는 사람이 없었다.

오후 내내 유쾌하던 하우스 장과 정 상무마저도 밀랍의 가면을 쓴 듯 침중한 안색이었다. 정 상무는 그날 오후 사람들의 신경이 곤두서는 일이 있으면 이렇게 말하곤 했다. "여기서 뭔 일 나면 하우스 장이 전부 다 처리해 줍니다. 저는 애인까지 담보로 받아줍니다. 그런데 딱 하난 우리뿐 아니라 어느 누구도 못 해줍니다. 잃은 돈 찾아달라면 우리도 할 말을 잃습니다."

그런데 그게 이제 현실이 돼버린 것이다. 김성효는 신승(辛勝)을 거두거나 그저 이기기만 한 정도가 아니라 그날의 모든 참가자들을 빈털터리로 만들어버린 것이었다.

가장 큰 자상을 입은 사람은 나 사장이라 불리는 선글라스의 친구였다. 그는 정말 코앞에 다가온 어음 만기로 부도를 앞두고 있었다. 자기를 대리한 선글라스가 대파한 채 며칠 만에 처음으로 표정을, 침울한 표정을 드러내자 어떻게 해야 할지 몰라 소파에 드러누운 채 망연하게 천장만 올려다보고 있었다.

김성효가 내면화한 준칙 가운데 하나는 세상의 모든 도박은 안 되겠다 싶을 때는 중도에 접어야 한다는 것이었다. 그럴수록 전체 승률은 올라간다. 포커 역시 마찬가지다. 포커에서 가장 큰 패배자는 꼴찌가 아니었다. 1등과 끝까지 맞붙은 2등이 가장 큰돈을 잃게 돼 있었다. 세븐 오디에서 일곱 장째 내주는 히든 카드까지 받는다는 것은 끝까지 살아서 1등과 승부를 겨룬 것이다. 그날 선글라스가 그랬다. 그는 전날 김성효가 초반에 냉정하게 게임을 운영하다가 구찌를 먹고 난 다음부터 판을 키우면서 무너지는 걸 보았다. 그러고는 아마추어라고 잘못 넘겨짚었던 것이다.

그러나 작심한 김성효의 칼끝은 매서웠다. 더욱이 그는 그날의 하우스 테이블에 다시금 돌려놓았던 전날의 카드를 태연하게 다 읽어낼 수가 있었다. 대신 그는 공장장의 바로 왼쪽에 앉아서 그가 자기 카드를 읽어낼 각도를 주지 않았다. 거기에 자기 손에 든 카드들을 모두 거꾸로 쥐고 있었다. 카드 뒷면의 왼쪽 아래에는 아무런 표지가 없기 때문이었다.

세븐 오디에서 5, 6, 7, 8처럼 스트레이트의 가능성이 양쪽 방향으로 나 있는 네 장의 카드가 손에 들어왔을 때, 일곱 장째 나눠주는 히든 카드까지 다섯 장짜리 스트레이트가 완성될 확률은 반반이었다. 5-5와 8-8처럼 2페어를 쥐었을 때 5나 8이 다시 나와 1페어 1트리플, 다시 말해 풀 하우스로 갈 확률은 열두 판 쳐서 한 번 생기는 꼴이었다. 경우의 수들을 체험적인 확률로 터득해 놓은 김성효에게 적들의 패까지 분명하게 읽어낼 수 있다는 것은 완승을 보장받은 것이나 마찬가지였다. 거기다 그가 딜러가 될 경우 그는 작심을 하고 카드를 주물러 손바닥 안에서 순서를 바꿔버렸다.

어제 그를 속인 상대는 공장장 하나가 아니었다. 그는 모두

가 의심스러웠다. 전주(錢主)이며 관찰자 자격으로 앉아 있던 정 이사 역시 마찬가지였다. 그는 언제 어디서든 그가 수목원 지분을 담보로 잡히는 급전 대출을 할 경우에는 크게 주저하지 않고 돈을 내놓았다. 김성효는 사실 그가 누군지 제대로 알지 못했다. 언제부터인가 하우스에만 찾아가면 그가 나와 있었다. 반대로 그의 입장에서는 그가 하우스에만 나타나면 김성효가 찾아온 셈이 되는지도 몰랐다. 김성효는 섣달 잉어처럼 얼어버린 그에게 직진의 시선을 보내면서 말했다.

"자, 정산합시다."

정 이사의 왼쪽 눈언저리가 푸르르 떨리면서 작은 얼룩이 움직였다.

"서두르지 마. 아까 빌린 돈 지금 주나, 내일 주나, 이자는 같으니까. 어차피 내일도 여기 나올 거 아냐? 어제 제주도 왔다가 오늘 올라가나?"

저 눈가의 얼룩. 도수가 거의 없는 안경의 가느다란 금테 아래로 비치는 얼룩. 그 얼룩이 눈동자와 함께 김성효를 쳐다보고 있었다. 덫에 걸린 산짐승의 마지막 용자(勇姿)를 가소로워하는 사냥꾼의 냉소. 눈동자에는 그런 게 있었다. 김성효가 말했다.

"그러면 편하실 대로. 나 이 돈 들고 밤새 날아갈 건 아니니까."

김성효가 내일 반드시 나와야 된다는 걸 확약받으려고 또 나선 이는 공장장이었다. 그는 지금 나가면 차 잡기 힘들 테니, 내 차를 쓰라고 키를 건넸다. 김성효는 공물이나 받아들이는 듯한 우월한 심정으로 키를 손에 쥐었다.

그가 공장장의 아반떼 운전석에 앉아 차 키를 돌리고 나자 차창으로 다가온 이는 선글라스였다. 그가 바싹 다가서자 갈색 렌즈 안쪽에서 둥그렇게 정지한 눈동자가 보였다.

"나 사장은 끝났어. 원래 협심증인데. 아마 큰 수술을 받아야 될 것 같아. 당신 책임이 커. 나, 오늘 당신이 한 거 다 알고 있어."

김성효는 움츠러드는 대신 얼굴을 차창 밖으로 내민 채 어디서 그런 생각이 떠올랐는지 거의 숨도 쉬지 않고 몰아쳤다.

"나도 당신네들이 어제 한 거 다 알고 있어. 사람 속이면 천벌 받게 돼 있는 거야. 그건 몰랐나?"

선글라스는 불의의 응전을 받게 되자 그 다음 말을 어떻게 해야 할지 주춤하는 인상이었다. 김성효는 계속 받아쳤다.

"당신네들은 정말 야비한 인간들이야. 억대로 노는 전국구들끼리 이런 식으로 할 거라곤 생각도 못했어. 아예 그냥 경찰에 고발해 버릴까 하다가 내 식대로 처리한 거야. 깨끗하지 못하면 그냥 조용하게 물러가."

김성효는 아무런 반론도 못 한 채 가만히 있는 선글라스를 향해 운전석 문을 열면서 뒤로 밀쳐내 버렸다. 선글라스는 서너 걸음이나 물러서더니 분한 누명을 썼다는 표정으로 항변했다.

"모두들 당신이 타깃이라고 해서 그냥 가만히 있었던 것뿐이야. 난 하나도 해코지한 게 없어. 앙갚음을 하려면 공장장을 상대로 해야지. 왜 우리를 겨눠!"

그냥 넘겨짚어본 건데. 역시 직감이 맞았다. 모두가 공범자
고 공모자. 서로가 속고, 속이는. 단 한순간도 맘을 놓을 수가
없는. 세상과 똑같은 곳. 바로 이곳.

그는 선글라스에 대한 경멸감과 자신의 직관이 그르지 않았
다는 자신감 때문에 웃음이 비어져 나오려고 했다. 그가 시동
을 다시 거는 사이 또다시 핸드폰이 울렸다. 재킷 아래 주머니
에서 핸드폰을 꺼내 보자 또다시 발신자는 나오지 않은 채 그
냥 전화가 끊기고 말았다. 그는 그렇게 기분이 언짢아진 그대
로 차창을 올리면서 선글라스를 향해 내뱉었다.

"필요 없어. 다 똑같아. 오늘 게임 다 끝났어."

그가 가속 페달을 밟자 차는 그대로 호텔 정문을 빠져나갔다.

김성효가 포커를 배운 곳은 야자수가 늘어져 있는 인도 퐁
디셰리의 해변 마을에서였다. 그가 찾아간 공동체 세상인 오
로빌에서 가장 가까운 마을이었다. 그는 홀로 중얼거리곤 했
다. 유토피아에서 숨이 막혔다가, 바로 그 옆 마을에서 출구를
찾다니.

오로빌은 진짜 인도가 아니었다. 인도 특유의 자연이 주는
기가 없었다. 세계 124개국의 흙과 인도 각지에서 가져온 흙을
가운데 묻고 웅장한 마티리 만디르 명상홀을 그 위에 세워놓
고 시작한 곳이었다. 그것은 인도의 흙 위에 작위적으로 수풀
과 집과 길을 낸 것이었다. 자기 사회에서 아웃사이더가 된 각

국의 사람들이 전혀 몰랐던 이국에서 살려면 그나마 그런 인위적인 환경이 필요했던 것이다.

그 인위적인 환경에 의미를 부여하기 위해 그들은 창시자인 프랑스 철학자 마더에게ㅡ 미라 알파사에게 매달렸다. 그가 찾아갔던 독일인의 집에선 마더의 사진 앞에 향불을 피워 놓기도 했다. 마더를 모신 사원도 있었다. 오로빌의 정식 회원이 되기 위한 심사를 받을 때도 심사위원들은 마더에 대한 책을 읽었는지, 어떻게 생각하는지 시시콜콜히 물었다. 다른 한편에는 마더가 말년에 유폐됐고, 자기 견해를 제대로 밝히지도 못한 채 호가호위하려는 이들에게 자기 이름을 도용당했다고 말하는 사람도 있었다.

왠지 인생을 내려놓고 늙어버린 듯한 사람들. 그래서 여유마저도 나태처럼 보이는 이들. 새로운 도전보다 그게 싫어 도피해 온 것 같은 사람들. 이상을 내건 대가로 유엔의 도움을 받아 사는 이들. 자치를 내걸고도 식량도 자급 못 하는 마을.

지난여름 수목원에서 그를 만난 박도엽은 온몸을 어루만져 주던 마사지사들이 넝쿨로 만든 흔들의자에 앉아 속살거리던 오로빌의 그 아늑한 집이 그립다고 했다. 그래, 거긴 마사지사가 참 많았다. 특별한 재능 없이 찾아온 사람들이 쉽게 배울수 있는 게 마사지였기 때문이었다. 그가 보기엔 분명히 그랬다. 비가 새는 야자수 잎 지붕 아래 사람들의 늘어진 살을 만지면서 그들은 이웃들의 가십을 이야기했다. 적당한 익명이 주는 편안함은 찾아볼 수 없었다. 그게 오로빌 바깥에서는 함께 사는 이들에 대한 관심으로 칭송받고 있었다.

아버지는 젊은 김성효를 오로빌로, 말하자면 유학 보내준 셈이었다. 김성효가 수목원으로 돌아가서 자기가 생각한 것들을 하나하나 이야기하자 아버지의 얼굴이 완전히 일그러져 버렸다. "이런 뒤틀릴 대로 뒤틀려서 진정한 가치를 모조리 왜곡해 버리는, 한심한 자식." 아버지는 그러잖아도 수목원 생활에 염증을 내고 있던 김성효가 완전히 바뀌어서 돌아올 거라고 생각했던 것이다. 하지만 아버지가 들은 김성효의 이야기는 그대로 수목원 자체에 대한 비판처럼 비쳤다.

사실 김성효는 그런 의도를 분명히 가지고 있었다. 사람들은 어느 때부터인가 자기 앞에서 "김산 선생님께서 그렇게 말씀하셨다."고 이야기하기 시작했다. 수목원 창설자의 아들 앞에서 설득력을 가지려면 그럴 수밖에 없다는 걸 알게 된 것이다.

그들의 입에 가장 자주 오르내리는 가십은 바로 김성효였다. 사람들은 그가 심각하고 만성적인 배앓이 때문에 서른 살 넘어서까지도 조금씩 섭취해 오던 액즙이 양귀비꽃에서 나왔다는 걸 알고는 그를 아편환자처럼 이야기했다. 송순철이 유한회사 형태의 수목원 지분을 증자해서 자기 것으로 만들려는 의도를 김성효가 일찍부터 알아채고 지적하자, 사람들은 그를 괜히 수목원 회원들을 견제하려는 창설자의 아들로 몰아가기 시작했다. 그러나 송순철의 흉계가 사실로 드러나도 그에게 찾아와 정식으로 사죄하는 사람은 없었다. 아버지는 그런 사람들에게 휩쓸리기 시작했다.

김성효는 자문하기 시작했다. 나? 나는 뭔가? 고타마 싯다르타가 해탈을 위해 내버린 아들. 어떻게 살다가, 어디서 죽었는지도 알려지지 않은 아들. 그냥 싯다르타의 피를 받은 것으로만 남은 라훌라. 그럼 수목원의 그 뛰어난 우등생들은 뭔가? 강신영과 조성일, 형선호와 성명한 같은, 아버지 주변의 그 출중한 일꾼들은? 그들은 아예 아들이 없었던 예수의 제자들. 베드로의 후예들이 교황의 법통을 이어가듯이 그들이 이제 수목원의 정통성을 지켜가는 수호자가 될 거라는 사실은 무엇보다 자명해 보였다.

그런 정체성을 가진 김성효에게 아버지가 지분의 절반을 물려준 게 오히려 대단한 건지도 몰랐다. 하지만 김성효에게는 그것마저도 부담이었다. 이제부터 어디서 상속세를 마련해야 하는 건가. 아버지의 죽음이라는 그 비극의 순간부터 그의 어깨를 짓누르는 그 가혹한 질문은 어쩌면 자신이 가장 존경했던 이를 잃게 된 슬픔마저 제대로 자기 것으로 만들지 못하게 했다. 수목원을 팔아서 납세를 해야 하는 건가. 가업을 중단해서, 가업을 물려받은 대가를 치러야 하는 건가. 그가 포커 판에서 수목원의 지분을 맡길 때 그에게는 그런 좌절이 있었다. 아버지의 우등생들은 거기에 대한 해답을 모색하고 있는 것 같았다. 하지만, 그는 단지 얼마만이라도 그들과 얼굴을 맞대고 싶지 않았다.

김성효의 번민은 얼마 가지 않아 도로 위에서 사라져버렸다. 그는 밤의 제주도 해안을 돌아갈 생각이었다. 서북쪽의 애월에 가서 쉬면 좋을 것 같았다. 12번 국도를 타고 달리다가 우회전했다. 수월봉 쪽으로 들를 생각이었다. 밤의 도로는 부슬부슬 비를 맞아 번지르르해져 있었다. 거기 죽은 개가 다리를 뻗고 늘어져 있었다. 헤드라이트 앞으로 흰 바늘 같은 빗줄기들이 무수하게 그어졌다. 생명이 빠져나간 작은 육신이 이제 짓눌릴 일만 남은 곳에 버려져 있는 것은 가련한 일이었다. 김성효는 뼈들이 모두 부서져 몸이 물주머니처럼 물렁해진 개를 안아다가 잡초가 자라난 갓길 바깥에 놓아두었다. 그가 돌아올 때까지 누군가의 차가 눈부신 불빛을 비추며 계속 뒤에서 있었다. 김성효가 팔뚝으로 눈앞을 가리며 쳐다보자 놀랍게도 거기에는 선글라스가 타고 있었다. 김성효는 그를 무시하고 차 문을 거칠게 닫았다. 우회전하여 좀 더 북쪽의 16번 국도로 달려 나갔다.

아, 이 돈을 가지고 애월의 그 조용한 모텔로 찾아가 오늘은 푹 쉬고 싶은데. 그러나 저런 미친놈이 뒤따라오는 한 곧장 거기로 갈 수는 없겠지.

그는 솔숲 옆에 세워진 작은 박물관을 지나갔다. 아카시아 나무들이 군데군데 서 있는 기다란 검은 돌담길을 따라 도로의 물기 위를 날듯이 질주했다. 그러나 선글라스의 차는 그의 속력을 그대로 육박해 왔다. 그 차는 해안 쪽으로 내리막길이 난 방목장 옆에서 매끄럽게 반대 차로로 들어섰다. 그러고는 그의 차를 앞질러 가로막아 버렸다. 급하고 날카롭게 제동이 걸린 바퀴가 도로에서 길게 끌리는 마찰음이 길 옆의 풀밭으로 넓게 퍼져 나갔다.

"야, 이, 미친 자식아!! 도대체 뭘 하자는 거야!!"

김성효는 핸들 가운데 있는 클랙슨을 주먹으로 내리쳤다. 목의 힘줄이 빳빳해질 정도로 목소리가 높아졌다. 그는 차를 약간 후진시켰다. 그러고는 방목장의 목책을 뒤 범퍼로 밀어내면서 급하게 유턴했다. 이때까지 달려오던 길을 빠르게 되돌아가기 시작했다. 물기로 번들거리는 도로는 고속을 허용하지 않았다. 그는 급한 마음이었지만 어느 결엔가 감속 페달을 한 번, 두 번, 세 번, 나눠서 밟고 있는 자신을 발견할 수 있었다. 벌써 선글라스의 차량이 저 뒤에서 안개 등까지 밝히고 뒤쫓아 오고 있었다. 이글거리는 헤드라이트가 백미러와 사이드미러를 통해 동시에 잡혔다. 돈을 도로 뺏겠다는 건가? 부도나고 혈관 터진 친구를 살리기 위해? 그래 잘만 하면 돌려줄 수도 있어. 하지만 오늘은 도저히 안 돼. 그리고 지금 같은 방식으론 절대 안 돼! 그리고 나는 너희들을 믿을 수가 없어!

김성효는 어제 내내 선글라스가 냉담한 포커페이스로 일관하던 게 생생하게 떠올랐다. 김성효가 공장장에게 무참하게 깨지고 빈털터리로 일어설 때도 그런 얼굴이었다.

그는 산방산 쪽으로 향하다가 십자로를 만났다. 다시 한라산 쪽으로 무작정 방향을 틀어 평지 분화구를 순식간에 지나갔다. 직선주로 옆에 한 300미터쯤 길고 움푹하게 팬 분화구였다. 가로등 아래 마구잡이로 자란 잡초들이 정신없이 뒤로 쏠리고 있는 게 보였다. 직선주로는 계속됐다. 그는 가속 페달에 힘을 넣었는데 갑자기 돌아가신 아버지 얼굴이 떠올랐다. 노란색을 참 좋아했던 아버지였다. 해바라기가 활짝 핀 날에는 그 앞에 오래오래 서 있곤 했다.

서울에 사는 손녀가 중학교를 졸업하던 날 가져온 노란 튤립을 물병에 꽂아두고 며칠 동안 쳐다보시기도 했는데. 아버지는 제주도에 한 번도, 그래, 한 번도 오지 못하셨지. 평생 한 번도. 아 아, 올해 봄에라도 유채꽃이 핀 들판에 한 번 모셔왔더라면. 아버지는 도대체 얼마나 좋아하셨을까. 나와 아버지 사이에는 왜 그렇게 갈등만 생겼을까. 돌아가시는 그 마지막 순간까지도. 정말 왜 그랬을까? 갓 피어난 백목련을 뺨으로 스칠 듯 말 듯 비벼보던 아버지의 주름 진 얼굴이 떠올랐다. 잘 잤니? 우리 백설공주.

그는 핸들을 손에 잡은 채로 눈앞에 선명한 아버지에게 말을 건넨다.

아버지, 창천산 해오라기들이 알을 낳았어요. 이제 부화할 겁니다. 내일이나 모레 수목원 가면 제일 먼저 둥지로 가보려고요.

그의 말을 듣고 있는 아버지는, 얼굴이 보이지 않는다. 대신 아버지는 두 손에 큰 종이 상자를 들고 그에게 건넨다. 이게 뭔가? 아, 그래, 그렇다. 그것은 하코니와, 상자 정원이다. 아, 아버지.

갑자기 반대편에서 달려오던 차의 강력한 안개 등이 그의 눈동자를 관통해 버릴 것처럼 직진해 왔다. 눈이 몹시 부시더니 차가 지나가자마자 눈앞이 안대로 가린 것처럼 캄캄해져왔다. 그는 조건반사적으로 브레이크에 힘을 넣기 시작했다. 그순간 도로를 가로지르던 노루의 놀란 얼굴이 헤드라이트 불빛에 비쳤다. 그는 즉시 페달을 꽉, 밟아버렸다. 제동 소리가 뭔가를 찢어발기는 듯했다. 차는 아슬아슬하게 노루를 치지 않았다. 하지만 반대 차로까지 들어가서 도로의 물기 위에 크게한 번 위험한 선회를 해야 했다. 만일 맞은편에서 달려오던 차가 있었다면 그는 방금 전 한살이를 마감해야 했다. 누군가가그를 보우해 준 것이다. 하지만 그는 호흡을 가누면서 오늘 밤은 분명히 불길한 게 있다고 여기기 시작했다. 그는 다시 시동을 넣고 차를 달리기 시작했다.

오늘 딴 돈 역시 어제의 스트레이트나 플러시 같은 게 아닐까? 커다란 불행이 나를 끌어들이기 위해 잠시 내놓은 작은 행운의 미끼. 혹시 그런 게 아닐까. 운명은 기만을 통해 사람을가르친다. 헹가래 쳐올린 자가 자만하면 그 길로 나락에 떨어뜨려 버린다. 지금도 누군가 내 인생 저 위의 높은 곳에서 나를 시험해 보고 있는 게 아닐까. 이제 정말 조심해야겠다. 정신 바싹 차려야겠다. 오늘은 그냥 중문의 아무 호텔에나 가서조용히 눈을 붙여야지.

그는 입을 꾹 다물고는 양쪽에 곧고 키가 큰 전나무들이 빽빽이 늘어선 길을 차분하게 내달렸다. 하지만 뒤에서 선글라스의 차가 따라오고 있는 게 다시금 백미러에 들어왔다. 그는어떤 일이 있어도 진정해야 된다면서 속력을 거의 높이지 않았는데, 차간 거리가 갈수록 좁혀져 왔다. 갑자기 핸드폰이 또다시 울렸다. 신호음으로 쓰는 푸치니의 음악이 흘러나왔다. 「어떤 개인 날」이었다. 딸인지도 모른다. 서울의 고등학교에 들어간. 지난 번 장례식 이후로는 한 번도 본 적이 없었다. 그가 손을 재킷 호주머니에 넣고 뒤적거리는 사이에 그의 차는 물이 불은 하천 위에 공사 중인 다리를 건넜다. 그가 마지막 교각 위를 거의 다 빠져나가던 순간, 선글라스의 차가 뒤에서부터 그의 차적(車跡)과 거의 평행으로 달려와 바싹 붙었다. 그러고는 오른쪽으로 비스듬히 각을 냈다. 그의 차가 다리 끝의 교두보를 막 다 빠져나간 찰나, 아주 짧은 순간의 일이었다. 충돌한 순간 열린 그의 차 뒷문으로 플라스틱 바구니가 내동댕이쳐졌다. 하얀 골프공들이 물기로 반질거리는 포장도로 위로 흩뿌려졌다. 그리고 끝없이 튀어 오르면서 굴러갔다. 바구니에 새알처럼 담겨 있던 공들이었다. 도로에 공 튀는 작은 소리들이 요란했다. 부딪힌 김성효의 차는 오른편의 목책을 여지없이 부수고 잡초들이 자란 내리막길로 제동할 틈도 없이 날아갔다. 그가 핸드폰에 대고 "여보세요." 하고 말한 직후였다. 그런 뒤 그가 돌연한 충돌의 충격으로 눈을 둥그렇게 뜬 다음 순간이었다. 허공에 떠오른 차체가 언덕의 비탈에 한 번 크게 내리찍고 튀어 오른 바로 그 순간이었다. 그는 핸들에 앞가슴을 부딪히면서 정신을 잃어버렸다.

핸드폰에는 역시 발신자가 찍혀 나오지 않았다.

"형님, 접니다. 신수호입니다."

취하고, 감이 먼 목소리였다.

김성효의 차는 비탈의 저 아래, 밤의 저수지를 향해 굴러갔다. 껍질이 거의 허옇게 벗겨지고 오래된 굵은 나무들이 아래 둥치를 물속에 담그고 있었다. 비탈에 높게 자란 소루쟁이들이 굴러 내려가는 차바퀴에 간단없이 꺾였다. 머위의 커다란 이파리들도 짓뭉개졌다. 누가 봐도 차체가 쓸고 간 것이라고 알아볼 만한 폭으로 풀들이 누워서는 다시 일어나지 못했다. 두꺼비들이 저수지 바깥의 작은 모래무지에 나와 있었다. 하지만 차체가 굴러 내려오는 살벌한 기세에 눌려서 순식간에 팔방으로 흩어졌다. 100마리는 넘어 보이는, 말발굽만큼 큰 두꺼비들이었다. 물가까지 아무런 방향감각 없이 내려온 차는 버드나무와 버드나무 사이를 그대로 통과했다. 그리고 2, 3초 사이에 물속으로 반 너머 잠겨버렸다. 수면은 고요했다. 핸드폰에서 목소리가 흘러나온 잠깐 동안만 그 고요가 깨졌을 뿐이었다.

"형님, 절대 도박하지 마십시오. 노리는 놈들이 있습니다."

그 목소리마저 차 속으로 밀고 들어간 물에 잠겨버렸다. 수면은 다시 적요해졌다. 아주 가느다란 빗줄기가 떨어진 자리마다 작은 파문들만 무수했다. 잠시 후 두꺼비들이 차 지붕 위로 뛰어올랐다가 곧장 물 위로 다시 뛰어내려야 했다. 차는 물의 동심원을 남기고 완전히 가라앉아 버렸다. 차의 뒷좌석에서 빠져나온 하얀 골프공들만 수면 위에 가득했다.

··60

시코르스키 헬리콥터는 강을 따라 북상했다. 저 멀리 물돌이 벌이 기창(機窓) 앞으로 서서히 나타났다. 주천강이 한 바퀴 크게 휘감아서 물속에 가둬놓은 회룡포(回龍浦)였다. 거의 섬이랄 만했다.

원직수의 귓가로 헬리콥터의 낮은 비행 소음이 규칙적으로 들려왔다. 그는 방음과 무선 기능이 있는 탄탄한 헤드폰을 쓰고 있었다. 저 아래 초지와 모래벌이 오늘따라 납작 엎드려 있는 것만 같았다. 헬리콥터는 공중을 나는 기차처럼 아주 평행한 고도로 안정되게 날아가고 있는 것이다. 급회전하는 로터의 그림자가 지상을 스치듯 지나가고 있었다.

원직수가 돌아보자 맥나마라가 미소를 띠었다. 그의 선글라스에 강원도 상공의 하얀빛이 떠올라 있었다. 이글거리는 빛이었다. 거기 비친 가을의 황홀한 흰 구름들은 목화솜으로 만든 것 같았다. 하늘에 뜬 빙산의 대륙이나, 수증기로 만든 희고 거대한 선단 같기도 했다. 헬리콥터는 구름들 아래로 끝없이 미만한 광선의 축복을 받고 있었다.

조종사는 주한미군에서 치누크를 몰다가 퇴역한 서른여덟 살의 재미교포였다. 헬리콥터로 한반도의 진정한 부감(俯瞰)을 즐기려면 다도해 상공을 날아봐야 한다. 그가 맥나마라와 브로델에게 권했다. 신들이 해안을 따라 징검다리를 놓은 듯 섬들이 떠 있는 수상 정원이라고 했다. 헬리콥터나 비행선이 오갈 만한 고도에서 수려하고 감동적인 진면목이 나온다는 것이었다. 그러나 지금 헬리콥터가 날아가는 강원도 상공의 조감 역시 다채롭고 아름다웠다. 눈 깜박이는 시간이 아까울 만큼.

기체(機體)가 회룡포 하단의 모래톱 위에 시커먼 그림자를 떨어뜨렸다. 원직수가 조종사에게 이제부터 천천히 선회해 달라고 요구했다.

—여기다. 금빛 용이 휘감고 있는 것 같지? 바로 저기, 흘러내린 강물이 물돌이 벌을 때리는 저기가 용천배기야. 용이 승천한 데, 그런 뜻이야. (원직수)

—물 색깔이 이상한데. 상류보다 훨씬 푸른 것 같다. (브로델)

—여기 지하에 온천이 있지 않나. 그런 생각이야. 아마 수맥이 강바닥과 이어졌겠지. (원직수)

—하상천(河床泉) 말이야? 확인해 봤나? (맥나마라)

—코르젠에서 스캔하려고. 수온과 수질 검사는 끝냈고. (원직수)

—나도 그 리포트 받았는데. 정말 결과 좋더라. (맥나마라)

—저기 하상천이 있다면 아마 구리 성분이 들어 있겠지. 이렇게 푸른 걸 보면. (브로델)

—열대어에게 안 좋은 건가? (원직수)

—아냐, 그 정도는. 그러려면 훨씬 짙어야지. 그런데 여기로 확정한 건가? 워터 파크 세울 데로? (브로델)

—그래. 지분들을 사들이고 있어. 스태프가 열심히. 곧 접

수할 거야. (원직수)

　—그런데 꼭 여기여야 되나? 서울 가까이도 있을 텐데?(브
로델)

　—여기가 너무 경제적이야. 일단 물이 따뜻하고, 열대어들
한텐 그게 너무 중요하지. 서울로는 도로가 곧 이어질 거야.
아마 한 시간 반 거리? 거기다 댐 공사비가 절반도 안 되니까.
(원직수)

　—절반도 안 된다고?(브로델)

　—그래. 여기 인공 호수를 만들려면 일단 물을 막아야 해.
댐을 세울 땐 물길을 다른 데로 돌려야 하니까. 그런데 여긴
물돌이 벌이 육지와 이어진 저 병목만 끊어내면 돼. 용천배기
위를. (원직수)

　—레너드, 정말 번뜩인다. 연구 많이 했구나. (맥나마라)

　—물론. 난 여기 인생, 걸었어. 정말 진지하게 말해서 그래.
스태프도 필사적이야. 저기 접수, 반드시 해. 병목만 끊어내면
인공 수로(水路)가 생길 거야. 그럼 물은 안 돌고, 거기로 빠지
지. 그 사이 우린 마른 강바닥에서 토목공사를 완성할 거야.
물이 가둬지겠지. 그럼 바로 열대어들을 풀어놓을 거야. 따뜻
하니까. 이런 데를 또 어디서 찾을까? 하늘이 내준 데야. 빌트
인 아쿠아리움을 위해서. (원직수)

　브로델이 아무 말 없이 고개를 끄덕였다. 새카만 그의 선글
라스 속에서 눈동자와 흰자위의 둥근 경계가 드러났다. 레너

드가 가진 그룹의 재정에 대한 정보가 더 필요했다. 지금 고비에 있는 것 같았다. 클라이드 리가 슬쩍 그렇게 귀띔해 줬다. 하지만 레너드는 너무나 열성적이고, 야심만만했다. 코르젠을 받쳐줄 지주회사의 오너십도 확실하게 장악했다. 그는 철저하게 워터 파크의 경제성에 매달리고, 그런 다음 또 성공해 낼 것 같았다. 그가 계속 말했다.

—여기 시장을 장악하고 나면, 중국으로 간다. 상해와 홍콩으로. 거기서 빌트인 아쿠아리움의 신화를 만들 거야. 그게 없는 데가 없게끔. 포동과 구룡(九龍)의 빌딩마다, 호텔마다, 바마다, 레스토랑마다, 저택마다. 리카싱의 집에도.(원직수)

—중국에 지점을?(브로델)

—그래. 여러 군데에. 수요가 있으면 어디든지. 어차피 데코 피시나 토이 피시를 코르젠에서 만들어내면 어디서든 복제해 낼 수 있으니까. 지점이 많을수록 코르젠에도, 사 가는 사람들한테도 좋아지는 거지.(원직수)

—기대해 보겠어, 정말. 그런데 차근차근 이야기하자. 저 수목원 주민들은 어떻게 할 거지?(맥나마라)

—저기 비탈의 메타세콰이어 위로는 물에 안 잠길 거야. 아래 마을은 제대로 보상할 거야. 사재를 털어서라도. 우리 집안은 어떤 공사를 해도 원한을 산 적이 없어.(원직수)

—그래서 그만큼 커왔겠지. 하지만 정말 무리한 요구를 하기도 할 텐데.(브로델)

―최대한 설득해야지. 그래도 안 되는 사람들은 무섭지 않아. 그냥 돈 욕심이 많을 뿐이니까.(원직수)

―저 사람들에게 철학이 있다면 어떻게 하나. 생태보호론자라면?(맥나마라)

―너만 한 생태보호론자가 어디 있겠어. 나는 자연을 부수자는 게 아냐. 다른 방식으로 보호하자는 거지. 네 생각도 그렇지 않아? 나는 아마존의 밀림을 불 지르는 화전민이 아냐. 셀레베즈의 삼림들을 베어 넘기는 벌목업자도. 물에 잠길 부분은 저 산들의 치마폭 정도야. 어차피 저곳도 하늘이 준 자연이 아냐. 조림한 곳이지. 저기 식생과 동물을 미리 방주로 옮겨 놓으면 되지 않겠어. 그게 어떤 방주가 될지, 비용은 내가 댈 거야. 그것까지 너희들이 참여해 주면 대환영이야.(원직수)

헬리콥터는 회룡포 상공에서 큰 원을 두 번 그렸다. 그러고는 강을 따라 북상하다가 동쪽으로 비스듬히 날아갔다. 지세가 높고 우람해졌다. 앞에 드러난 협천계곡이 울긋불긋한 단풍으로 화려했다. 불그스름하고 광범위한 색채들이 기수(機首)를 끌어안을 듯이 좌우로 벌어져 있었다.

―자, 왼편이 참매봉, 오른편이 주위봉이야. 저쪽에는 소리봉, 전호산, 칠보산 모두 우리 것, 코르젠 거야. 너희들은 여기서 마음 놓고 채집할 수 있어. 수목원이 넘어오면 훨씬 더 넓은 데서 채집할 수 있겠지.(원직수)

―이주에 다른 문제는 없을까? 보상비 말고?(브로델)

―글쎄, 잘 모르겠는데. 뭘 말하는 거지?(원직수)

―민족주의 말이야. 수목원에도 그런 게 없을까? 그런 방향으로 문제가 커질 수는 없나? 우리가 코르젠과 합작하는 걸 알면?(브로델)

―무슨 소리야? 한국이 그 정도는 아냐. 그건 걱정 안 했으면 좋겠어. 민족주의는 파시스트들의 자양분일 뿐이야. 민족주의를 외치면서 자원들을 가만 놔둬 봐야 뭐 하겠어. 중요한 건 그걸 어디다 쓰면 좋을지 알아내는 거지. 효용을 알아야 보호할 게 아냐.(원직수)

―레너드 생각이 맞지만, 과연 전부 그럴지. 나는 민족주의를 들고 나오면 참 난감해져. 나는 이탈리아계야. 하지만 미국을 사랑해. 할아버지는 가난했고, 이탈리아에서 이민 왔지만 미국이 받아줬지. 그래서 조국이라고 생각하는 거야. 나는 미국이 아니라도 내가 가진 정보가 필요하면 줘왔어. 아낌없이 줘왔어. 여기서도 마찬가지야. 대신 우리가 필요한 걸 얻어가지. 그게 비난받을 일일까. 나는 그렇게 생각 안해.(맥나마라)

―사실 한국에 그런 움직임이 있는 건 사실이야. 하지만 그런 건 레너드가 더 많이 고민했겠지. 그리고 저기 머물면서 코르젠을 도와준 직원이 있다던데. 너희 회사 다니다 그만뒀다며. 코르젠의 토니 양한테 들었어. 우리도 만나본 친구던데.(브로델)

―누구 말이지?(원직수)

—보머 킴(김범오)? 그래, 김보머. 전에 우리가 서울 왔을 때 따라 다니면서 도와줬지.(맥나마라)

원직수는 잠시 할 말을 잊고 바깥을 보았다. 주위봉 꼭대기 가까운 곳의 벼랑과 돌 비탈이 가을빛을 반사하고 있었다. 부드러운 바람이 지나가는지 단풍잎들이 살랑이는 모습이 헬리콥터에서도 내려다보였다. 김범오라는 직원이 회사에 계속 남아 있었으면 이럴 때 도움이 되었을까. 서병로는 왜 그 친구와 그렇게 거세게 몸싸움까지 벌였을까. 김범오가 어디선가 꺼내지나 않을까. 사라피나 이야기를. 내가 죽인 계모의 콜리 이야기를. 그리고 최동건에 대해선 함부로 말하지나 않을까. 왜 죽었는지. 아무것도 모르면서 음해하지나 않을까. 경찰에 투서 같은 걸 보내서.

저 아래 긴 물줄기는 등성이와 골짜기를 감쌌다가 물러나며 사행하고 있었다. 헬리콥터가 다시금 선회하더니 날아온 공로(空路)를 거슬러 내려가기 시작했다. 경사가 누그러진 산의 앞자락에는 작은 논과 밭, 과수원과 솔숲이 정돈된 화단처럼 벌어져 있었다. 이 모든 게 신의 손길이 몇천 년 동안 빚어놓은 자연의 정원인 것이다. 그 평온한 강산은 수목원 매집을 다짐한 원직수의 야심 속에서 부조리할 정도로 아름다워 보였다. 어떻게 저렇게 아름다울 수가 있단 말인가. 어떻게.

바깥을 내다보던 원직수가 결연한 얼굴로 입을 뗐다.

—김범오는 위험한 친구야. 정말 보머(bomber)야. 폭탄을 쥐고 있었어. 서병로를 거의 살해할 뻔했어. 우리가 수목원을 사들이려니까, 처음부터 반대했어.(원직수)

—왜 그랬지?(맥나마라)

—친구들이 거기 있다는 말이었어.(원직수)

—그것 봐. 그 친구만 해도 그렇게 반발하잖아.(브로델)

—그런데 믿기 힘들어. 우리 회사에는 그의 비디오테이프가 남아 있어. 자기 이야기를 담은. 그걸 보면 그 친구는 올 여름에 저기 처음 아니면 두 번째 간 거야. 반대 이유는 다른 데 있을 거야.(원직수)

—그게 뭔데?(맥나마라)

수목원의 작은 길이 내려다보였다. 장화 신은 남자가 수레를 끌고 목재소로 들어서고 있었다. 그가 하늘을 보며 손을 흔드는 게 내려다보였다.

—더 많은 걸 얻어내려고. 협조를 대가로, 회사에. 서병로는 그걸 꾸짖었어. 그런다고 아래위도 없이 목을 조이고, 창밖으로 떠밀어 내려고 하다니.(원직수)

—그럴 수가.(맥나마라)

거침없는 가을볕이 원직수의 얼굴로 날아들어 왔다. 그의 안색은 침착했고, 타오르는 것처럼 바뀌었다.

—나는 뛰어난 스태프를 존경해. 너희들도. 하지만 그런 녀석은 동정도 하지 않아. 우리가 단호하면, 그 친구는 불발탄(misfire bomb)이 되는 거야. (원직수)

••6I

주천강은 첫 눈이 붐비는 무릉리와 도원리를 휘감아 흐른다. 굽이굽이 사행하던 이 강물은 평창강과 합수해 서강이 된다. 서강은 하류에서 동강과 만나는데, 거기서부터 더 큰물인 북한강을 이룬다. 북한강이 남한강과 물살을 섞는 곳은 양수리다. 거기서부터는 한강이 된다. 동서남북 물이 다 모여 하구로 가고 바다로 간다. 댐이 없던 시절에는 서울 마포를 떠난 돛배가 사흘이면 무릉도원에 다다랐다.

김범오는 시외버스에서 내려 도원수목원으로 가는 강나루까지 2킬로미터나 되는 길을 혼자서 걸어갔다. 이미 부칠 짐들은 서울에서 수목원으로 다 보냈고, 마지막까지 그의 집에 남아 있던 옷과 짐들을 챙겨 큰 배낭과 보스턴 가방에 담아든 채였다.

화분들을 이웃들에게 다 나눠주고 나자 옆집 초등학생 아이가 물었다.

"아, 아, 아저씨 이제 어디 가세요?"

"진짜 커다란 나무를 키우러 가는 거야."

"얼마큼 큰 나무요?"

"『재크와 콩나무』에 나오는 것만큼 커다란 나무."

"그, 그, 그럼, 저기만큼, 하늘만큼 커다랗게요……."

"그래, 큰일났어. 이제 아저씨는 매일 하늘까지 올라가서 일을 해야 해."

"저, 정말요? 그럼, 나, 나도 좀 데려가 주세요. 예?"

나지막이 내려앉은 회색 하늘로 새들이 날아올랐다. 새는 버스가 달려온 서쪽으로 검은 점 하나가 되어 가뭇없이 사라져갔다. 김범오는 새가 보이지 않자 차 없는 길의 소실점을 오래오래 쳐다보았다.

후회하지 않을까? 서울이 그립지는 않을까. 이 길 다음에 나오는 길을 따라가면, 그 다음과 다음 길까지 계속 따라가면 세연이가 살고 있는 곳이 나올 텐데. 세연이가 뷰파인더에 눈을 대고 조준하고 있는 데로 갈 수 있을 텐데. 목덜미의 머리카락에서 향기가 나는 그곳으로.

잡화점과 교회, 목재들 야적한 공사장과 논밭을 지나 다리를 건넜다. 그러고 나자 계단식 경작지가 눈앞의 골짜기를 따라 펼쳐졌고, 인적 없는 길 하나가 왼쪽의 산모퉁이를 감싸듯 두르고 있었다. 그가 가야 할 길이었다. 작디작은 눈들이 온 공중을 하얗게 누비기 시작했다. 산은 적막강산, 길은 마른풀들의 길, 풀은 바람이 부는 대로 숙이더니, 아직은 쌀알만 한 흰 알갱이들을 얹고 희끗희끗 잠이 들기 시작했다.

아, 후회하지는 않을까. 왜 나는 수목원을 택한 걸까. 더 버 틸 돈이 없어서인가? 그럴지도 모른다. 왜 나는 회사 생활을 등진 걸까. 왜 다른 회사를 찾아보지 않은 걸까. 낙오했기 때 문인가? 그래서 도피하는 건가? 수목원은 내 안식처가 될 수 있을까? 시름도, 싸움도, 언짢은 것도 없이 나무처럼 살아갈 수 있는 곳이 되어줄까? 나는 정말 새 삶을 제대로 살 수 있는 걸까? 이 질문들에 똑바로 대답하지도 못한 채로.

강나루에 다다르니 눈가루들은 어느새 축축한 진눈깨비가 되 어 내리고 있었다. 김범오의 귀에는 여름에 들었던 딱따구리 소리가 수면을 타고 들려오는 것만 같았다. 강심의 거룻배 위 에는 긴 우비를 입은 어부가 가마우지 낚시를 하고 있었다. 외 지에서 온 듯한 사람들이 눈을 피해 어부를 지켜보고 있었다.

가마우지는 시커먼 큰오리처럼 생긴 새였다. 갈고리 같은 부리에, 학처럼 굽은 목, 거무스레하게 접힌 날개에는 수분이 촉촉하게 배어 있었다. 어부는 배가 나오고 구레나룻을 기르 고 있었는데 그 가슴에 안긴 가마우지는 얼핏 봐도 지쳐 있었 다. 구레나룻은 힘없는 새를 차가운 물 위로 첨벙, 소리 나게 끔 던졌다.

"큰 놈 좀 물어와, 이놈아."

가마우지를 붙들어 맨 줄이 물속으로 빠르게 따라 들어갔 다. 수심은 1미터도 넘어 보이는데, 새는 어떻게 숨을 참는지 한참 지나도 떠오르지 않았다.

"이제 네 차례야."

구레나룻이 또 한 마리 가마우지의 줄을 잡아당겼다. 새는 목이 조여오자 잠시 구레나룻을 올려다보더니 배 바닥을 긁으면서 끌려갔다. 파르스름한 눈과 숨을 들이마시려고 벌린 부리에는 피로와 분노 같은 게 맺혀 있었다. 구레나룻은 가마우지를 교수형에 처하듯이 한 손으로 줄을 잡아 끌어올렸다. 새가 숨이 막혀 후드득, 갈퀴 달린 다리로 허공에서 몇 번 버둥대자 곧장 배 바깥으로 던져버렸다.

한참 후에야 은어를 삼킨 가마우지 하나가 하얀 목이 거품처럼 불룩해진 채 물 위로 떠올랐다. 새는 기력을 잃고 두 날개를 수면에 떨어뜨리듯 내려놓았다. 앞으로 어떤 일이 있을 건지 다 안다는 낙담 같은 게 있었다. 구레나룻은 대뜸 줄을 잡아당겨 새를 거룻배 위로 끌어올렸다. 새는 올려지면서 몸을 한 번 선체에 세게 부딪혔다.

새는 뱃전으로 올라가 눈이 동그라진 채 숨을 할딱거렸다. 젖은 날개와 꽁지 끝으로 차가운 물이 뚝뚝 흘러내렸다.

"내놔. 이놈아."

새는 목이 다시 졸리자 굽은 식도 속에 들어 있던 은어를 억지로 토해 내기 시작했다. 안간힘을 다해 굽은 목에 들어간 굵은 고기를 도로 끄집어내는 몸부림. 볼을 떠는지 하얀 털이 부들부들 떨렸다. 배에 같이 탔던 사람이 요란하게 웃음을 터뜨렸다.

부리 끝에서 은어가 조금씩 조금씩 바깥으로 나왔다. 구레나룻은 새의 목에서 쑥 뽑아낸 은어를 광주리로 집어 던졌다. 광주리가 배의 바닥에서 뒤로 밀리면서 몇 번 뒤뚱거렸다. 가마우지는 숨을 가쁘게 몰아쉬면서 은어를 삼킨 광주리를 멍하니 바라다봤다. 각막이 시리는지 온통 새파래진 눈가에 눈물이 맺혀 있었다. 배가 고픈 모양이었다. 하지만 구레나룻은 먹이 줄 생각이 없어 보였다.

"안 돼. 이놈아. 허기가 좀 져야 또 물에 들어가지……."

김범오는 언젠가 친구한테서 들었던 이야기가 생각났다. 은퇴한 일본 기술자를 찾아서 하라즈루라는 곳까지 갔다가 지쿠고 강가에서 은어 회를 먹었던 이야기였다. 그 은어는 해가 떨어지면 나룻배에 형광등을 켜고 가마우지들을 물속에 넣는 우카이 낚시를 통해서 잡은 것이었다. 왜 그때 이야기가 지금 기억나는 걸까. 오래 묻혀 있다가 지금에서야. 회사를 그만두고 나온 지금에서야.

새들이 물에서 빠져나왔다 다시 들어가는 소리. 맑은 소리였다. 사방이 적요한데 저 홀로 수면 위에 퍼지는 고요한 소리였다. 어머니가 이불 홑청을 개울에 던졌다가 다시 거둬들일 때 나는 소리였다. 진눈깨비가 닿자마자 녹는 물 위에서 몇 번 더 들려오더니 어부가 거룻배를 저어 떠나가자 함께 사라졌다. 나루에 서 있던 사람들도 하나둘 저 갈 길로 가버리고 눈 덮인 발자국만 남겨 놓았다.

낮게 나는 새들이 하나도 보이지 않더니 강의 이쪽과 저쪽
이 금세 하얗게 점묘됐다. 눈은 조금씩 굵어졌다. 강의 이쪽저
쪽은 무한의 흰 꽃들로 소리 없는 함성이 일다가 하얗게 텅 빈
침묵이 되어갔다. 무량한 하얀 꽃은 김범오의 온 시야를 거침
없이 누볐다. 치솟다가, 빗겼다가, 몰아치고, 쓸려갔다. 눈은
골짜기와 산의 윤곽을 지워 나가고, 땅과 물의 차이를 구별할
수 없는 것으로 만들고 있었다. 배는 아직 오지 않았다.

> 물줄기 하나 외로운 꽃을 돌아가고
> 종소리 울리니 대숲마저 시리구나
> 참선은 끝났는지 알 길이 없고
> 모든 것이 이제 처음 보는 것만 같구나
> 一水孤花 數鐘千竹寒
> 不知禪已破 猶向物初看
>
> —한용운, 「맑음(淸晗)」

그래 나는……. 김범오는 배가 와야 할 갈숲 쪽을 바라보다
가 알게 됐다. 자기는 결국 날아가지 못하는 새였다는 걸. 물
속에 들어가 잡아올린 물고기를 바쳐야 하는 가마우지였다는
걸. 하지만 이제는 자기 자신이 되고 싶었다. 눈보라 속에 눈
꽃들이 흰 커튼처럼 길을 잠깐 열었다. 그는 더 이상 목이 졸
리고 싶지 않았다. 그는 기쁨을 느끼고 싶었다. 강가에는 바위
들이 있었다. 바위들이 은불(銀佛)이 되어가고 있었다. 그는

더 이상 토해 내고 싶지 않았다. 그가 느끼고 싶은 건 기쁨이었다. 바위들은 저마다 하얀 좌불이 되어가고 있었다.

그가 걸어온 길은 이제 눈보라에 매몰되어 보이지도 않았다. 그가 마음을 잡지 못하자 배는 오지 않았다. 흰 강 위에는 아무것도 보이지 않았다. 흰 갈대를 눕히며 아무것도 오지 않았다. 그는 하얗게 둘러쳐진 눈송이의 벽들 속에서 어디로 가야 할지 알 수가 없었다. 눈만 여기저기서 녹고 있었다. 하지만 그가 단단해졌을 때 저 끝에서 무언가가 나타났다. 하얀 눈의 막을 가르고 배가 나타났다. 앞머리에 흰 눈을 얹은 배는 하얀 수면을 갈라내며 그에게 천천히 다가왔다. 눈이 녹는 수면 위에 하얀 항적을 끌면서 다가왔다.

그가 손을 들어 올리자 배 위에 우비를 쓴 사람도 손을 들어 올렸다.

••62

국자가 냄비를 스치는 소리, 나물 접시가 놓이는 소리, 수저와 그릇이 달그락거리는 소리. 식탁에는 자반고등어와 얇게 썬 버섯 구이, 깨가 뿌려진 고사리와 시금치, 간장을 얹은 생두부와 익힌 총각김치, 바삭해진 김과 쌀밥, 김 오르는 된장국이 놓여 있었다.

아침을 못 먹은 김범오는 막 머리를 감고 나와 수저를 들었다. 오전 작업을 마치고 점심 식사를 하러 들른 수목원 사람들이 도화관 식당에 서넛씩 앉아 있었다. 그와 마주 앉은 강신영의 몸에서 한기와 땀 냄새가 끼쳐왔다.

"그래, 강세연이란 분한텐 전화해 봤니?"

김범오는 뜨거운 국을 한술 뜨며 고개를 끄덕였다.

"여길 알고 있대. 평창 양떼 목장이나, 월정사 전나무 숲길 취재 온 적이 있대. 근처에 무릉도원이 있다고 했더니, 재미있어 하더라."

"한 번 오라고 하지, 왜? 나도 좀 보게."

"그러라고 했어. 그애가 원래 정선에서 나서 강원도를 좋아해."

"그거 잘됐다. 와서 우리들 근사한 사진 좀 찍어달라고 그래."

"내가 세게 말했어. 그럼 되는 데가 한둘이 아니라고. 1년치 사진거리는 건져갈 거라고."

도화관 창가의 전나무와 삼엽송에는 어제 내린 눈이 가지마다 얹혀서 녹고 있었다. 바깥은 하얗게 트인 느낌이었다. 하지만 식당 안은 왠지 서늘했다. 말을 꺼내는 이들이 아무도 없었다. 두 사람은 저도 모르게 목소리가 낮아지고 있는 걸 알았다. 옆자리의 사내가 채 식사를 끝내지도 않은 채 일어섰다. 얼굴이 어둡고 왼손에 붕대를 감고 있었다.

"오늘 설해목 베다가 다쳤어. 서둘러 안 베어내면 어린 나무들이 깔리거든."

강신영의 말이 꼭 맞는 것 같지는 않았다. 사내는 식당 문을 밀다가 이쪽을 돌아보며 내뱉었다.

"아니, 염치가 있어야지. 무슨 얼굴로 여길 다시 왔어. 수목원 넘기라고 설득하러 왔나?"

김범오는 생두부를 숟갈로 뜨다가 놀라서 그를 쳐다봤다. 얼굴이 달아올랐다. 수저를 놀리던 식당 안 사람들이 대번에 그를 쏘아봤다. 말 한마디 없던 사람들이었다. 김범오는 배가 고팠지만 숟가락을 입에 가져가야 할지 막막해졌다.

길을 덮은 눈이 녹으면서 걸을 때마다 질척거렸다. 은행나무 있는 너른 터로 들어서자 눈 녹은 물이 고인 곳이 있었다. 흐린 하늘이 비쳤다. 강신영은 둥치가 서 있는 곳까지 가면서 아무 말도 없었다. 김범오는 가지들을 올려다봤다. 강신영은 "네 탓이 아냐." 하고 말했지만, 그게 더 아팠다.

"성효 형, 원래 도박 좋아했어."

"빌린 게 확실해? 그렇게 큰돈을?"

"전에도 담보로 지분 잡힌 적이 몇 번 있었어. 이번엔 무섭게 걸렸더라. 차용증에 인감 찍고, 변호사 인증서도 있더라. 온라인 이체 영수증까지 내놓았어. 지분 넘겨받았다는 사람들이."

"성림건설이 맞을 거야. 처음에는 뒤에서 움직이니까."

말을 하면서, 김범오는 눈앞이 캄캄해졌다. 가지 위의 적설이 강신영의 등 뒤로 후드득 소리 내며 떨어졌다. 가지 아래 철봉 밑으로 넓게 쌓였다. 올려다보자, 우듬지 쪽에 텅 빈 둥지만이 눈을 담고 있었다. 까치와 솔새, 쏙독새와 멧비둘기가 한 마리도 보이지 않았다. 강신영은 착잡한 얼굴이었다.

"몇 년 전에 수목원을 바깥 사람들한테 처음 개방했어. 손님이 많이 왔지. 오후 늦게 불이 났어. 손님들하고 점심 먹었던 창천산 쪽이었어. 연기가 시커멓게 올랐는데. 불길이 여기서도 보였어."

너른 터에는 곯아가는 갈색 은행 몇 알과 젖은 이파리만 떨어져 있었다. 쑥도, 클로버도, 바랭이도, 강아지풀도 모두 시들고, 삭아버렸나. 여름에 보았던 그 소인국은 수와캉 그늘 아래 없었다. 발자국 찍힌 진흙만이 남아 있었다.

"불길로 제일 먼저 뛰어간 분이 김산 선생님이었어. 일흔도 넘으신 분이. 전기톱 들고 불 번지기 전에 가녘의 나무들을 잘라내셨어. 죽을 뻔하셨지. 성효 형이 끌어오지 않았으면. 왼손 중지 끝마디가 녹아버렸어. 왼쪽 겨드랑이하고 등에 화상 입으시고. 얼굴이 검댕이투성이가 된 채로 병원에 실려 가셨는데. 그걸 보고 모두들 죽어라고 불을 껐어. 소방대도 필사적이었고. 진화되고 난 다음에, 선생님이 소지 공양을 하셨다고들 했어. 그렇게 살려낸 곳인데."

김범오는 말문이 콱, 막혔다. 손에 아직 남아 있었다. 여름에 선생님의 유분을 쥐었던 기억이. 눈에 아직 보였다. 뭉툭하던 그 왼손 중지가 대봉투를 들고 있던 게. 나무 아래 무릎이라도 꿇고 싶었다.

강신영은 나무가 서 있는 둔덕 아래로 내려갔다. 거기서 강을 내다봤다. 둔덕 아래에는 덩이진 흙이 깨져 나가 있었다. 지표 아래 젖지 않은 흙이 보였다. 뿌리가 드러나 있었다. 은 행나무 뿌리가. 김범오의 얼굴에 핏기가 가셨다. 그는 숨을 쉬 지 않았다. 손을 뻗어 깨진 흙 한 덩어리를 쥐었다. 가지 위에 쌓인 눈 떨어지는 소리가 다시 들려왔다. 그리고 주위가 적막 했다.

"나는 건설회사에 다녔어. 이런 일에 대해 알아."

그의 목소리가 가늘게 떨렸다. 주먹에 쥔 흙덩이가 부서졌다.

"내가 해볼게. 내가 지은 죄, 내가 씻어볼게."

··63

강가가 뿌옇게 흐려지더니, 눈이 왔다. 처음엔 희끗희끗할 뿐이었다. 하지만 그 작고 보얀 것들이 이내 사방을 가득 누비 기 시작했다. 강 건너 회룡포의 모래밭과 솔숲이 하얗게 사라 지고, 강변의 썰렁한 복사밭에 싸락눈이 붐볐다.

도화관 스피커에서 6시부터 공회가 있을 거라는 공고가 나 오자 목재소 공터의 반 자른 드럼통 옆에서 불을 쬐던 사람들 의 얼굴이 굳어졌다. 수목원을 넘겨야 하나, 말아야 하나. 아 무도 말이 없었다. 탁, 탁, 불길에 가지 쪼개지는 소리만 들려 왔다. 그을린 드럼통 바깥으로 노란 불티가 치솟았다가 가라 앉았다. 고개를 들어보니, 회룡포 너머에 세워졌던 건설회사의 크레인도 하얗게 지워져가고 있었다. 새들이 보이지 않았다. 살을 에는 듯이 추웠다.

강세연은 전나무 숲에 서 있다가 도화관의 공지 사항을 전해 들었다. 그녀는 나흘 전 수목원으로 찾아왔다. 주말과 겨울 휴가를 이어서 쉬기로 했다. 하지만 김범오의 얼굴은 밝지 않았다. 수목원을 세운 분은 지난여름에 돌아가시고, 그 아들마저 유명을 달리했다. 아들이 갖고 있던 조합 지분의 절반은 건설회사로 넘어가고, 나머지 절반을 어째야 할지 한 달째 사람들이 이마를 맞대고 있다고 했다. 그런데 그 건설회사는 그녀와 김범오가 다녔던 성립건설이었다. 그녀는 들어온 다음 날 도화관 식당에 크리스마스트리를 만들었다. 하지만 사람들의 시선은 따스하지 않았다.

전나무 숲을 다 누비는 눈송이들. 수만 개의 흰 날개들. 온 세상을 다 찍는 하얀 붓질들. 아, 바람이 불지 않으니까 벌레들이 죽지는 않겠구나. 눈 이불이 날아가지는 않으니까. 며칠 추위가 풀리자 눈 밑에서 나왔던 쥐며느리와 지렁이, 무당벌레와 거미가 다시 내리는 눈에 그루터기 아래로 숨어든다. 이끼 속으로 파고든다. 강세연은 재빨리 카메라를 꺼내 셔터를 조용히 반복해서 눌렀다. 몸을 쪼그리고 렌즈를 벌레들에게 바짝 갖다 댄 접사 촬영이었다.

그녀는 도화관 2층의 게스트 하우스에 짐을 풀었다. 김범오는 비어 있던 작은 집을 얻어 보름 전 이사를 했다. 거기 들러

저녁 식사를 함께하면 좋을 텐데. 그는 지금 수목원에 없다. 낮에 차를 타고 나갔는데, 아무도 그가 어디로 갔는지 말해 주는 사람이 없다. 알고 있는 사람도 없다. 금요일 오후에 도대체 어디로 나간 걸까. 공회가 있는 줄 다 알 텐데. 누구를 만나러 간 걸까. 여자를? 김범오가? 그럴 수도 있다. 하지만 사람들이 알면서도 말해 주지 않는 게 아닐까. 그녀는 뭔가 분한 마음이 스며들어 오는 기분이다. 왜 수목원 사람들하고는 가까워지지 않는 걸까. 김범오도 요즘에는 뭔가 정신이 홀려 있는 것만 같았다. 바짓가랑이 끝으로 한기가 들어왔다. 너무 추워 귀가 타는 것 같고, 각막이 시렸다.

사람들은 모두 도화관 1층의 도서관 열람석에 모여 앉아 있었다. 거기가 가장 따스한 곳이었다. 평소에는 클래식 음악을 틀어놓곤 했는데 오늘은 아무도 오디오를 만질 생각을 안 했다. 6시가 좀 넘어가자 열여덟 명 정도가 모여들었다. 수목원은 모두 열두 가구, 독신가구 다섯에서 한 사람씩, 부부와 아이들이 사는 나머지 가구에선 부부들이 대부분 나왔다. 아이도 두 명이나 보인다. 김범오만 보이지 않는다.

강세연은 열람실 한쪽에 걸린 거울에 얼굴을 비춰본다. 코와 뺨 위로 퍼져 있는 붉은 모세혈관들이 하얀 피부 위에 눈의 결정처럼 떠올라 있다. 너무 추운 곳에 있다가 실내로 들어와서인지 눈물이 날 것만 같다. 이전에 사귈 때 우린 즐겁게 지내면서도 자기 세계를 지키고, 서로 얽매이는 걸 원치 않았다.

하지만 그가 보이지 않으니까 나는 왜 이렇게 서운하고, 날카
로워질까.

"김범오 씨가 안 보이네요."

"어디 잠깐 다녀오겠다고 했어요. 사실은 올 시간이 다 됐
는데."

누군가 묻자 강신영이 대답했다.

"요즘 그 친구 왜 그렇게 바깥 출입이 잦습니까?"

아아, 그 남자가 의심을 받는다. 성림건설이 넘겨받았다는
수목원 지분이 50, 지금 모인 조합원들이 가진 지분이 50이다.
수목원 운영 결정은 과반수 찬성으로 이뤄진다. 조합원 가운
데 단 한 사람만이라도 수목원 매각에 찬성하면 나머지 사람
들은 거기 쓸려가야 한다. 그러니 누군가 지금 자리에 없다면
의심받는 건 당연하다. 하지만 김범오에겐 아직 지분이 없지
않은가. 강세연은 게스트라서 이런 자리에 참여할 자격이 없
다. 하지만 자기가 김범오 대신 나와 있다고 생각한다. 그리고
아무도 그녀를 탓하지 않는다. 대신 김범오를 탓할 뿐이다. 형
선호라는 사람이 일어나서 열변을 토한다.

"처음 그 친구가 여름휴가를 보름이나 받아냈다고 했을 때
부터 이상했어요. 그때 외국인들이 스테이션 왜건을 몰고 왔
지요. 그 친구는 그게 그저 수질 조사를 했을 뿐이라고 말했습
니다. 하지만 그때부터 수목원을 장악하려는 의도가 있었던
거예요. 성림건설에서요. 지금 김범오 그 친구가, 입이 열 개,
백 개라도 할 말이 있겠어요? 그 친구한테 조합원 자격 준다는

건 말도 안 됩니다. 저는 아직도 그 친구, 무슨 의도로 여기 왔는지 잘 모르겠습니다."

"오래전부터 여기 올 생각이 있는 친구였습니다. 성실하고, 정직하고. 제가 잘 알고 있습니다. 그 친구도 이용당했을 뿐입니다. 반년을 채우고 나면 정식으로 자격 심사를 신청할 겁니다."

"안 받아들여야 합니다. 어떻게 믿습니까?"

"그건 그때 가서 이야기하면 됩니다. 그렇게 막연히 의심만 하지 마십시오."

강신영이 김범오를 위해 항변했다. 형선호 옆에 앉은 사람이 일어난다. 박유일이다.

"우리, 지금 그렇게 여유 있는 상황이 아닙니다. 삶의 터전을 잃느냐, 마느냐는 기로에 있습니다. 규칙을 적극적으로 활용해야 합니다. 게스트로 온 사람 중에도 회원들이 반대하면 퇴거시킬 수 있습니다. 지금은 신영 씨가 그렇게 계속 그 친구를 옹호할 수 있는 때가 아닙니다."

"아, 정말 왜들 이러세요! 그 친구 지난 한 달 동안 얼마나 황소처럼 일했습니까? 아무도 손 안 대던 빈집 수리는 얼마나 열심히 했습니까? 당장 저 옆의 새 서가는 전부 누가 만들었습니까? 조립식 목조 주택 사업은 누가 고안해 냈습니까? 김범오 씨입니다. 저 친구도 분노하고 있습니다. 그런 회사가 싫어 사표 쓰고 나선 거 아닙니까? 어차피 성림건설 부지와 우리 수목원이 붙어 있는 한, 이런 일은 한 번쯤 찾아올 수밖에 없었던 겁니다. 그놈들이 김성효 이사의 지분을 뺏어간 거나 다른 게 없습니다. 계속 꼬여서 담보로 내놓으라고 했다는 거 아닙니까? 이제는 남은 우리가 굳건하게 지켜내야 합니다. 서로 믿고 힘을 합쳐야 합니다. 한 사람이라도 마음이 변하면 끝입니다. 김범오 씨를 끌어안아야 합니다. 그 사람, 뭔가 만회하겠다고 약속했습니다. 그 사람, 우리 사람입니다. 분명합니다."

"지금 너무 위태로운 상황이니까 그렇지요. 여기 모인 사람들 중에 성림건설에서 전화 한 통 안 받은 사람 있습니까? 나는 몇 번 받았습니다. '지분을 넘겨달라.' 그럼 1억 원을 주겠답니다. 처음에는 5000만 원을 주겠다더니, 올라갔습니다. 제일 먼저 투항하는 한 사람만 그걸 받을 수 있는 겁니다. 나머지는 그냥 쓸려나가는 거고요. 제대로 보상이나 해주겠습니까?"

강신영은 수목원 운영 규정이 과반수 찬성으로 만들어진 것을 처음으로 후회했다. 김산 선생님이 살아 계실 때 규정은 과반수로 돼 있었지만, 사실은 만장일치가 될 때까지 숙의를 거듭했던 것이다. 그래서 어떤 결정이 나더라도 누구도 억울한 게 없도록 미세한 조정을 여러 번 해나갔던 것이다. 하지만 그 규정 때문에 지금 이렇게 조합원들이 애를 태우게 되다니. 그는 지치고 무심한 눈동자로 창밖을 내다볼 뿐이다.

강세연은 열람석 옆의 벽에 비스듬히 기대고 앉아 반대편 서가 끝에 난 창문을 통해 바깥을 본다. 밤은 시작되었고, 눈은 끝없이 내려오고 있다. 세상의 이 모든 갈등을 덮어주렴. 하늘이 빚은 신성한 흰 문자들. 하얀 볼 비비며 내려오는 겨울의 보얀 알들. 창가를 두드리는 하얀 나비들. 날개 접고 물이 되어 유리를 적시는 나비들의 착지. 착지…… 착지…….

그녀의 눈앞으로 흰 눈밭 위에 찍힌 산토끼들의 무수한 발자국이 보인다. 그녀는 산토끼의 발자국을 따라가면 반드시 산토끼들을 촬영할 수 있다고 생각했다. 하지만 인간이란 얼마나 우스운 존재인가. 산토끼는 괜히 눈밭 위에서 180도 뜀뛰기를 해서 오던 길과 평행하게 거꾸로 발자국을 찍어놓기도 했다. 사냥꾼을 교란하는 것이었다. 어떤 때는 가던 길로부터 돌연하게 120도 정도 좌후(左後) 방향으로 돌아서 발자국을 내놓은 적도 있었다. 산토끼들은 발자국이 추적의 단서가 된다는 걸 훤히 알고 있는 것이다. 사람들만이 산토끼를 우습게 보고 있는 것이다. 함박눈이 내려온 눈밭 위에서 김범오로부터 그런 설명을 들으면서 그녀는 얼마나 재미있어 했는지 모른다. 여기 산토끼들은 쫓기다 못하면 참매봉으로 올라가. 거기 벼랑 위에 미륵 부처가 새겨져 있는데, 부처님이 토끼들을 옷자락 속에 스르륵, 감춰주는 거야.

그녀는 이팝나무 숲이 있다는 노루목으로 갔다가 믿을 수 없게도 곰을 봤다. 어제 있었던 일이었다. 강에서 증발한 수분들이 그렇게 많은 건지, 엄청난 눈이 내려 수목원 집집마다 무릎까지 쌓인 적설을 치우고 길을 내야 했다. 바람 없는 날씨가 고요하고, 태양마저 밝게 빛났다. 그녀는 김범오가 준 특이한 아이젠을 장화 아래 채우고 길을 나섰다. 아이젠이라기보다 둥글고 넓적한 일종의 대나무 받침대였다. 그녀는 실컷 사진을 찍고 이제 돌아가 봐야 한다고 생각한 순간 장화가 깊이 빠졌다. 발을 빼내고 있는데 뭔가 시커먼 게 이팝나무 숲에서 나왔다. 노루목에서 아래로 난 길을 따라 맹렬한 기세로 달려가는 게 있었다. 곰이었다. 너무나 빨라서 촬영할 틈도 주지 않았다. 눈 아래 덮인 작은 나무들을 정확하게 찾아내 밟으면서 질주했다. 앞발로 양쪽에 눈을 퍼 올리면서 달리는 모습은 마치 눈보라의 날개를 단 것 같았다.

아, 어떻게 우리나라에서 야생 곰을 다 볼 수 있단 말인가.

김범오는 제대로 먹지 못해 겨울잠에 들지 못한 곰일 거라고 말했다. 자기도 처음엔 곰이 산다는 말을 듣고 신기했다고 환하게 웃었다. 곰이 산다고. 여기엔 곰이 산다고. 하지만 이런 산과 골짜기를 성림건설이 접수하고 나면 어떻게 된단 말인가. 곰은 어디로 가고, 그 아름답던 이팝나무 숲은 어떻게 될까. 그리고 그 위에 반짝이던 하얀 눈밭은. 그 위를 뛰어가던 토끼들의 발자국은. 도대체 그런 걸 어떻게 사고팔 수가 있단 말인가. 도대체 어떻게.

그녀는 안으로, 안으로 가라앉고 있었다. 하지만 열람실의 분위기는 다르다. 누군가 일어서서 만에 하나 우리가 건설회사 쪽에 양보한다고 치면 우리가 수목원의 대의를 해치는 셈이 되냐고 묻는다. 성명한이라는 사람이다.

"당연하지요. 그걸 어떻게 말이라고 하세요."

"아, 그런 식으로 대하는 건 곤란할 것 같은데요. 너무 감정적이면 서로 탁 털어놓고 말할 수가 없으니까요."

오늘의 의장 격인 강신영이 손바닥을 흔들면서 말한다. 그는 원래 말을 꺼내려던 사람에게 계속하라고 눈길을 준다.

"건설사에서 필요로 하는 건 저기 하상 온천하고 회룡포인 것 같습니다. 그걸 워터 파크로 만들겠다는 건데. 대략 여기 강변부터 복사밭, 수목원 마을하고, 메타세쾌이어 숲의 아래 부분이 물에 잠길 것 같습니다. 보상만 제대로 받을 수 있으면 우리가 산 위쪽으로 이사를 가면 안 되겠습니까. 언제까지 이렇게 계속 누가 배신을 하지 않나 의심하면서 살 수 있겠습니까?"

조성일이라는 사람이 나선다.

"한 사람만 넘어가면 과반수가 됩니다. 건설사 입장에서 보면 당당하게 수목원을 전부 매입했는데, 뭐 하려고 우리들을 수목원에 남겨두겠습니까. 사사건건 저희들 일을 방해하고 나설 건데. 벌써부터 강 건너에 크레인 갖다 놓고 시위하는 것 좀 보십시오. 아마 말 잘 들을 두세 가구 정도 살게 했다가 나중에 내쫓아 버리겠지요."

성명한은 입장이 다른 것 같다.

"너무 그렇게, 서로 불신하게끔 말씀하시는 것 같네요."

"그러니까, 각서를 써야 해요. 각서를."

"무슨 각서요?"

"절대 자기 지분을 건설사로 넘기지 않겠다는 각서 말이에요."

"저는 믿어요. 각서를 쓰든 안 쓰든 우리는 흔들리지 않을 거라고."

강신영이 다리를 꼰 자세를 풀면서 조심스럽게 말했다. 그러더니 그가 갑자기 복도 쪽 창문을 보면서 "뭘?" 하고 묻는다. 누군가, 나이 어린 아이 하나가 숫기가 없어 열람실 안으로 들어오지 못하고 강신영에게 자꾸 손짓을 한다. 왼손을 귀에 갖다 댄 걸 보니, 전화가 왔다는 뜻인 것 같다.

강신영이 문을 열고 나가자 "김범오 아저씨한테서요." 하고 다급하게 말하는 목소리가 안으로 들려온다. 강세연은 퍼뜩 정신이 돌아와 출입문 쪽을 바라본다. 김범오가 누군가의 집으로 전화를 건 모양이다. 강신영은 시계를 들여다보더니 무척이나 어두운 표정으로 문 밖으로 나간다. 그가 나가자 형선호와 조성일, 박유일 같은 사람들이 분노를 삭이는 탄식을 한다.

강신영은 10분가량 있다가 다시 돌아왔다. 그러나 그는 왠지 감격에 겨운 얼굴이 되어 제대로 말을 하지도 못한다. 그러고는 아무도 기대하지 않았던 말을 돌연하게 꺼낸다.

"거의 해결된 것 같습니다. 김범오가 정말 잘해 낸 것 같아요."

••64

김범오가 트럭을 몰고 수목원으로 들어섰을 때 헤드라이트 앞으로 눈송이들이 나방이 떼처럼 몰려들었다. 광선이 눈발에 부서지면서 제대로 나아가지를 못해 차창 앞은 계속 어둠침침했다. 그는 차를 천천히 몰았다. 바퀴가 미끄러지고 있는 게 분명했다. 게다가 왼쪽 어깨까지 말을 듣지 않았다. 어깨 골절(骨節)이 빠져나간 것처럼 아팠다.

30분 전 즈음 길가의 공중전화 박스 앞에 트럭을 세워둔 채 강신영에게 전화를 걸고 나오다가 갑자기 벌어진 일 때문이었다. 뒤에 선 지프에서 내린 사내들이 갑자기 박스 입구를 둘러쌌다.

"네가 그 잘난 놈이냐? 면상이 겨우 이 정도야? 새끼야."

"왜들 이러세요?"

처음에는 사람을 잘못 알아보고 있는 것 같았다. 김범오가 정색을 한 채 길가로 나오면서 물었다. 그 다음은 뭐라 준비할 틈도 없이 날아오는 몰매였다.

"개새끼야, 큰일했다."

"형편없는 새끼야. 왜 일하려는 사람들, 앞길을 막아."

김범오는 쓰러졌다가 어깨를 밟혀 버렸다. 그는 쓰러진 채 서서히 한 바퀴 돌면서 사내들의 정강이뼈와 복사뼈, 오금을 차례차례 때려 췄다. 가장 나중에 보이는 복사뼈를 돌려 찼을 때는 따악 — 하고 뼈가 정확하게 쪼개지는 소리가 났다. 맞은 사내가 위로 1초가량 떠올랐다가 아스팔트 차도로 뒤통수와 어깨부터 팽개쳐지듯이 떨어졌다. 김범오의 이가 악물리면서, 가격한 발끝에 워낙 무게를 실었기 때문이었다.

사내들이 허겁지겁 달아난 뒤 김범오는 백미러에 비친 입가의 피를 닦아내면서 그들이 누군지 알 것 같았다. 아마 강원도청 근처에서부터 따라온 것 같았다. 그는 비로소 자신이 아주 위험한 일에 손을 댔다는 걸 알게 됐다. 게다가 자기가 꾸미고 있는 일을 숨어서 훔쳐보는 시선이 있다는 것도 비로소 깨달았다. 그리고 이런 식의 보복과 방해가 앞으로도 집요하게 이어질 거라는 것도. 그는 그동안 강세연과 수목원만 생각했지 적을 떠올리지는 못했던 것이다. 그가 밀어붙이는 일은 명백히 적대적인 상대가 있는 것임에도 불구하고.

그는 도화관 아래쪽에 있는 너른 터로 트럭을 몰고 갔다. 루핑을 천장 삼아 쳐놓은 후미진 철골 아래에 차를 세워놓았다. 오른손을 번쩍 쳐들어 루핑 위에 쌓인 눈 더미를 털어냈다. 그러고 나니 현기증이 나서 눈송이들이 붙어 있는 차체에 잠시 기대야 했다. 그는 그대로 한참 쪼그려 앉아 있었다. 침이 입에 자꾸 고여 눈 위에다 뱉어냈는데, 피가 섞여 나왔다. 내출혈이 있는 것 같았다. 눈이 얹힌 마른 풀잎이 고개를 숙이고 있었다. 갑자기 고달프다는 생각이 들었다. 하지만 무언가 해냈다는 느낌이 전해져 왔다. 분명한 느낌이었다. 오른손에서 전해져 왔다. 대봉투를 쥐고 있었다. 지정서(指定書)가 든 대봉투였다.

그는 몸을 겨우 가누고 도화관 쪽으로 걸어갔다. 이상하게도 불빛이 하나도 없었다. 1층의 식당과 사람들이 모여 있다는 도서실은 물론이고, 2층의 게스트 하우스와 토의실에도 아무런 불빛이 없었다. 건물 자체가 캄캄했다. 도화관 현관등과 1층 복도에만 불이 들어와 주위를 더욱 썰렁하게 만들고 있었다. 저기 멀리 가옥들에는 불을 켜놓은 곳들이 보였다. 이상하다. 사람들이 모두 도서실에 있다고 했는데. 공회를 끝냈어도, 서너 사람은 남아서 기다리고 있을 텐데.

그는 영문을 모른 채 눈밭 위에 멈춰 서서 무력감을 느꼈다. 겨울 사파리에서 모자를 당겨 머리를 덮었다. 주위가 고요했다. 작은 눈송이들이 날아와서 귀 앞에서 부딪히는 소리가 들릴 정도였다. 얻어맞은 배가 욱신거리고 침이 자꾸 올라왔다. 사람들이 하나도 남김없이 다른 곳으로 몰려간 게 틀림없었다. 강신영도, 형선호도, 성명한도, 박유일도. 나는 저희들을 위해 이렇게 커다란 걸 얻어냈는데, 이렇게 만신창이가 돼서 돌아왔는데. 그는 관자놀이 쪽으로 나쁜 피가 새카맣게 몰려든 것 같았다. 언짢아졌다. 그런데, 어떻게 세연이까지? 다 어디로 간 걸까?

그러다가 그는 갑자기 사람들이 모두 어디론가 끌려갔을지도 모른다는 생각이 들었다. 난데없는 공포심이었다. 머리끝이 곤두서는 것 같았다. 아, 그럼, 세연이는? 세연이까지 어디로 갔단 말인가. 그는 더 당혹스러웠고, 눈동자엔 얼이 빠져나갔다.

자기 여자의 안위를 돌보지 않았다는 자책 같은 게 일었다.

그는 잠시 마음을 가라앉혔다. 서늘한 표정으로 조심스럽게 계단을 올라가 도화관 현관문 앞에 섰다. 조명등이 비추고 있었다. 이미 찍힌 발자국 위에 눈이 내려 윤곽들이 희미해져 있었다. 도화관으로 들어간 발자국이, 나온 발자국보다 훨씬 많아 보였다. 바로 옆에 갖가지 화분과 항아리가 눈사람처럼 하얗게 서 있었다. 텅 비었거나, 마른 관상목이 담겨 있는 것들이었다. 대가족이었다. 아, 모두들 어디 갔나?

그는 머릿속이 울리는 것 같아서 발을 천천히 털고 복도로 들어섰다. 복도에는 물기가 마른 자국이 남아 있었다. 앞서 간 사람들의 옷에 묻은 눈이 떨어진 건가. 그는 무언가 정탐하러 온 사람처럼 슬그머니 발을 떼어 도서실 문 앞으로 바싹 붙었다. 안을 들여다보자 아무도, 단 한 사람도 보이지 않았다. 아아, 아까 강신영이 도서실에서 분명히 공회 중이라고 말했는데. 그게 30분도 안됐는데. 공회는 늘 도서실에서 해왔는데. 수목원을 뺏기느냐, 마느냐, 이렇게 중차대한 일을 논의하는데 사람들이 벌써 이야기를 끝내버렸단 말인가. 아니면 모두들 어디로 끌려갔단 말인가. 아아, 한 달 동안 속을 시커멓게 태워가며 겨우겨우 받아낸 지정서를 내가 가져왔는데. 이렇게 코페르니쿠스적인 전기(轉機)를 들고 왔는데. 모두 다 어디 갔단 말인가.

그는 복도에 서서 쓸쓸한 눈으로 도서실 안을 훑어보았다. 대봉투를 방망이처럼 말아 쥐고는 도서실 문을 툭툭 두드려보았다. 대봉투에는 돌아가신 김산 선생님과 아들 김성효, 강신영에 대해 산림청장이 모범 독립가로 인정한 서류들과, 지난 30년 동안 5년마다 작성해서 산림청에 낸 산림시업안과 결과 보고서들이 들어 있었다. 수목원 내의 은행나무를 실측한 보고서들도. 지정서를 받아내기 위해 제출한 서류들이었다.

강원도청의 농림국장은 벌써 은퇴한 사람처럼 보였다. 머리칼이 모두 하얘졌고 나이가 지긋해 보였다. 김범오가 사무실로 들어서자마자 그는 곧바로 알아보고 일어섰다. 그가 건넨 손을 맞잡으며 김범오는 허리를 숙였는데, 좋은 느낌이 왔다. 일이 잘된 것 같았다.

"자, 축하합니다. 강원도 지정 보호수로 정해졌습니다."

"아, 예? 그렇습니까. 감사합니다. 국장님, 정말 감사드립니다."

그가 건넨 지정서에는 강원도지사와 산림청장의 붉고 네모난 직인이 찍혀 있었다.

강원도 지정 보호수 제 148호. 강원도 영월군 주천면 도원리 25 은행나무. 수령(樹齡) 850년. 수고(樹高) 27m. 나무 둘레 9.5m. 고유번호 강 10-27. 지정일자 1998년 12월 23일. 위 나무를 산림법이 정하는 바에 따라 보호해야 할 강원도 지정 보호수로 정합니다.

이제 강변의 둔덕은 수몰시킬 수가 없다. 그는 가만히 서 있는 자세 그대로 목부터 얼굴까지 벌겋게 달아오르는 것을 느낄 수 있었다. 수목원을 짓눌러 온 모든 괴로운 일들이 끝나 버린 것이다. 누구도 수와캉을 수몰시킬 수가 없다. 강을 막을 수도, 회룡포를 물속에 잠글 수도, 도화관을 수몰시킬 수도 없다. 우리는 이제 지정서를 따낸 것이다! 아무도 우리를 건드릴 수가 없다! 아무도! 그는 군대에서 글러브를 끼고 권투를 하면서 내내 몰리다가 결정타를 꽂은 것 같았다. 앞을 가로막던 거구가 거꾸로 쓰러지고 시야가 확 뚫려버린 것만 같았다.

김범오의 눈앞으로 한 달 전에 뚫은 구멍이 지나갔다. 은행나무의 나이테를 파악하기 위해 파낸 긴 구멍이었다. 거기 벌레들이 들어가지 못하도록 촛농을 부으면서, 자기 상처에 뜨거운 물을 붓는 것만 같았다.

아아, 고맙다. 은행나무야. 수와캉아. 너는 정말 우리 수목원의 상징이 되고도 남는구나. 우리 수목원의 문장(紋章)이 되고도 남는구나. 너는 정말 수와캉이구나.

『육도집경』에 나오는 나무. 높이 4000리, 뿌리가 800리, 그늘이 3000리나 되는 나무. 우리와 함께 살면서, 우리를 살려주는 나무.

적설을 하얗게 이고 어깨가 우람한 거목이 떠올랐다. 김범오가 복도 바깥을 내다보자 나무는 보이지 않고, 거대한 눈 자락이 커다란 사선을 그으며 대지를 휘덮고 있는 게 보였다.

그는 아무도 없는 도서실 문을 쓸쓸하게 열고 들어와 스위치를 올려보았다. 하지만 불마저 들어오지 않았다. 그는 갑자기 왼쪽 어깨가 끊어지는 것처럼 아파서 오른손으로 주무르기 시작했다. 다들 누군가의 집으로 몰려가서 축배를 올리고 있는 건지도 모르지. 그는 캄캄한 어둠 속에 홀로 선 채 쓸쓸하게 웃으면서 마음속으로 읊조렸다.

고맙다. 은행나무야.

바로 그때 도서실 서가의 짙은 어둠 속에서부터 사람들이 하나둘 걸어 나왔다. 희끗희끗한 음영으로만 알아볼 수 있는 신체들이 하나하나 나타났다. 김범오는 어깨를 주무르다 말고, 이게 무언가, 숨을 멎고 응시하는 중이었다. 누군가 저쪽 벽의 두꺼비집을 올리자 낯익은 빛이 천장에서 몇 번씩 번쩍번쩍거렸다. 한 번씩 점멸할 때마다 김범오가 너무 잘 알고 있는 사람들의 얼굴이 나타났다가 사라졌다. 그러고는 실내가 환해졌다.

"잘했다! 김범오! 고맙다! 김범오!"

강신영과 세연이, 그리고 조성일과 박유일 같은 수목원 사람들이 쏟아진 물처럼 김범오에게 몰려와 펄쩍펄쩍 뛰면서 기쁨의 아우성을 치기 시작했다. 형선호는 아직 무슨 경계심 같은 게 남아 있는 건지, 뒤편에 서서 의구심이 사라지지 않은 얼굴로 그를 보고 있었다. 하지만 10월에 김범오보다 좀 일찍 수목원에 들어온 여성 회원인 김수현은 김범오의 손을 붙잡고 눈물을 흘리기까지 했다.

"정말 고생하셨어요. 감사해요, 김범오 씨."

"완전히 끝내버렸어!"

"성림건설, 곡소리 나오겠어!"

아이 하나가 어른들 허리춤을 비집고 나오면서 외쳤다.

"김범오 아저씨, 만세!"

김범오는 그 아이를 들어 올리면서 뺨을 비볐다.

"이거 뭐 전부 다 숨어 있었잖아. 나는 다들 나 빼놓고 도망
간 줄 알았어!"

그는 얼굴이 벌게진 채 눈이 둥그레져서 소리 질렀다.

"가긴 다 어디 가. 너 데리고 가서 저기서 헹가래 쳐야지."

도서실 한쪽에는 낮게 클래식을 틀 수 있도록 오디오 세트
가 놓여 있었다. 누군가 LP판을 얹고 바늘을 조심스레 내려놓
았다. 그가 볼륨을 있는 대로 높이자 증폭된 선율이 열람석을
흔들 만큼 커다랗게 터져 나왔다. 베르디의 「아이다」에 나오는
「개선 행진곡」이었다. 도서실 자체가 움직이는 것만 같았다.
사람들 목소리가 제대로 들리지도 않을 정도였다.

김범오를 보고 눈물을 흘린 사람은 김수현 혼자만이 아니었
다. 강세연은 처음 트럭이 눈자락을 헤치며 저 아래 빈터로 들
어와 주차할 때부터 눈시울에 눈물이 그렁그렁 차오르는 것을
어찌할 수가 없었다. 어둠 속에 김범오가 혼자 걸어오는 모습
을 보면서 고인 눈물이 흘러 내려왔다. 그는 자기가 이 수목원
에 원죄가 있다고 생각하는 것이다. 그래서 필사적으로 수목
원을 보호하려고 하는 것이다. 눈이 오든, 비가 오든, 언제든

마음이 편치 않은 것이다. 어둠을 가로질러 오는 그는 왠지 몸마저 성치 않아 보였다. 그는 방금 전까지 이 자리에서 자기가 얼마나 비난받았는지 알고나 있을까. 강세연은 그가 머리에 눈을 인 채 쓸쓸하게 복도까지 왔다가 텅 빈 도서실 안을 들여다보며 들어올까 망설이는 모습을 숨어서 지켜보면서 흘러내리는 눈물을 가눌 수가 없었다. 5년 전 화창했던 5월의 어느 날 남산의 한 카페에서 그를 처음 보았을 때 당당하고 유머러스하던 그 빛나던 얼굴이 또렷이 그녀의 눈앞에 떠올랐다. 하지만 세월이 흘러 그녀는 이제 이런 식으로 그녀의 남자와 재회하고 있는 것이다. 그녀는 당장은 이렇게 그의 가슴을 아프게 할 깜짝 파티를 한다는 게 미안하기만 했고, 거기에 동의한 자신이 잔인하게 여겨졌다. 그가 망연한 얼굴로 도서실 문을 열고 들어오자 몸에서 나는 서늘한 한기가 서가에 숨은 그녀에게 금세 전해져 오는 것만 같았다. 그녀는 굵게 흘러내리는 눈물 줄기를 어둠 속에서 가만히 닦았다.

김범오는 아직 사람들에게 둘러싸여 있었다. 강세연은 여전히 눈시울이 젖은 채 사람들의 뒤편에서 그를 물끄러미 바라보았다. 그는 분명히 어딘가 다친 것 같았다. 자세히 보니 귀 뒤가 찢어져 있었다. 피가 말라붙어 있었다. 그러나 사람들은 그것을 아는 듯 모르는 듯 정신없이 증폭시켜 놓은 음악 속에서 펄쩍펄쩍 뛰면서 좋아하고 있었다. 특히 태영이는 김범오를 얼싸안듯이 매달린 채 환하게 올려다보고 있었다. 김범오는 아이들을 너무나 좋아했다. 아이들도 누구나 김범오를 좋아했다.

눈보라가 기둥처럼 일어서서 서가 옆의 창을 흔들었다.

··65

강세연은 렌즈를 닦다가 농장 정문 쪽을 바라봤다. 둔덕 위의 파빌리온에서는 거기가 잘 내려다보였다. 아래편 농장의 울타리는 산철쭉이었다. 멀리 빽빽한 숲과 거무스레한 절벽이 잘 어울리는 대화면 장미산이 내다보였다. 아직 인적이 없었다. 그녀는 좀 더 큰 105밀리미터 렌즈를 꺼내 천으로 문질렀다.

렌즈 일곱 개를 다 닦고 나자 무쏘가 바깥의 주차장으로 들어오는 게 보였다. 그녀는 렌즈들을 가방에 챙겨 넣고 둔덕을 내려가기 시작했다. 김범오가 차 문을 열고 내려서는 게 보였다. 세 달 만의 재회였다.

그는 그동안 편지를 많이 보냈다. 그녀는 지난겨울 수목원에서 찍었던 그의 사진을 골라 보냈을 뿐이었다. 그리고 간단히 근황을 적은 편지를 보냈다. 딱 두 번뿐이었다. 그는 몇 번 그녀에게 전화를 걸었다. 그러나 그때마다 시간이 맞지 않았다. 그는 오늘도 휴대폰을 걸었다. 그녀가 허브 농장을 취재하러 평창에 와 있다는 걸 알게 되자 채 한 시간도 안 돼 달려온 것이다.

그는 그녀를 마주 보면서, 답장은 왜 안 했는지, 그런 건 묻지 않았다. 이해할 수 있다는, 너그러운 얼굴이었다. 그렇지 않으면, 지금 묻기엔 적절하지 않다고 생각하는지도 몰랐다. 그을린 얼굴이었다. 붉은 빛이 감도는 갈색이었다. 서글서글해 보이는 눈가에 선한 주름이 한 번 잡혔다. 겨울에 봤을 때의 다소 초조하고, 결연한 빛 같은 게 보이지 않았다.

그는 수목원이 거의 쓰지 않는 길로 돌아간다고 했다. 정말 포장 안 된 오르막길을 올라갈 때는, 낮게 내려온 소나무 가지들이 강세연의 흰 코란도를 앞 유리창부터 차 지붕까지 한참 쓸듯이 지나갔다. 낮인데도, 그런 길은 어두웠다. 포장된 도로들도 깨진 틈을 따라 잡초들이 푸릇푸릇 자라나 있었다. 달리는 내내 그녀는 좌석 아래로 무언가가 쓸리는 소리와 감촉을 느꼈다. 그가 일부러 이런 길을 택한 건지도 모른다.

김범오는 사이드미러를 통해 그녀의 차가 따라오는 걸 줄곧 보고 있는 것 같았다. 커브를 돌고 나서도 감속을 유지했다. 그녀를 배려하는 것이었다. 혹시 그녀가 돌아가 버릴까 염려하는 건지도 몰랐다.

강세연이 수목원으로 들어서자 경내는 일요일 오후여서인지 다시 그럴 수 없을 만큼 조용했다. 4월 하늘 한가운데로 우람하게 피어오른 뭉게구름은 마치 눈 덮인 고원의 높다란 정상처럼 하얗게 솟구쳐 있고, 구름의 그림자는 지상의 능선과 골짜기를 거대하게 덮은 채 서서히 북상하고 있었다.

삐—줄, 삐—줄 대는 동박새와 꾀꼬리 울음. 가볍고도 아련한 그 여운들이 퍼져 나가는 곳에 바다를 이룬 전나무와 참나무, 밤나무와 측백나무들이 4월의 신록을 시위하듯이 펴놓고 있었다.

강세연의 머리 저 높은 곳을 천천히 활공하는 솔개 한 마리만 아니었더라면 정지된 시간이란 무언가를 보여주는 것 같은 적요한 강산이었다. 산과 나무들은 지상의 어느 한 부분이기보다 흰 구름이 서 있는 대기권 저편 우주의 고요와 살을 맞대고 있었다.

강세연은 자기 차 '유진'의 운전석에 걸린 유진 스미스의 작품이 떠올랐다. 「파라다이스 가든으로의 산책」이었다. 스미스의 어린 아들과 딸이 앙증맞은 손을 잡고 아침 햇살이 쏟아지는 나무의 터널 바깥으로 빠져나오는 사진이었다. 강세연은 그 터널을 지나 지금 이곳으로 왔다.

그리고 그녀는, 강산 속에 그저 서 있었다. 무구자연(無垢自然)이었다. 차 건너편에 가만히 서 있던 김범오가 본네트를 두드리며 눈짓하지 않았다면 그녀는 하늘을 쳐다보며 영원히 서 있었을지도 몰랐다.

그녀는 외바퀴 수레와 갖가지 삽, 쇠스랑, 호미가 가득 걸려 있는 흙벽에서 사진을 찍었다. 지푸라기들이 비죽비죽 나온 흙벽이었는데, 작은 농기구들과 잘 어울렸다. 그녀는 파인더에 눈을 댄 채로 어떤 사진이 나올지 짐작할 수 있었다. 대낮의 광선이 오른쪽에서부터 비스듬히 들어오고 있었다. 다양한 토질(土質)의 부드러운 질감과 소박한 벽의 여유로운 곡선, 쇠로 된 농기구 끝에 머무는 빛의 편린과 작은 그늘들. 그녀가 여기저기 옮겨다니며 앵글을 바꾸는 사이 그는 곁에 서서 차분하게 기다렸다.

"다음 달에 수목원 개방일이 있어. 서울 사람들을 위해서 버스도 보낼 거고. 너도 시간 되면 찾아와. 그리고, 이제 그 빈집에서 벗어나게 됐어."

그녀가 잠깐 그를 돌아보았다. 자신감 같은 게 보였다.

"내 집을 짓는 거야. 회원이 된 거지."

한 발 쪼그린 자세에서 촬영하던 그녀가 일어나 그에게 다가서면서 웃었다.

"정말? 참 빨리 됐구나. 축하해."

"저번에 편지에 제안한 건, 생각해 봤니?"

"곤충하고 식물들 소개하는 책 말이지."

"그래. 어린이나 청소년 책. 생태를 아주 자세하게 촬영하는 거."

김범오는 천천히 이야기했다. 사실은 매일같이 답장이 오기를 기다린 것이었다.

"책은 시간이 꽤 걸리잖아. 생각해 보고 있어."

그는 다소 실망했지만, 좀 더 자세히 말했다.

"여긴 정말 곤충의 나라고, 식물의 나라야. 온갖 게 다 있어. 그런 책 만들려면 이만한 데가 없을 거야. 예전에 너도 그런 책, 만들고 싶다고 얘기했는데."

아마 성림건설에 같이 다니던 무렵이리라.

"그래. 맞아. 하지만 그동안 곤충이나 식물 공부를 특별히

해둔 게 없어서."

"괜찮아."

그는 걸음을 옮기는 그녀의 어깨를 가볍게 두드리다가 손이 스쳤다.

"모르는 게 있으면 나를 사용해 줘."

그가 웃었다. 블라우스 속의 살결에 단정하고 따스하게 스치는 여운.

"범오 씨도 바쁠 거 아냐. 집도 짓고."

"네가 와서 작업한다는데 집이 먼저겠니. 시키는 대로 해야지."

강세연이 돌아보며 활짝 웃었다. 그는 잠시 할 말을 잊었다. 길게 맺혀 있던 목련 꽃봉오리가 갑자기 개화한 듯, 아찔했다. 체온처럼 따뜻하고 풍만한 봄의 공기가 그녀의 주위에서 환하게 빛나고 있었다. 그는 은밀하면서도 크나큰 행운이 자기에게 다가오고 있는 것 같았다. 가슴이 두근거리고 몸이 천천히 달아올랐다. 딱 강세연만 한 부피와 무게가 느껴지는 부드러운 행운이 그의 몸에 바싹 다가서고 있는 것 같았다.

강세연은 다음 날 아침 회사에 전화 걸어 출장 신청을 했다. 그날과 다음 날 몇 가지 스케줄을 조정하고 김범오가 집을 짓고 있다는 곳으로 갔다. 벌써 사람들이 나와 한창 일하고 있는 중이었다. 강이 내려다보이는 언덕에 자리 잡은 집이었다. 마당 둘레에는 느티나무와 감나무, 오동나무, 배롱나무가 서 있었다. 배롱나무는 가지들이 좌우로 퍼진 게 특징이었다. 가지마다 벌어진 붉은 꽃들이 아름다웠다. 그녀는 오동나무의 이파리가 그렇게 큰지를 알지 못했다.

"코끼리 귀만 하네."

이파리가 부드러웠다.

배롱나무 아래의 작업대 위에는 얹혀 있는 게 많았다. 초크 라인, 줄자, 접자, 직각자, 수평계, 드릴, 엔진 톱, 목재 절단 용 스킬, 대패. 그 옆에는 집을 어떻게 지을 건지 보여주는 칠 판이 하나 서 있었다. 김범오는 흰 분필로 미끈하게 그려진 가 옥의 평면도를 가리켰다.

"내가 그린 거야. 건축잡지들 보면서. 단층 가옥만 유심하 게 봤어. 좋은 건 오려내기도 하고. 그래도 세 달 걸렸어."

"회원도 되기 전에 집 지을 생각부터 하고 있었구나."

두 사람은 마주 보며 웃었다. 김범오는 다소 들떠 있는 것 처럼 보였다. 어쩌면 그녀가 와주었기 때문인지도 몰랐다. 강 세연은 작업대 앞에 선 그를 향해 카메라 렌즈를 돌렸는데, 그 가 다시금, 씨익 웃었다. 찰칵! 찰칵! 그녀는 그의 시선이 잠 시 자기 가슴으로 내려왔다는 걸 알아챘다.

1층 공사장에는 사람들이 진흙 벽돌로 외벽을 쌓고 있었다. 안으로 들어서자, 15밀리미터 합판으로 내벽을 세우고 있었 다. 김범오와 그녀는 구멍이 숭숭 뚫린 비계를 밟고 지붕 쪽으 로 올라갔다. 그는 공구 주머니를 찬 채 못 총으로 2.5인치 아 연 못들을 한 뼘 간격으로 박아 넣기 시작했다. 팡! 팡! 삼각 지붕의 안쪽 뼈대가 될 큰 삼각형의 목재 트러스들을 고정시키는 것이었다. 그는 입에 못을 물고 있었다. 그녀는 그 얼굴을 몇 컷 촬영했다.

"끝이 뭉툭한 것 같아."

"아, 이거."

그가 못을 손바닥에 얹었다.

"나무에 박고 나면 틈이 벌어지지 말라고, 그런 거야."

강세연은 다시금 비계가 설치된 곳으로 물러난 뒤에 김범오 쪽으로 가까이 가면서 촬영했다.

"서울 생활 정리하고 수목원에 정착한 사람 스토리, 그런 걸 만들 수 있겠는데."

"얼마든지. 다 말해 줄게."

"데스크들이 좋아할진 모르겠지만."

그녀가 머리 위의 목재 트러스들을 지나갈수록 껍질 벗긴 생나무 향기가 진해졌다. 나중에는 카메라를 한 번 들어 올리는 것만으로도 향기가 퍼졌다. 저절로 진저리가 쳐질 정도였다. 목재용 향나무와 나왕으로부터 나오는 것이었다.

"수목원에서 지난가을에 일부러 이런 목재들을 들여왔어. 저기 메타세쿼이어 그늘에서 말리면서 쭉 곧게 편 거야. 내가 첫 번째 수혜자가 된 거고."

기쁜 안색이 그의 얼굴에 감돌았다. 자신감과도 같은 그런 낯빛이었다.

김범오는 목재 트러스 하나가 다른 것들과 간격이 맞지 않은 걸 눈여겨봤다. 그는 트러스를 꽉 붙잡더니 혼자 힘으로 움직이기 시작했다. 소매를 걷어붙인 팔뚝의 근육이 일어서 있었다. 힘줄 지나가는 게 보였다. 그는 건너편으로 넘어가서 트러스의 다른 쪽을 그만큼 움직였다.

그가 수건으로 목을 닦으며 다시 그녀 쪽으로 건너왔다. 땀으로 얼굴이 번들거렸다. 두 사람은 1층을 내려다봤다. 그는 혼자 사는 사람 집에 왜 방이 세 개나 되냐고 강세연이 물어봐줬으면 하고 은근히 바랐다. 하지만 그녀는 일부러 그러는 것처럼 그렇게 묻지 않았다. 김범오는 "너랑 같이 살고 싶어서." 하고 대답하는 자기 모습을 얼핏 떠올려보았다. 그러다가 저 혼자 진지해지곤 했다. 이렇게 대답이 준비돼 있는데 그녀는 왜 안 묻는 걸까. 혹시 새 남자가 생긴 건지도 모른다. 그걸 입 밖에 내지 않을 뿐인지도 모른다. 아니면 전남편과 다시 만나고 있을 수도 있다. 내가 갖고 싶은 여자인데 다른 남자들이라고 왜 놓치려 하겠나. 사실 그는 지난 세 달간 수목원에 들어온 걸 몇 차례 후회했다. 서울에 있는 강세연에 대해서 생각할 때였다.

강세연은 수목원 사람들이 러닝셔츠만 걸친 채 작업하는 모습을 발아래로 굽어보며 셔터를 누르고 있었다. 차분하게 집중하는 모습. 김범오는 자기에게 무심한 강세연한테서 갑자기 거리감이 느껴지고 가슴이 서늘해졌다. 그러나 그것은 어디까지나 그의 내부에서만 벌어지고 있는 감정 변화일 뿐, 그녀가 그것을 알 리 없었다. 그도 알고 있었지만 다소 소외감이 들었다.

사람들이 점심을 먹으러 도화관으로 내려갈 무렵 강세연은 옆에 서서 김범오의 프로필을 몇 번이고 촬영했다. 그는 스무 개가 넘는 트러스를 세우고 마지막 남은 것에 못을 박았다. 그녀는 셔터를 누르고, 필름을 감고, 필름을 갈아 끼우고, 렌즈를 바꾸고, 앵글을 다시 잡고, 셔터를 또 눌렀다. 그는 트러스의 이음매를 올려보며 아래에서 위로 못을 박았다. 그동안 그녀는 그의 정면에서 촬영을 했다. 그는 윗단추가 하나 풀어진 가슴을 그녀가 쳐다보고 있다는 걸 알 수 있었다.

마침내 사람들이 그 언덕에서 모두 다 내려가고 남은 것은 느티나무 위에 빛나는 4월의 태양과 그들 둘뿐이었다. 김범오는 다시 가슴이 달아오르는 걸 느낄 수 있었다. 맞다. 세연이는 일부러 시간을 끌었던 거다. 그는 그녀에게 다시금 가까이 다가갔다. 그녀는 여전히 파인더에 눈을 대고 있었다. 그는 두 손으로 그녀의 뺨을 붙잡았다. 귀엽다는 느낌이 들었고, 갑자기 입술을 맞추고 싶어졌다. 하지만 그녀는 카메라를 내리는 대신 셔터를 연거푸 눌렀다. 그녀는 활짝 웃음을 머금으며 조심스레 비계 뒤로 물러났다.

"증거 다 잡았어. 이제 신고만 하면 돼."

그녀는 긴장하지 않았고, 아무 일도 아니라는 표정이었다. 그는 마치 해프닝이 일어났던 것처럼 겸연쩍게 따라 웃었다. 잠시 팽팽했던 신경이 풀어지자 이제까지 자신이 몽상에 빠져 있었던 것처럼 여겨졌다.

오후에 김범오는 그녀와 함께 전나무 숲을 가로질러 다림봉으로 갔다. 여기서 곤충과 식생 촬영에 나서면 어떤 걸 잡아낼 수 있는지 보여주고 싶었다. 두 번째 골짜기가 보이는 노루목에 다다르자 사방이 이팝나무인 작은 숲이 나왔다. 흰쌀을 뿌려놓은 것 같았다. 메밀꽃처럼 보이기도 하지만 꽃들이 훨씬 더 높은 곳에 피어 있었다. 흰빛 역시 화려할 만큼 산뜻했다. 강세연은 천천히 카메라 렌즈를 갈아 낀 다음 이팝나무 꽃의 군집을 한 컷 한 컷씩 잡아냈다. 바람이 불자 흰 물결이 치는 것 같았다.

"기억나니? 너 여기서 곰 봤다고 했잖아."

"아, 참, 맞아, 그래, 여기였구나."

그녀는 갑자기 다시금 여길 찾은 게 반갑기만 했다. 곰이 두껍게 쌓인 적설을 물살처럼 뒤로 헤치면서 눈길 저 너머로 사라지던 모습. 눈에 선했다. 그때 이팝나무 숲의 저 끝에서 나무를 헤치고 곰이 나타나던 때의 의아스러움과 설마 곰일까 싶던 불신감, 뒤이은 아찔함과 경이로움이 다시 떠올랐다.

이팝나무 가지 사이로 나비들이 빠져나왔다. 나방같이 날개가 도톰한 노랑나비 한 마리, 날개에 검은 점들이 촘촘하게 박힌 큰 나비 한 마리였다. 그녀가 신속하게 카메라를 들어서 찍고 나자, 그가 설명했다.

"앞에 게 수풀떠들썩팔랑나비야. 이름만 들으면, 비명을 지르면서 달아나는 것 같지. 뒤에 건 큰표범나비고."

"잡아먹으러 가는 건가?"

강세연의 눈초리에 웃음이 감겼다. 김범오는 빛이 나오는 것 같은 그녀의 웃음을 보면서 다시 한번 아찔해졌다. 그녀가 말했다. 잡아먹으러 가는 건가? 그럴지도 모르지. 그는 혼자 생각하면서 이상한 자신감 같은 게 생겼다.

김범오가 데려간 너도밤나무 숲의 가녘에는 금낭화가 매달려 있었다. 그가 말했다.

"좋은 그림이 될 것 같은데."

꽃봉오리가 붉은 주머니 같았다. 양쪽에 둥근 알을 품은 주머니. 그 아래로 뭔지 모를 꽃의 하얀 부분이 길게 늘어져 있었다. 강세연은 파인더에 꽉 찬 금낭화를 보면서 얼굴이 달아올랐다. 아름다웠지만, 남자의 성기처럼 보였다. 김범오는 그걸 아는지 모르는지 앞서서 한참 가다가 다른 꽃을 가리켰다. 자줏빛이 나는 둥그스름한 꽃이었다.

"이건 꽃말이 '숲 속의 요정'. 이름은 개불알꽃이야."

그가 좀 짓궂어지고 있다는 생각이 들었다.

"이건 뭔데?"

"털개불알꽃. 털이 붙어 있어서."

"이거 꽃말은 나도 알 것 같아."

"뭔데?"

"털북숭이 숲 속의 요정."

인적 없는 숲 속에 울려 퍼지는 웃음소리는 생각보다 컸다. 통쾌하기까지 했다. 김범오는 턱을 완전히 젖히고 목울대까지 움직여가면서 웃었다.

강세연은 문득 김범오가 일부러 금낭화를 찾아서 보여줬을 지도 모른다고 생각했다. 심비디움이나 라일리아 같은 양란의 꽃봉오리 속에 감춰진 식물의 은밀한 치부 같은 것을 그녀에게 처음 보여준 이가 바로 김범오였다. 그는 성림건설 비서실에 근무하던 시절, 외부에서 이사들에게 선물로 보내온 양란들을 보여주곤 했다. 화분을 받아들면 막 개화하도록 비닐하우스에서 온도 조절을 해온 것들이어서 한눈에 보기에도 청순하고 귀한 것들이었다. 그는 꽃봉오리를 펴서 속을 살짝 보여줬는데 갸름하고 매끄러운 틈새가 감춰져 있었다. 마치 천사의 음부 같은 길쭉하고 도톰한 틈새였다. 강세연은 얼굴이 달아올랐지만 김범오는 무심하게 "예쁘지?" 하고 물어왔다. 그녀는 무슨 말을 해야 할지 난감해하다가 "모르겠는데." 하고 말했을 뿐이었다. 나중에 그녀가 조지아 오키프의 그림 세계를 알게 됐을 때 그녀는 양란의 꽃잎 속을 들춰 본 사람들이 김범오 하나만은 아니라는 걸 알게 됐다.

숲으로 난 길을 걸어가는 그들의 머리 위 저 높은 창공으로 매 한 마리가 날아다녔다. 매를 굽어보는 하얀 뭉게구름은 4월의 태양과 대기의 수분이 혼례를 올려 분만(分娩)한 것들이었다. 저 아주 높은 하늘에는 우주에 가까이 접근한 듯 도도하고, 세상 빛을 송두리째 품은 것처럼 환한 또 다른 뭉게구름도 있었다. 마치 천국이라도 숨겨놓은 것처럼 위엄이 서리고 따뜻한 구름이었다.

강세연은 가만히 서서 매가 뭉게구름 아래 그리는 동그라미들을 오래 쳐다보더니 카메라에 담기 시작했다. 그는 그녀의 뒤에 서 있었다. 이 머리카락의 감촉은 어떤 걸까. 코를 갖다대면 어떤 느낌이 들까.

"매는 서울엔 없지. 매가 날아다니는 건 인증서가 활공하고 있는 거야. 숲이 자연 상태로 완벽하게 보존됐다는 인증서가."

"왜?"

그녀가 머리카락을 한 번 쓸어 넘겼다. 저 손가락을 매만지면 어떤 감촉이 날까. 그녀는 어떤 느낌을 받을까.

"매는 먹이사슬의 우두머리야. 매가 살려면 토끼가 살아야 해. 꿩이나 오리도. 물에는 붕어나 잉어가 살아야 하고. 그러려면 숲이 완벽해야 되지. 우린 지금 그런 숲에 서 있는 거고."

말하면서, 김범오는 흔연한 얼굴이 되었다.

"전에 범오 씨 집에 들어갔다가, 매 그림을 봤어. 벽에 걸려 있던데. 보고, 깜짝 놀랐어. 너무 세밀하게 그려서인지."

"박제인 줄 알았구나. 수풀이 우거지면 자연히 매가 사는데. 집 안에서까지 매를 키울 순 없잖아. 그래서 그림이나마 걸어놓았던 거야."

"집에다 식물이란 식물은 다 기르면서, 매는 왜?"

강세연은 이 억척스러운 편집광을 쳐다보면서 저절로 웃음이 떠올랐다.

"서울의 집은 완성된 자연이 아니었어. 나는 그냥 흉내만 냈던 거지. 하지만, 여기 사는 매는 이를테면, 내 정신의 상징

이야. 매일 완성된 숲을 굽어보고 있으니까."

강세연은 다음 날이 되자 아침 일찍부터 산책을 하고 돌아
오더니 매발톱꽃을 촬영하고 싶다고 했다. 엊저녁 김범오가
건네준 『우리나라의 꽃들』이라는 책에서 찾아본 모양이었다.
군생지가 잘 드러나지 않는 드문 꽃이었다. 강원도의 깊은 산
기슭, 볕이 잘 드는 곳에서나 아주 가끔 볼 수 있는 꽃이었다.

"아직 제대로 피려면 한 달이나 더 기다려야 할걸. 어디 피
어 있는지 봐놓은 데가 없는데. 일요일까지 찾아놓을게. 피어
있는 게 있으면. 그때 찍으면 되잖아."

"벌써 핀 걸 내가 봐뒀어. 일월봉 올라가는 곳에. 거기 조각
이 된 곳에."

"미륵불 조각 있는 데? 거기 어디에?"

"꼭대기에."

미륵불이 조각된 절벽이 있는 곳은 도화관에서 그다지 멀지
않았다. 그 앞에 반원형의 너른 터가 있었는데, 거기 다다르자
강세연은 망원 렌즈로 갈아 끼운 카메라를 내밀었다. 소박한
모습의 미륵불이 표면에 돋을새김돼 있는 수직의 바위가 우선
눈에 들어왔다. 높이가 20미터나 됐다. 그리고 파인더에는 바
위 꼭대기의 한귀퉁이에 탐스럽고 샛노란 매발톱꽃이 활짝 피
어 있는 게 보였다. 이슬이 맺힌 꽃잎에는 고귀한 노란빛이 감
돌고 있었다.

"하지만 위험한데. 일요일까지 다른 데 핀 걸 찾아놓을게."

"그때까지 활짝 피어 있는 게 또 있을까."

"비도 올 것 같은데."

아, 세연이가 다시 오면 좋을 텐데.

"그러니까 빨리 해치워야지."

결국 김범오에게 도와달라는 말이었다. 김범오는 강세연과 함께 모험을 해보고 싶은 생각이 들었다. 서울의 회사에서라면 오기나 탈선이라고 생각할 만한 일이었다. 그는 수목원에 들어와 마애불을 가까이서 오래 본 적이 없는 것 같았다. 그는 결국 올라가 보기로 했다.

그가 다시 집으로 들어가 로프와 갈고리 같은 걸 챙겨서 돌아오자 그녀는 한창 자리를 바꿔가며 마애불을 촬영하고 있었다. 그가 너른 터에 들어와 자기를 쳐다보고 있다는 걸 알아채지도 못하고 있었다. 그녀가 앉았다 일어서는 모습을 그는 물끄러미 바라다보았다. 이 여자를 뒤에서 끌어안으면 어떤 느낌이 들까. 바싹 끌어안으면. 그가 조금 다가서자 그녀가 기척을 듣고는 돌아보았다.

"언제 만들어진 거야? 혹시 무슨 국보 같은 거 아냐?"

"그럼 우린 손도 못 대게? 김산 선생님의 친구분이 새기신 거야. 여기 와서 살다가 재작년에 돌아가신 미술 선생님이."

"여기 나무 심으러 들어오신 거 아냐?"

"여기서부터 새로운 세상이 만들어지라고. 그런 생각으로 조각하신 거야."

"그런데 왜 새기다 만 것 같지. 다리를 일부러 안 새긴 거지? 그렇지?"

입불(立佛)은 허리 아래가 흙 속에 파묻혀 있는 거인이었다.

"글쎄, 미륵불을 나무처럼 보이게끔 새긴 거라던데."

거인 석불은 다리를 땅속에 묻고 있었다. 지표에 앉은 씨앗이 땅 위로는 가지를 뻗고, 지하로는 뿌리를 뻗듯이. 갸름한 달걀형의 얼굴에 어깨가 딱 벌어진 거인이었다. 큰 귀에, 입술을 다물고 있었다. 눈까지 지그시 감은 표정은 바위에 새겨질 때부터 깊은 몽상에 빠져 있는, 바로 그런 것이었다.

그는 그녀의 발목을 살짝 잡아서 그녀가 내민 등산화 안쪽으로 천천히 밀어 넣었다. 그러고는 끈을 다시 풀어서 단단하게 고쳐 매주었다. 그녀는 그가 끈을 펼쳤다가 꾹꾹 매듭을 다지는 모습을 내려다보았다. 손으로 빗질한 머리카락. 등으로 뻗어 내린 목뼈의 곡선이 보였다. 그녀는 저도 모르게 그의 머리카락에 손을 얹었다가 목뼈로 내려갔다. 그의 이마가 그녀의 아랫배로 살짝 와 닿는 느낌이 전해졌다.

"등산은 좀 해봤니?"

그의 목소리가 조금 떨려 나왔다.

"인수봉도 올라가 봤으니까."

"힘은 있어 보이는데."

그는 그녀의 종아리를 두 손으로 한 번 감싸 쥐더니 일어섰다. 머리가 슬쩍 그녀의 둥근 가슴 아래를 스쳤다. 셔츠 속의 부드럽고, 물컹거리는 질감이 잠깐 느껴졌다. 서로 마주 보았을 때는 약간 상기되어 있었다.

그는 벼랑 끝을 한참 노려보다가 등산용 로프를 던지기 시
작했다. 셋, 넷, 다섯, 여섯 번…… 큰 체구가 웃통을 크게
휘둘러가면서 쏘아 올린 로프 꾸러미는 일고여덟 번만에 절벽
꼭대기 안쪽의 소나무 둥치 뒤로 돌아가 삼발 갈고리를 걸었
다. 그는 몇 번씩 당겨서 줄이 팽팽해지는 걸 확인했다. 팔뚝
의 근육과 이두박근이 탄탄하게 일어서 있었다.

"아무래도 위험할 것 같은데. 꼭 해야겠니?"

"괜찮아. 자신 있어."

아름다운 꽃인 건 분명했다. 다섯 개의 작고 둥근 꽃잎 바
깥에 꽃보다 아름다운 다섯 개의 꽃받침이 펼쳐져 있는 꽃이
었다. 다섯 개의 꽃받침은 그대로 매가 펼친 발톱처럼 생겼는
데, 아무리 들여다봐도 지루하지 않고, 한 번 보고 나면 오래
잊히지 않는 아름다움이 있었다.

김범오가 택한 것은 자기가 일단 매발톱꽃이 피어 있는 곳
까지 로프를 타고 올라가는 것이었다. 절벽을 올라가면서 자
기가 회사에 있을 때와는 달라진 것을 알 수 있었다. 이제 사
랑을 할 수 있을 것 같았다. 그는 강세연의 아버지에게, 누구
보다 강세연에게 상처를 입혔었다. 조직의 부속품으로, 자기
뜻과는 상관도 없이. 그걸 미안해하면서도 드러내놓고 사과하
거나, 위로할 용기도, 뻔뻔스러움도 없었다. 정말 그러려면 회
사를 박차고 나가야만 했다. 하지만 이제는 모든 게 달라졌다.

마애불의 얼굴을 피해 가며 숨이 가쁠 정도로 힘들게 절벽

꼭대기에 발을 얹자 아래는 생각보다 훨씬 더 아스라해 보였다. 내려다본 마애불은 상상 속에서나 그려보던 거인이었다. 우아한 옷 주름 속에 오른팔을 접어서 왼쪽 어깨로 향하고 있었다. 왼쪽 가슴 위에 놓인 손이 김범오의 두 배만 했다. 그가 방금 거길 밟으며 지나온 것이다.

절벽에 핀 매발톱꽃 뒤편의 소나무는 생각보다 튼튼했다. 그는 땀을 닦았다. 로프를 당겨 올려서 그녀가 안전하게 타고 오를 수 있게끔 레펠 장치를 채웠다. 소나무 뒤쪽에는 안전 도르래를 설치했다. 강세연이 레펠 장치를 몸에 걸고 저 아래에서 손을 번쩍 들자 그는 로프에 몸을 묶고 반대쪽으로 내려가기 시작했다. 그가 내려간 만큼 강세연이 번쩍 들려 올라오기 시작했다. 그는 자기 희망대로 강세연을 끌어올릴 수 있었다. 그는 자기 의지대로 그녀를 도울 수 있었다.

강세연은 운동신경이 발달하긴 했지만 김범오의 생각만큼 근육질이지는 않았다. 그녀는 목에 맨 카메라를 보호하려다 보니 아주 고군분투해야 했다. 절벽 면에서 발을 가끔 헛딛는 바람에 김범오가 잠깐 도로 들려 올려질 때도 있었다. 물기가 남은 이끼가 끼어 있는 곳들을 그녀가 밟고 올라가야 할 때였다. 그다지 무겁지 않으면서도 리드미컬하게 움직이는 여자의 몸무게가 전해져 왔다. 그녀가 절벽 위에 올라설 때 역시 발을 제대로 놓지 못해 아래쪽에 있던 김범오는 조마조마했다. 그는 무슨 일이 있으면, 그녀를 아래에서 받아내겠다는 생각이었다.

그녀가 안전하게 올라선 걸 보고 김범오는 숨을 길게 내쉬었다. 그녀를 절벽 위에 내버려두면 어떨까, 장난 치고 싶은 마음이 잠깐 들었다. 하지만 아무래도 지금 상황에선 너무 심한 일이 될 것만 같았다. 그녀가 촬영을 끝내자 그가 도로 절벽으로 올라가야 했다. 아까와 같은 방식으로 그녀를 지상에 내려놓아야 했다.

절벽에는 큰 쇠붙이로 깎고 다듬은 흔적이 군데군데 남아 있었다. 표면에 듬성듬성 허옇게 뜯겨 난 풍화의 흔적이 있었다. 그들은 잠시 절벽 중간에서 같은 높이에 매달리게 됐다. 그들의 얼굴이 닿을 만큼 가까워졌다. 입불의 오른손이 있는 부분이었다. 김범오의 뺨으로 땀이 흘러내렸다. 그녀도 땀투성이였다. 티셔츠에 물 얼룩이 가득 져 있었지만 속살이 비치지는 않았다.

"잘 찍었니?"

"응, 고마워."

고집쟁이. 김범오는 그녀를 보았다.

"꽃 예쁘니?"

"응, 참 예뻐."

"난 네가 예뻐."

그녀는 씨익 웃으며 그의 옆구리를 살짝 밀었다. 그는 그녀를 오래 쳐다보고 있다가 저도 모르게 그녀의 눈꺼풀로 입을 가져갔다. 그녀는 눈을 감고 움직이지 않았다. 숨소리조차 없이 매달려 있다가 눈을 감은 채 낮게 속삭였다.

"부처님이 보시지 않을까?"

"눈감고 계시잖아."

미륵불의 오른손은 가슴에 슬쩍 얹혀 있었다. 이 여자는 왜 화장을 했을까. 이 깊은 산 속에서. 김범오의 입술이 붙잡은 그녀의 가느다란 눈꺼풀에서 맛이 느껴졌다. 잠자리의 날개를 입에 물었을 때와 같은 촉감이었다. 감미로운 초록색 아이섀도의 맛이 났다. 그는 그녀의 뺨이 갖는 곡선을 따라 얼굴을 비스듬히 내렸다. 그을린 그의 피부가 스쳐가기에 그녀의 살결은 너무 매끄럽고 여렸다. 그는 입술을 그녀의 입술까지 내린 다음 천천히 포갰다.

촉촉하면서도 보드라운 입술의 안쪽과 젖어 있는 잇몸이 그의 입술을 맞아들였다. 그녀의 목에서 올라온 더운 날숨이 아무런 소리도 없이 그의 혀가 있는 곳으로 건너왔다. 한 쌍의 입술이 떼어졌다가 붙고, 다시금 떼어지는 미세한 소리. 그녀의 피부 아래로 섬세한 불꽃들이 서서히 퍼져 나갔다. 그녀가 칠한 연분홍의 립스틱이 팬케이크 위에 씌운 시럽처럼 진한 액체 형태로 그의 입속으로 빨려 들어왔다. 립스틱은 그녀의 아래와 윗입술에서 번갈아 가며 한 번씩 한 번씩 지워져 갔다. 그만큼 그의 입가에 분홍빛이 건너왔다.

빗방울이 툭, 그들의 목덜미를 건드렸다. 다시 한 방울이 툭, 그녀의 귓바퀴로 떨어졌다.

강세연은 수목원을 떠나기 전에 필름을 한참 찾았다. 필름 넣는 손가방 세 개 중에 하나가 보이지 않았다. 서른 통쯤 수목원에서 촬영한 것 같은데 열 통 정도가 없어져 버렸다. 게스트 하우스의 자기 방을 두 차례나 샅샅이 뒤져보았지만 도무지 보이지가 않았다. 어쩌면 식당이나 라운지에 놓아두었을지도 모른다. 김범오와 함께 들어가 살펴봤지만 눈에 들어오는 건 없었다.

"내가 나중에 한번 찬찬히 찾아볼게."

"그래 줄래. 정말 힘들여서 찍은 건데."

"걱정 마. 나올 거야."

"어떻게 알아? 혹시…… 범오 씨가 숨긴 거 아냐?"

"그래. 너 못 가게 하려고 숨겼다. 찾을 때까지 꼭 좀 남아 줘. 응?"

그녀는 피식 웃었다.

"범오 씨만 믿어."

그리고 차에 올랐다.

비가 계속 오고 있었다. 그녀는 차창을 내려 한 번 손을 흔들더니 천천히 미끄러져 갔다. 코란도가 낡은 포장도로 저편으로 사라질 때까지 김범오는 게스트 하우스의 추녀 아래에서 그 차를 쳐다보았다.

그는 두 손을 모아보았다. 빗물이 손바닥에 고였다. 고인 빗물 위로 빗방울 하나가 툭, 떨어져 물꽃이 튀어 올랐다. 아주 짧은 순간 물꽃이 동그랗게 솟아올랐다가 사라졌다. 순식간에 물꽃의 새순이 생겼다가 꽃봉오리로 만개했다.

다시 한 방울이 툭, 떨어졌다. 그는 물꽃이 다시 피어오른 순간을 아주 느리고, 아주 정확하게 볼 수가 있었다. 그것은 동화 속의 공주님이 머리 위에 쓰곤 하던 은빛 관(冠)과 닮아 있었다. 그는 그 빛나는 은관을 두 손으로 받쳐 들고 사라진 여자가 남긴 잔영 위에 씌워주었다.

그는 천천히 라운지로 들어가 메인 테이블로 걸어갔다. 거기 서랍 안의 어둠 속에는 필름 넣는 손가방이 들어 있었다. 아까 그걸 처음 보자마자 강세연에게 알려주고 싶었다. 하지만 그러고 나면 그녀가 다시는 찾아오지 않을지도 모른다는 생각이 고개를 쳐들었다. 어리석은 생각인 것 같았다. 하지만 어리석어야 된다. 그래야 더는 외롭지 않을 거야. 지난 세 달은 너무 길었다. 그는 빨간색으로 염색된 그 작은 면 가방을 꺼내서 도화관을 나왔다.

••66

바람이 스쳐 가자 갈참나무 잎사귀는 서걱거리고, 벚나무 이파리들은 살랑거렸다. 은행잎이 흔들리는 소리는 화사하면서도 낮았다. 소릿결만으로도 연둣빛이 떠오르고, 한 발 다가설 때마다 그만큼 섬세해졌다.
김범오는 쇠갈고리를 어깨에 멘 채 너른 터 언저리에서 은행나무를 올려다봤다. 눈을 감고 무언가 이미지를 떠올리는 건지도 모른다. 강세연은 둥치 아래로 서둘러 옮겨 가 한쪽 무릎을 꿇은 채 그 모습을 촬영했다. 그을린 얼굴과 땀에 젖은 목이 봄볕 아래 드러나고, 탄탄한 어깨와 가슴 위에 은행잎 그림자들이 나부꼈다.

김범오는 쇠갈고리가 달린 사슬을 손에 잡고 그녀에게로 다가갔다. 필름까지 감춰둔 건 정말 어리석은 짓이었다. 강세연은 떠난 지 나흘째 되던 토요일에 다시 찾아왔다. 코란도 문을 열고 내리자 밝은 얼굴이었고, 열기 같은 게 있었다. 삼각대며 렌즈 가방, 접이 사다리 같은 장비를 꺼내는 움직임이 가벼웠다.

"채택됐어. '수목원 스토리, 키보드 대신 삽을 잡은 청년'. 사진 위주로 갈 거야."

"글쎄, 네가 만드는 《엘 루이》는 고급 잡지던데. 여기 사는 게 잘 먹혀들까?"

강변의 복숭아밭에 며칠 전 뿌리고 다져놓은 거름 냄새가 건너오고 있었다.

"나도 이제 신참이 아냐. 필이 오는 게 있으니까. 그냥 하던 대로만 해줘."

말을 하면서, 강세연은 목소리가 낮아지고, 안색이 다소 가라앉았다.

사장은 지난달 회식 자리에서 강세연이 강원도 출신이라는 걸 알고는 가시 돋친 말투로 다시금 비아냥거렸다.

《엘 루이》는 농민 잡지, 아닙니다."

팀원 기자들이 잔이나 수저를 든 채로 일제히 까르르, 웃음을 터뜨렸다. 언니 같던 편집장 역시 더 이상 따뜻하지 않았다. 사장의 방침을 수긍하고, 거의 넘어가 버린 것 같았다. 그녀는 그 자리에서 강세연에게 "새겨들으세요." 하고 낮게 주문했다.

하지만 강세연이 새로 꺼낸 김범오의 스토리는 좀 달랐다. 지난번 몰고된 옥상정원 사진 기사의 주인공이 결국 수목원에 정착했다, 근사한 강변의 목조 주택까지 짓게 됐다. 그렇게 발제하자, 편집장은 뭔가 손에 잡힌 얼굴로 "얘기가 되겠다."고 말했다.

"대신 좀 드라마틱하게 나갔으면 좋겠어."

은행나무는 고려시대에 심긴 거목이었다. 밑둥은 사람으로 치면 굳은살, 아니 그만한 모양의 돌이라고 해야 할 것 같았다. 불에 그을린 듯 시커먼 껍질은 누르면 손가락 피부가 들어가고, 두드리면 손바닥이 아파왔다. 사람들이 그네 끈을 매고, 만국기 다는 줄을 거느라고 얼마나 오르내렸을까. 껍질이 도기처럼 반질반질해진 곳도 있었다.

김범오는 쇠갈고리에서 나온 긴 사슬을 허리춤에 몇 번 둘러맸다. 그러고는 팔과 옆구리를 상상 밖으로 길게 쭉 뻗어 나무를 오르기 시작했다. 움직임이 완강하면서도, 유연했다. 리듬 같은 게 있었고, 근육이 있었다. 강세연이 파인더로 올려보자, 잘 당겨진 그의 허벅지와 탄탄하게 부푼 엉덩이가 들어왔다. 껍질에는 단단한 옹이를 중심으로 오래된 나뭇결이 회오리치듯 올라간 곳들이 있었다. 그는 발끝으로 다지듯이 하나하나 누르면서 아주 높이 올라섰다.

"그거 정말 매다는 겁니까? 그거 박아 넣으면 사람도 아픈데, 나무는 어떻겠습니까?"

어느 틈에 왔는지, 형선호가 너른 터 언저리에 자전거를 끌고 와 서 있었다. 거무스레한 낯빛에 이마가 나온 얼굴이 눈에 들어왔다. 뒤따라서 강신영과 성명한이 자전거를 타고 천천히 너른 터 깊숙한 곳으로 들어와서는 김범오 아래에 세웠다. 성명한이 안장에 앉은 채로 말했다.

"형선호, 너 왜 그렇게 고집 부려? 안 그러면, 저 굵은 가지가 다 부러질 지경이야. 저, 봐! 자기 무게를 못 견디고 있잖아."

"우리가 간여할 게 못 돼! 부러지는 게 자연스러우면 그대로 놔둬야 하는 거 아냐?"

"아, 이 사람아! 그만 좀 해! 어제 밤을 새서 합의를 봤으면, 이제 좀 물러서야지."

"합의는 무슨 합의야? 나는 저러라고 한 적 한 번도 없어! 서로 의견을 존중해야지."

강신영이 뒷바퀴 스토퍼를 내려 자전거를 세우더니 형선호를 똑바로 쳐다봤다.

"그래. 미안하다. 너만 빼고 합의해서. 너만! 저 봐! 가지

부러지면, 속살 드러나고, 벌레들 파 들어가고. 저렇게 큰 나무는 속이 비어 있다는 거, 너도 알지? 잘못하면 속까지 곪는 거야. 그리고, 앞으로 높은 가지들이 부러지려고 할 때마다 그냥 둘 거야? 응? 자꾸 그러니까, 너보고 근본주의자라고 하지. 이 사람아."

"좀 심한 것 같은데, 신영아."

가지 위에서 내려오는 김범오의 목소리에는 제지하는 힘이 있다. 강신영이 올려다보지만, 잎들에 가려, 얼굴이 잘 드러나지 않는다. 목소리는 계속 내려왔다.

"형선호 씨, 여기 와서 보니까 가지가 벌써 파여 있어요. 바람이 계속 불면, 꺾일 겁니다."

"그럴 때마다 나뭇가지에 쇠를 박아 넣는단 말씀이세요?"

"저, 여기 와서 선생님 유분까지 뿌려드렸습니다. 선생님께서 저한테 이 나무 부탁하셨고요. 그리고, 이 나무는 이제 강원도 보호수입니다. 제가 조심해서 잘해 볼게요. 한 번 맡겨주십시오."

김범오는 유연하게 가지 위를 걸어갔다. 보다 위에, 축 처진 가지의 단단한 껍질에 굵은 나사못을 돌려 박았다. 철봉으로는 받치기 힘들 만큼 높은 가지였다. 김범오는 상단부 나뭇갓 쪽으로 옮겨 갔다. 고리 달린 쇠 테두리의 주둥이를 한 번 벌려서 나무동아리에 끼워 넣었다. 그리고 몸에 감은 사슬을 차근차근 풀어냈다. 형선호는 한 번 물끄러미 올려다보더니 갑자기 조용해진 채로 자전거를 타고 집 쪽으로 달려갔다. 강신영에게 무표정하게 손을 한 번 들어 보이고는.

김범오는 나무 위를 오가며 사슬 양쪽 끝의 쇠갈고리를 나사 못과 고리에 걸었다. 군더더기 하나 없는 동작들. 이미 머릿속에서 수십 번이나 도상 연습을 해본 것처럼. 거침없고, 경쾌하고, 가뿐한 움직임이었다. 하나하나가 위험한 동작인데도 지상에서 올려다보는 세 사람은 조심하라고 말할 겨를도 없었다.

김범오는 사슬을 세게 당겨 탄탄하게 거리 조정을 했다. 강세연은 위로 올려다보며 이파리들을 피해 몇 컷이나 셔터를 눌렀다. 돌 같은 껍질을 헤치고 새순처럼 나온 은행잎과 껍질을 모피처럼 덮은 이끼들. 그리고 시야 저 위의 김범오. 카키색 바지 바깥으로 나온 흰 티 안에 말처럼 탄탄한 등이 보였다. 얼굴처럼 구릿빛으로 그을린 피부였다. 손바닥으로 잔잔하게 쓸어보면, 목덜미가 있는 곳까지 찬찬하게 쓸어 올라가면, 어떤 촉감이 날까. 미끄럽고, 손에는 반짝이는 땀이 묻어 나오겠지. 그러다가 누운 그의 등에 내가 엎드리면. 바싹 엎드려서 껴안으면, 그는 어떤 느낌이 될까.

그의 머리 위 하늘로 무언가 푸른 획 같은 게 단숨에 그어지고 있는 게 보였다. 그녀는 파인더에서 눈을 떼고 고개를 들었다. 청회색 매 한 마리가 미끄러지듯 선회하며 두 개의 원을 그리더니 아주 높은 상공으로 신속하게 날아 올라갔다.

저 멀리 적란운이 남하해 오고 있었다. 희석된 잉크처럼 거무스레한 물기를 흠뻑 머금고서. 바람이 서늘해지고 있었다.

나무들이 보다 더 빠르고 섬세하게 이파리들을 흔들었다. 김범오와 강세연은 도화관으로 길게 휘어 있는 가로수 길을 걸어갔다. 그는 이제 수목원의 역학을 아주 상세하게 알고 있었다.

형선호는 자연이 주는 것 말고, 더 요구하지 않는다고 자주 말해 왔다. 늘 일찍 일어나 개간을 하고, 나무를 베고, 목재로 만들었다. 세탁기를 쓰고 털털이 자동차를 몰았지만, 텔레비전은 안 보고 컴퓨터는 들여놓지 않았다. 집에는 페인트칠을 하나도 하지 않았다. 아들딸을 태워 분교에 등하교시킬 때 가장 즐거워했다. 그가 자주 들르는 곳은 공구 창고와 세탁소를 지나면 나오는 다원(茶園)이었다. 묵상하는 곳이었다.

성명한은 갸름한 얼굴에 눈이 들어가고, 코가 반듯했다. 늘 이것저것 생각이 많아 보였다. 물을 살균하는 태양열 온수기를 바깥에서 구해 왔다. 아이들이 시소를 타면 자연스레 지하수를 퍼 올리는 수동펌프도 가져왔다. 송진을 채취해서 테레빈유(油) 만드는 법도 알아왔다. 하지만 수지를 잘 맞추지는 못했다. 그가 자주 들르는 곳은 자전거 보관소 옆에 붙은 수목원 사무실인 청관(靑館)이었다.

청관은 도화관 남쪽에, 다원은 도화관 동북쪽 끝에 있었다. 둘은 너무 멀었다.

청관에 자주 모이는 사람들은 조경수로 쓰는 적송들의 아래 가지들을 쳐서 내다 팔려고 했다. 다른 곳에서도 그렇게 하고 있었다. 하지만 다원 사람들은 손을 내저었다. 야자수처럼 보이려고 일부러 미끈하게 다듬는 건 이치가 아냐. 청관 사람들은 멧돼지들이 채마밭을 들쑤시지 못하게끔 부분적으로 전기 철망을 가설하려고 했다. 그러나 다원 사람들이 너무 거세게 반발해 없던 일이 돼버렸다.

청관 사람들은 집짓기 세트를 만드는 갈라파고스 사업을 시작했다. 수목원 개방도 끌어냈다. 개방에 대해, 처음에는 다원 사람들이 반대했다. 개방하고 나면 결국 관광객도 받게 된다. 미국의 아미시, 덴마크의 크리스티아니아, 모두 다 그러면서 속으로 무너져갔다. 돈은 많이 벌지만, 주민들은 바깥 사람들 눈앞에서 늘 연기를 하고 다닌다. 피땀으로 일군 마을은 무대 세트가 돼버린다.

김산이 직접 나서서 수목원 개방까지만 하기로 했다. 하지만 청관 사람들은 아이디어 하나를 접어야 했다. 사람들을 많이 끌어들이면 수목원의 공기를 담은 캔과 생수를 팔려던 구상이었다.

김범오가 블라인드를 내리자 대낮의 빛이 부드러워졌다. 전시실은 다소 어두워진 대신 그윽해졌다. 그가 유리 상자를 들어 올리자 이곳 수목원을 떠올리게 하는 미니어처가 그 아래 나타났다. 그는 미니어처에 몸을 바싹 갖다 대고는 눈을 감고 숨을 깊게 들이마셨다. 작디작게 축소된 골짜기의 주사위만 한 집들 사이에서 꽃향기라도 나는 걸까. 이 소박하고, 몇 번 개칠을 한 낡은 미니어처에 그가 이토록 애정을 품고 있는 이유는 무얼까. 강세연은 퍼뜩 이해하기 힘들었다. 그런 채로 그와 미니어처를 한 컷 촬영했다. 포박됐던 걸리버가 미세한 밧줄들을 모두 풀어버리고 오래된 소인국(小人國)을 내려다보고 있는 그림이 나타났다.

"그럼, 범오 씨가 자주 가는 데는 어디야? 청관이야? 다원이야?"

"나는 여기, 온실. 나도 자주 가고, 신영이도 자주 오고. 우린 여기야. 겨울에 내가 팔굽혀펴기하는 곳도."

그는 미니어처 한쪽에 가늘게 놓인 비닐하우스를 코로 가리켰다. 그러니 정말 걸리버 같아 보였다.

"여긴 시금치나 당근, 배추, 멜론, 후추를 심어. 그런데 내가 지지난주에 금송화를 잔뜩 심었거든. 금송아지 말고. 프랑스 메리골드 말이야. 공기를 아주 깨끗하게 만들어주지. 정말 상쾌해졌어. 여자들이 얼마나 좋아하는지 아니?"

강세연이 그를 보며 웃었다. 전공 분야니까, 유감없이 실력 발휘하고 있구나. 그녀는 그의 콧등을 비빌 듯이 얼굴을 바싹 갖다 대고는 말했다.

"여자들은 원래 다 그러니까. 괜히 사고 치고 쫓겨나지나 말아, 걸리버 아저씨."

"난, 절대 쫓겨나지 않아. 보면 몰라?"

그녀의 눈동자가 의아해하자, 그가 바로 일어섰다.

"사실상 신영이와 내가 수목원의 중심을 잡고 있어. 어쩌다 보니 그렇게 됐어. 하지만 우리가 그래야 할 것 같고, 감당할 자신도 있어."

"아까 보니, 범오 씨는 강신영 씨도 아래로 내려다보던데?"

그녀는 그와 눈을 맞추면서 웃음을 머금었다.

"그건, 걔가 나무 아래 있었으니까, 그렇지."

그가 그녀의 손을 맞잡았다. 아주 가볍고 부드러운 손이었다.

"그동안 둘이서 중요한 일들을 몇 개 더 해냈구나. 보호수 지정 말고도. 그렇지?"

그는 말을 아끼려는 얼굴이 되었다.

"그렇긴 해. 대덕에 가로수 팔기로 계약이 됐어."

"범오 씨가 한 거지?"

"그런 건 내가 많이 해봤으니까."

그가 그녀의 어깨에 손을 올리고, 손가락으로 어깨뼈를 살짝 매만졌다.

"그리고, 또?"

"말해야 돼?"

"궁금하잖아."

"밤나무 문제를 해결하게 됐어."

"밤나무? 잘 안 자라는 거니?"

그녀는 어깨 위로 올라간 그의 손을 거두어 허리춤에서 맞잡았다.

"아니. 밤송이들이 익지도 않고 떨어지기 시작했어. 작년부터. 고민들이 많았는데. 가지에 붕사를 뿌리면 낙과가 안 생긴다는 걸 알아냈어."

본인이? 그녀가 손가락으로 그를 가리키며 마주 보자 그가 고개를 끄덕였다.

"돌아가신 김성효 이사의 서류들을 강신영이 나한테 맡겼는데. 김산 선생님께서 물려주신 기록들이 있었어."

"그래서 읽어봤더니."

"벌써 1976년도에 수목원에 그런 문제가 벌어졌더라. 선생님은 그때 봉사를 가지에 뿌려주면 된다는 걸 알아내셨어. 그리고 밤나무들이 건강해졌는데, 선생님 돌아가신 뒤부터 힘을 잃은 거지."

그가 수목원에 들어와 네 달 만에 집까지 지을 수 있게 된 이유를 알 것 같았다. 그녀는 그를 쳐다보며 가볍게 주억거렸다. 그가 내쉬는 입김이 그녀의 뺨과 목덜미로 밀려왔다. 그가 그녀의 뺨을 어루만지더니 입술을 가져와 맞췄다. 그녀는 눈을 감았는데, 입술이 부드럽게 당겨지는 느낌이 났다. 껴안은 그의 체온이 달아오르고 있었고, 신체 주위의 얇은 공기 막 같은 게 열기로 부풀어 오르는 것 같았다. 그녀마저 그 공기의 막 속으로 들어선 것 같았다. 복도 저편에서 어떤 소리가 들려, 입맞춤에 오랜 시간이 걸리지는 않았다. 그가 입술을 떼고 그녀의 얼굴 바로 위에서 눈가에 주름이 잡힐 만큼 웃었다. 그는 그녀와 한참 눈을 맞추다가 손을 뻗어 가리켰다.

"이건, 내가 찾아서 만들어낸 거야."

전시관 벽들을 빙 둘러가며 갖가지 사진들이 붙어 있었다. 김산이 젊은 시절부터 지난해까지 수목원을 가꾸고 돌봐온 모습들이 큰 사이즈로 인화돼 있었다.

그녀는 천천히 걸으면서 사진들을 하나하나 둘러봤다. 잠시 멈춘 동안 그가 뒤에서부터 그녀를 끌어안았다. 그녀의 매끈한 배 위에 맞잡은 손바닥을 갖다 댔다. 그녀는 잠시 눈길이 문으로 갔고, 복도 쪽으로 신경이 쓰였다. 하지만 그에게는 그녀 생각뿐인 것 같았다. 그녀의 목덜미에 숨결이 느껴지더니 그가 천천히 목에 입을 맞췄다. 따스하고, 단단한 남자의 신체가 그녀의 목덜미와 어깨, 등과 허리춤에 바싹 달라붙었다. 틈 없이 밀봉된 느낌, 그런 게 퍼져갔다. 그녀는 두 손을 뒤로 내밀어 그의 허벅지를 붙잡았다.

강변으로 내려가는 길은 디딤돌과 칠이 벗겨진 목재를 반쯤 묻어둔 계단 같은 것이었다. 김범오는 내리막을 성큼성큼 걸어가 강물 위의 섶 다리에 올라섰다. 물돌이 벌로 건너갈 생각이었다. 섶 다리는 다복솔 가지들을 두껍게 깔고 진흙으로 다져놓은 것이었다. 폭이 꽤 넓은데도 강세연은 발을 뗄 때마다 왠지 헛디딜 것 같았다. 몇 걸음 앞선 김범오가 다리를 천천히 구르자 흔들리는 섶 다리의 탄력이 전해져 왔다. 두 사람은 마주 보며 웃었다. 그 웃음의 끄트머리에 강세연이 물었다.

"그럼, 아까 그 상자 정원은, 작품 제목이 뭐야?"

"작품 제목? 글쎄, 그런 게 있다고는 못 들었는데. 선생님은 그냥 뭐, 상자 정원이라고 하셨지. 좋은 게 생각나면 하나 정해 줄래?"

"환갑이 넘은 골동품 미니어처 작품 제목이라. 지어줄 수 있으면 영광이지."

강세연은 수면 위에 떠 있는 태양과 구름이 강물과 물풀과 어울려 구분할 수 없 만큼 섞여 있는 모습을 얼얼해져서 내려다보았다. 클로드 ̣ ̣레가 붓질한 커다란 유화 캔버스 위에 섥 다리가 세워진 기분 었다. 투명하면서도 물감이 풀린 것 같은 강수면 아래에는 길 붉은 넝쿨 같은 게 지나가고 있었다. 강기슭의 골풀 아래를 치고 나와 강바닥을 따라 구불구불 뻗어 있었다.

"그런데 저건 뭘까?"

강세연이 손으로 가리키자 김 가 그녀의 곁에 나란히 쪼그리고 앉았다.

"그거? 저 은행나무 뿌리야. 물뱀 ̣ ?"

"뿌리가 여기까지 뻗어 있어?"

그녀는 놀란 눈이 되었다.

"온 마을이 은행나무 뿌리 위에 세워져 있어.

물돌이 벌 모래톱에 머무는 수면 위로 봄비의 미ᄉ ̣ 파문 하나가 보였다. 강세연은 그를 로맨틱하게 보일 수 있게끔 ᄂ들 몇 개의 컷을 촬영할 장소를 눈어림으로 신속하게 물색해 보ᄉ다. 소나무 숲도 괜찮을 것 같았고, 그 안쪽에 처마가 넓은 작은 로지 앞도 좋을 것 같았다. 그녀는 하늘을 올려다봤다.

"시간은 충분할 것 같은데."

그의 말에 그녀가 고개를 끄덕였다. 하늘에서 눈길을 거두지 않은 채였다. 남하하는 구름의 습기에 가려 뚜렷하지 않은 점 하나가 강둑의 상공으로 내려오고 있었다. 유연하게 활공하는 날개가 보였다. 김범오도 올려다보고 있었다. 그는 그게 무언지 금방 알아보았다. 활 모양의 매끈한 몸매가 서두르지 않고 크게 한 바퀴 원을 그렸다.

"바지를 걷어 올리고, 응, 좀 더, 저쪽으로, 응, 물이 종아리까지 차오르게."

그가 모래톱에서 강 쪽으로 몇 걸음 옮겼다. 그의 뒤로 섶다리와 강기슭과 둔덕, 은행나무와 장대한 산줄기들이 파인더에 동시에 잡혔다. 산은 중턱까지 드리워진 구름의 그늘 때문에 거대한 응달과 양달로 갈라져 있었다. 볕이 들고 안 든다기보다는 서로 완전히 다른 지형 같았다. 거뭇한 적란운 위로 태양이 빛나는 광경이 오히려 흔치 않았고, 보기 좋았다.

"잠깐, 윗단추, 하나 좀 풀어줄래?"

그는 멈칫멈칫 고개를 갸웃하더니 웃음을 머금었다. 가슴이 살짝 드러나니 더 나아 보였다. 그녀는 셔터를 한 번, 두 번, 세 번 눌렀다. 그러고는 카메라를 내리고 김범오에게 다가서면서 소리를 높여 말했다.

"참, 나 그 상자 정원 제목이 생각났어."

소리는 멀리 못 가고 오후의 바람과 모래톱, 밀물 위에서 흩어져 버린 것 같았다.

"뭐라고?"

단추를 채우면서 다가오던 그가 눈을 가늘게 뜨고 고개를 쑥 내밀면서 물었다.

"그 상자 정원, '파라다이스 가든', 어때?"

"파라다이스 가든?"

"내가 제일 좋아하는 사진이 생각났어. 「파라다이스 가든으로의 산책」."

그녀는 그 사진에 대해 말해 주었다. 2차 대전 때 종군했던 유진 스미스가 손에 부상을 입고 더 이상 카메라를 들지 않다가 1년 만에 처음 촬영한 그 사진에 대해. 캄캄한 수풀의 터널을 빠져나와 환한 뜰로 나아가는 어린 아들과 딸의 사진에 대해.

김범오는 강세연을 향해 가선이 그어질 정도로 눈웃음을 지어 보이며 말했다.

"그런데, 그 뜰에 가서 보면 선생님의 상자 정원 같은 풍경이 보일 거다?"

그런 뜻도 되고. 강세연이 카메라 가방을 반대쪽 어깨로 바꿔 메면서 고개를 끄덕였다. 김범오는 걸음을 멈추고 맨발로 모래를 한 줌 밀어냈다. 복숭아씨만 한 크기의 작고 단단한 차돌이 나왔다. 여전히 웃고 있었지만 고개를 숙인 그의 얼굴 그늘에는 감춰진 열정 같은 게 있었다.

"선생님은 여기 오셔서 정말 안식을 주는 마을을 만들려고 했으니까."

그는 물기로 반들거리는 차돌을 쥐어들더니 강수면을 향해서 비스듬하게 팔매질했다. 납작한 돌은 한순간 하얗게 보일 정도로 급하게 돌며 날아가 수면 위에서 담방, 담방, 담방, 네 번이나 날렵하게 물수제비를 떴다.

"이름 좋아?"

"나는 좋아. 파라다이스 가든. 공회 때 사람들한테 설명할 게. 다들 괜찮다고 할 거야."

그가 뒤에서 그녀의 등을 몇 걸음 가볍게 밀었다. 고맙다는 뜻 같기도 했고, 힘이 돼주겠다는 뜻인 듯도 했다. 어깨죽지 뼈에 와 닿은 그 손바닥은 잔금 같은 게 많았지만 넓고 따스했다. 그녀는 점찍어둔 컷을 위해 앞장을 서서 걸어갔다. 손바닥이 와 닿은 감촉과 온도가 모래톱을 다 걸어 나가도 사라지지 않았다.

작업이 거의 끝나자 그녀는 모래톱 위에서 입김을 불어넣으면서 렌즈를 닦았다. 샌들 위로 밀물이 서서히 밀려왔다. 그는 은색 초승달이 걸려 있는 그녀의 작은 목걸이를 보았다. 버클을 문지르는 천으로 잘 닦아주고 싶었다.

"이것, 좀……."

그녀는 삼각대가 제대로 펴지지 않자 김범오에게 넘겨주었다. 몇 군데 긁힌 곳이 있었다. 그는 아래위 단을 나눠 잡더니 힘을 줘서 쑥 빼낸 다음 유연하게 멈췄다. 좀 이따 기름칠을 해줘야지, 하고 혼잣말하면서 그는 어느 결엔가 그녀의 작은 것에까지 자기가 신경을 쓰고 있다는 걸 알게 됐다. 잠시 멀어져 간 그녀의 뒷모습을 쳐다보았다. 하얀 종아리와 둥근 히프

가 눈에 들어왔다. 그녀가 삼각대 위에 카메라를 고정시킨 뒤
에 그가 서 있는 쪽으로 걸어오며 물었다.

"여기 사니까, 좋아?"

그는 그녀의 어깨를 쓰다듬듯이 손을 얹었다.

"물론. 파라다이스 가든인데."

그녀는 그와 시선을 마주치지 않은 채 웃으면서 그의 허리
에 자연스레 팔을 감았다. 타이머가 다 돌아간 다음 플래시가
자동으로 터질 때까지 둘은 아무런 말도 하지 않았다.

"뭐가 좋아?"

"신기해."

"어떤 게?"

"지난주에 처음 나무 심어봤어. 어떻게 이렇게 가느다란 게
저렇게 우람한 숲이 될까? 정말 그렇게 되긴 되는 걸까? 땅속
에 무슨 기계를 묻어놓은 것도 아니고, 전기를 넣어주는 것도
아닌데. 정말 저절로 저렇게 자라는 걸까? 갑자기 진지해지더
라고. 하지만 어떡하지? 정말 그렇게 자라는걸. 그래서 여기가
전부 울창해진 거고. 어떻게 저 풀을 먹은 젖소 몸에서 우유가
나오는 걸까? 그것도 하루가 안 돼서. 나는 그런 의문을 가져
본 거야. 정말 마술이지."

그녀는 그의 눈길이 자기 목덜미에 머무르고 있는 걸 알았다.

"서울에서 사는 것보다 좋아?"

"나는 좋아."

폭넓은 수면 위에 떨어지는 따스한 봄비의 무수한 파문이

그녀의 눈에 들어왔다. 그의 머리가 서서히 젖어서 이마에 달라붙었다. 그가 머리카락을 쓸어 올리면서 "로지로 가자."라고 말했다. 그녀는 걸으면서 뭐가 그렇게 좋은지 물어보았다.

"다치거나 병이 나면, 서로 도와주지. 문 걸어 잠그는 집도 없고, 아이들 걱정하는 사람도 없고. 차에 치일까 봐, 나쁜 일 당할까 봐, 구김살 생길까 봐."

"거칠어지지도 않을 것 같아."

"집값이 없어 걱정하는 사람도 없어. 차를 바꿔야 된다고 서두르지도, 카드 결제 못 해서 안절부절못하는 일도, 없어."

그녀는 말없이 고개를 끄덕였다. 빗줄기가 긋는 사선들이 굵어졌다. 그는 소나무 숲 언저리에 난 토란 잎을 꺾어서 그녀의 머리 위에 얹어주었다. 빗물에 젖어 하얀 블라우스가 달라붙은 그녀의 등이 눈에 들어왔다. 브래지어 끈이 보였다. 그녀는 토란 잎을 두어 개 더 따내서 카메라 가방 위에 얹었다. 그녀의 턱 아래로 빗물들이 송골송골 매달린 것을 그가 닦아주었다. 그가 내민 손에 그녀가 카메라 가방을 넘겨주었다. 그리고 물었다.

"그래서, 서울로 다시 돌아갈 생각은 없는 거야?"

그는 그녀의 눈동자를 들여다보면서, 그녀가 지난 3개월 동안 고민했던 것이 이런 것일지 모른다고 생각했다. 껍질이 벗겨지고, 나 자신이 다시 태어나는 체험. 그는 그런 걸 겪어보고 싶었다. 그의 얼굴에 낯선 미소가 번졌다.

"처음엔, 몇 달만 있자고 생각했지. 하지만 내가 조금씩 바꿰어가는 것 같아."

그는 고개를 숙이면서 가마우지를 생각했다. 차가운 물속에서 물고기를 잡아 올리던 그 거무스레한 새가. 목구멍 속의 물고기를 토해 내던 그 힘겨운 몸부림이. 목을 조이던 그 질긴 줄이 떨리던 순간이. 그래, 다시는 하고 싶지 않다. 이제 다시는. 죽은 개를 들어서 주인집 현관에 갖다 놓는 그따위 짓거리는…… 그는 여전히 가라앉은 미소를 지으면서 말했다.

"이제는 생각이 달라졌어. 아직 확신할 수는 없지만, 여기서 뭔가 해낼 게 있는 것 같아. 내게서 뭔가 끄집어 낼 게 생길 것 같아. 그래서 내가 더 든든해지고, 홀가분해질 것 같아."

그의 걸음이 느려졌다. 높은 솔가지를 타고 흐르던 빗줄기가 순식간에 긴 수직선을 그으며 낙하했다. 그의 발 앞에 고인 물의 수면을 때리며 낙수가 튀어 올랐다. 그의 눈매가 잠시 고독해지자 그녀는 그의 프로필을 촬영하고 싶어졌다. 입술이 더 반짝이고, 붉은 기가 감도는데 검은 눈동자에 단호한 흰빛이 있었다. 그녀의 눈앞에 아까 보았던 미니어처가 떠올랐다. 그의 마음이 자주 가는 데를 알 것 같았다. 청관도, 다원도, 온실도 아닌…… 그의 마음이 자주 가는 곳을.

로지 앞의 처마 밑에는 털이 북슬북슬한 개가 비를 피하고 있었다. 낙숫물 떨어지는 자리가 나란히 파이고 있었다. 파인 만큼 길게 물이 고여 들고 있었다. 개는 김범오를 알아보는지 혀를 길게 내고, 앞발을 올리면서 꼬리를 흔들었다. 그는 자리에 앉아서 잠시 개의 목덜미를 어루만지고, 등을 쓰다듬어 주었다.

그녀가 문을 열고 로지 안으로 들어서자 방 안이 아늑했다. 물기로 창이 희미하고, 비는 쉽게 그칠 것 같지 않았다. 그녀의 눈앞에 상자 정원이 다시 떠올랐다. 그가 자주 가는 곳이 보였다. 벼랑 끝의 저 둥지……. 거기 날개를 접고 세상을 도도하게 내려다보는…… 날렵하고 고독한 매.

그는 삽살개를 들이지 않은 채 등 뒤로 문을 닫았다. 둘만이 밀폐된 공간에 있게 되자, 호흡 소리가 들려오는 것 같았다. 그가 내쉬는 호흡이 분명했다. 내가 내쉬는 숨도 그가 느끼고 있을까. 그녀는 하루 동안 세상 사람들이 사라져버린 것 같았다. 오늘 내내 그의 생각밖에는 안 한 것 같았다. 그를 이렇게 바로 앞에 두고선 지금도. 아마 그도 마찬가지였으리라. 그의 얼굴을 보며 그녀는 알 것 같았다. 그가 자기 아랫배를 쳐다보는 것 같았다. 그녀는 카메라 가방을 침상 아래에 내려놓고는 돌아서서 그를 마주 보았다. 그가 나직하게 물어왔다.

"춥니?"

그녀는 말없이 고개를 저으면서 입술로만 웃었다. 블라우스가 몸에 착 달라붙어 있었다. 브래지어가 없었으면, 젖꽃판이 보였을 거라고, 그녀는 생각했다. 그녀는 가슴팍의 블라우스를 손으로 집어서 떼어냈다. 그가 그녀를 껴안을 듯 다가와서 손바닥으로 얼굴을 하나하나 닦아주었다. 그녀는 눈을 감았다. 그의 호흡이 훨씬 더 생생하게 건너왔다. 그녀는 갑자기 긴장이 되더니 얼굴이 뜨거워졌다. 그가 그녀의 목덜미에 고개를 묻고 부둥켜안았다. 더운 날숨이 그녀의 왼쪽 어깻죽지를 훑고 내려갔다. 남자의 신체가 힘 있게 바싹 붙어 오자 그녀의 허리가 뒤로 휘어졌다. 살짝 들린 그녀의 턱 아래에 그가 입을 맞췄다. 그녀의 목에는 작은 소름이 돋아 있었지만, 그의 입김이 퍼져나가면서 피부가 천천히 가라앉았다.

그가 서둘지 않으면 좋을 것 같았다.

사방에서 빗소리가 들려오고, 삽살개가 바깥에서 나무 문을 긁고 있었다.

••67

> 푸른 매 끈에 묶여 오래도록 주리다가
> 숲 속에 들어가서 지루함을 나래쳤네
> 거센 북풍 속에 끈을 풀고 훨훨 나니
> 푸른 하늘 물 같고 마음은 끝이 없네
> ─정약용, 「상쾌한 일(不亦快哉行)」 부분

새벽하늘이다. 지난밤 비를 뿌린 높은 더미 구름은 타래진 띠 구름으로, 점점이 조각구름으로 흩어져 가고 있다. 강원도의 높은 산들은 다도해의 섬들처럼 구름 위에 산정을 내밀고 서 있다. 희미하고 부드러운 새벽의 달빛이 절벽 끝으로 내려와 매 둥지를 어루만진다.

어미 매는 벌써 먹이 물러 나갔는지 보이지 않고 새끼들은 모두 혼곤하게 잠자고 있다. 둥지 바닥에는 어미 매가 뜯어온 흰매발톱꽃, 하늘매발톱꽃. 다 자란 새끼 매 한 마리, 천천히 일어나 초리 빛나는 눈을 뜨고 날개를 크게 한 번 펴 든다. 아직 제대로 아물지도 않은 날개를. 그 매는 날개와 등이 푸른 청보라, 사람 손을 한 번도 안 탄 산지니, 절벽에서 추락을 겪은 낙상 매다.

매는 날개를 천천히 접으며 눈을 감고 숨을 내쉰다. 날렵한 빛살 하나, 그 눈꺼풀을 만지며 지나간다. 숨구멍으로 싸하게 밀려오는 새벽의 공기. 거기 녹아 있는 깨끗한 힘이 몸 안으로 들어온다. 목 안을 틔우고, 핏줄을 깨우고, 내장을 씻는다. 날숨이 나가고 다시 들숨이, 틔우고, 깨우고, 씻는다.

매의 몸은 하나하나 열려 이제 빛도 바람도 몸을 막 바로 관통하는 듯하다. 날개의 상처도 빛에 아물고, 바람에 날려갈 것만 같아 매는 천천히 눈을 뜬다. 날개를 펴고, 깃을 세우고, 절벽을 박차고, 마침내 눈앞이 탁 트이게 날아오른다.

강산의 상공에는 눈부신 햇귀가 가득하고 매는 우주와 만날 듯이 치솟아 오른다. 하늘에는 길이 없고, 나는 대로 길이 나올 뿐이다. 창공에는 외침 소리가 터져 나오는 것만 같다. 너무 커서 아예 들을 수조차 없는 외침 소리가. 매는 갑자기 자기가 없어져 버리는 것만 같아 황홀 속을 날아오르다 하늘의 한 정점에 멈춰 선다. 아래 산천을 굽어보려는 듯, 다스리려는 듯, 날개를 수평으로.

우주의 한 모퉁이, 환하게 부서지며 쏟아진 빛다발이 밤새운 산천과 해후하고 있다. 오오, 고려(高麗)의 조선(朝鮮)이여. 높고 수려한 봉우리들 빛내며 고요히 밝아오는 아침의 신선함이여. 매는 빙글빙글 선회하며 대지의 광선 속으로 천천히 미끄러져 내려간다. 산에는 헤아릴 수 없는 나무들이 잎잎마다 빛을 얹고 눈부신 동녘의 세례를 받고 있고, 그 숲 가운데서 멧새 한 무리 뿌려지듯 날아오른다.

숲 언저리는 몇 점 나무로 흩어지고, 억새의 바다가 흩날리고 있다. 도대체 어디서부터 억새이고, 어디서부터 바람인가. 억새를 흔든 바람이 스친 강을 따라 수면에 뜬 하늘 위, 아침의 큰 빛이 번쩍거린다. 강 건너 갈밭도 번쩍거린다. 매의 눈도 번쩍거린다. 갈대들이 바람결과 어긋난 채로 흔들리는 곳. 무언가가 지나가고 있다. 작은 짐승이 지나가고 있다.

매는 가슴을 낮추고 가파르게 급강하한다. 공기의 미끄럼틀을 타듯 내려간다. 겨우 아문 상처 자리가 부들부들 떨려온다. 하지만 더 빠르게, 더욱 빠르게. 그것은 워낙 물매가 급해 수직 낙하하는 것만 같다. 그 투신에 상처가 다시 찢어지고 날개가 떨어져 나갈 것만 같다. 그러나 이 순간 모든 걸 잊어버려야 한다. 오로지 중력하고만 교신해야 한다.

그 빠른 수직의 맹위에 눌려 10리 사방 날짐승들이 몸을 숨긴다. 범꽃, 곰취, 제비꽃, 두루미꽃, 노루귀, 괭이눈, 토끼풀, 강아지풀, 뱀딸기, 꿩다리. 모두 다 숨죽이고 엎드려 쳐다본다. 공기의 급류가 매의 날개와 꽁지깃에 부딪혀 튕겨 나간다. 저 아래 갈대밭이 빠르게 육박해 온다. 땅이 순식간에 솟구쳐 온다. 매는 상처가 날개를 붙잡아 푸들푸들 떨리는 것만 같다. 그 상처 그대로 매는 갈대밭에 내리꽂히듯 떨어진다. 돌처럼, 비처럼, 떨어진다. 날개보다 발톱이 먼저 나와 갈대를 가른다. 물컹한 것, 등줄쥐다. 매는 그걸 움켜쥐고 하늘로 다시 튀어 오른다. 아아, 됐다. 이제는 그의 둥지를 지으러 간다.

다 자란 매 한 마리, 하늘 다 휘감는 큰 획 하나 그으며, 날 아오른다.

제 6 부 밤의 살육

밤의 살육

··68

노자는 거룻배에 올라탄 채 황하의 누른 물을 건너 복사꽃 만발한 고을인 도림새(桃林塞)로 들어갔다. 물고기를 그물질하던 황도진이 골짜기 속의 무릉도원을 찾은 때로부터 어림잡아 900년 전 쯤의 일이었다. 다른 거룻배 한 척에는 소를 태웠다. 그가 왕실 도서관장으로 일했던 주(周)나라의 수도 낙양(洛陽)에서부터 타고 왔던 소였다.

도림새는 강물이 풀을 적시는 황하 남안(南岸)에 있었다. 지금의 협서성(陝西省) 동관(潼關) 양편으로 새 둥지처럼 성벽들을 두른 안쪽에 자리하고 있었다. 성새(城塞) 위로 우뚝 선 돈대와 관문 바깥으로 두꺼운 돌 벽 하나를 덧댄 옹성, 그리고 허물어져 가는 구석진 성곽에 이르기까지 복숭아나무가 없는 곳이 없었다. 막 일흔 살이 된 노자는 비가 갠 4월 어느 날 아침 망루에 올라가서 온 고을을 연분홍빛으로 물들인 황홀한 개화(開花)를 보고는 할 말을 잃었다. 한참이 지난 다음 초병이 와서 말을 걸자 그는 자기를 먼 길로 나서게 한 시름도, 이곳이 어디며 지금이 어느 때인지조차도 잠시 잊어버렸다는 걸 알았다. 성벽 아래에서는 어제까지 자기를 태워 온 소가 혀를 내밀어 꽃을 따 먹고 있었다.

주나라와 낙양은 원래 평온한 곳이었다. 하지만 어느 때부터인가 사람들이 밭 가는 데 소를 쓰기 시작했다. 송아지에게 코뚜레를 뚫으면 비명이 찢어져 나왔고, 쟁기를 하루 종일 끌게 하면 힘들어 밭고랑 가운데서 눈물을 쏟았다. 송곳으로 송아지 코청을 뚫고, 흙덩이를 가르는 단단한 쟁기를 쓰게 된 것은 사람들이 이제 쇠(鐵)를 만들 수 있게 됐기 때문이었다. 사람들은 이전까지 쓰던 무른 놋쇠를 가지고서는 도저히 생각지도 못했던 여러 일들을 할 수 있게 됐다.

기(技)가 발전하니, 벌이도 살이도 넉넉해졌다. 하지만 그때부터 서서히 피비린내가 고을고을에 넘쳐흘렀다. 백성들이 쌀 여섯 가마를 땀으로 적셔 거두면, 나라는 네 가마를 세금으로 뺏어가기 위해 창을 내저었다. 천자(天子)는 천자대로, 제후(諸侯)는 제후대로, 대부(大夫)는 대부대로 세금을 더 많이 거둬들이려고 칼을 휘둘렀다. 그들은 쇠로 칼을 만드는 공장(工匠)과 돈을 마구 벌어들이는 상고(商賈)를 곁에 두고, 너른 창고를 매일매일 채워갔다.

피비린내는 낙양의 궁전에도 자욱했다. 천자가 죽으면 왕위를 놓고, 제후가 병들면 봉토를 놓고 물고 찢는 싸움이 벌어졌다. 노자는 감도공(甘悼公)의 보살핌으로 쉰 살 무렵부터 '수장실사(守藏室史)'라는 궁전의 도서관장으로 일했는데, 감도공과 신복(臣僕)들이 칼을 든 유헌공(劉獻公)의 부하들에게 목을 베일 때 그 자리에 있었다. 살육은 주나라의 전적이 가득한 장서실에서 벌어졌는데, 그때 바닥에 흐른 피가 얼마나 낭자했던지 놋 주발이 떠다닐 정도였다.

도대체 아무리 고상한 문자로 쓴 책을 모아두면 무엇 하며, 읽으면 무엇 하는가. 차라리 노끈을 묶어 문자 삼아 쓰던 옛날 사람들 마음이 훨씬 더 아름답지 않았던가.

낙양의 궁전에 대한 환멸이 커질수록 '꿈의 나라'를 이루게 하는 원리인 '소국과민(小國寡民)'은 노자의 머릿속에서 더 뚜렷이 자리 잡아갔다. 그는 20년 동안 쌓여 온 역겨움을 더 이상 참을 수 없게 되자 어느 이른 봄날 새벽에 소 한 마리만을 끌고 나와 해 뜨는 동쪽으로, 동쪽으로 나아갔다.

그보다 스무 살가량 적은 공자가 어떻게 알았는지 도림새로 찾아와 의관을 바로 하고 가르침을 청하자 노자는 도리어 피가 끓어올랐다. 살집이 적당히 오른 그 훤칠한 중년 사내는 '명분(名分)'을 떳떳이 하고, '인의(仁義)'를 가득하게 해 세상을 구하겠다고 여기저기 말하고 다니는 중이었다. 노자는 소 등에서 내려와 노여워하며 말했다.

"그대 말을 들어보면, 그걸 말한 사람은 뼈까지 썩어 문드러지고, 다만 그 말만이 남아 있을 뿐이야. 그대는 교만과 야망을 버려야 하네. 그런 건 그대 몸에 전혀 쓸모가 없어. 내가 그대에게 해줄 말은 이뿐일세."

움막으로 돌아간 노자가 도림새에서 모두 합쳐 100일을 머물다가 동관을 지나가던 마지막 날 수비대장 윤희(尹喜)의 무리에게 남긴 말들이 『도덕경』이었다. 그의 목소리에 따라 급하게 붓을 놀리는 젊은 선비들을 쳐다보면서 그는 끝에서 두 번째인 여든 번째 이야기로 「소국과민」을 들려주었다. 하지만 그는 '작은 나라와 적은 백성'만으로는 '꿈의 나라'를 만들 수 없다는 걸 너무나 잘 알고 있었다. 그게 그의 막막함이었다. 그래서 선비들이 필기를 다 끝냈을 때 그가 죽간 앞에서 흐릿한 눈을 감았다 떠가며 다시 소상하게 읽은 구절은 따로 있었다.

'온갖 색깔(五色)은 눈을 멀게 하고, 온갖 소리(五音)는 귀를 멀게 하고, 온갖 맛(五味)은 입을 상하게 한다.' '바퀴 가운데 통이 비어 있으니 바퀴 살 서른 개가 거기로 모여들고 찰흙을 빚어 만든 그릇이 텅 비어 있으니 쓸모가 있다.'

"그건 노자보다 일고여덟 살 적은 카필라 왕국 사람 고타마 싯다르타가 사람들 앞에서 들려주던 깨달음과 거의 똑같은 것이었어. 두 사람은 비슷한 시기에 태어나서 비슷한 결론을 내리게 됐던 거야. 어때? 놀랍지 않은가."

학교에서 미술을 가르치다 은퇴한 친구는 내가 찾아가면 "아, 김산이 왔나." 하고 반긴 다음 도림새 이야기를 들려주곤 했다. 그는 매달려 있던 절벽에서 줄을 늘여 땅으로 내려온 다음 기분 좋은 얼굴로 말을 꺼내곤 했는데, 했던 이야기를 계속 하는 바람에 나는 이 친구가 치매에 걸린 것이라고 생각했다. 하지만 그건 자기가 무릉도원에 미륵불을 새기는 이유를 거듭 해서 강조한 것일 뿐이었다.

미륵은 바라나시 왕국에서 태어나 젊은 나이에 숨진 싯다르타의 제자 마이트레야 아지타(Maitreya Ajita)를 가리키는 말이었다. 산스크리트어로 된 성(姓)인 마이트레야는 동쪽으로 흘러가 미륵(彌勒)이 되었고, 서쪽으로 옮겨가 마테야, 그리고 나중에는 메시아(Messiah)가 되었다.[1]

미술 선생이 찾아오기 전에 수목원의 사람들은 그 절벽에 도연명을 새기자고도 했고, 복숭아꽃 모양으로 깎아내자고도 했다. 은행나무 수와캉처럼 파내면 어떻겠냐는 말도 나왔다. 은퇴하고 15년가량 돌확과 석등을 깎아온 미술 선생은 이제 더 이상 갈 곳이 없어 나를 찾아왔으면서도 그 이야기를 듣자 대뜸 우기기 시작했다.

"미륵을 새겨야지. 미륵은 아직도 하늘에서 때가 무르익기를 기다리고 있어. 언젠가는 땅 위에서 가장 광활한 숲의 가장 우람한 나무 아래로 내려오는 거야. 화림원(華林園) 용화수(龍華樹) 그늘이야. 거기서 설법을 시작하면 세상은 다 바뀌는 거야."

---

1) 기독교에서는 '메시아'가 헤브라이어 'masiah'에서 왔다고 본다. '기름 부음을 받은 자'라는 뜻이다.

강신영은 한자리에 있던 동료들 앞에서 뭔가 아는 것처럼 으쓱댔다.

"아마 CNN이 생중계하면 한 10억 명 정도는 볼 거야. 마이트레야는 1년 내내 명상을 하다가 마이크 앞에서 딱 한마디 하고는 다시 반가사유를 하겠지."

미술 선생이 물었다.

"그 한마디가 뭔가?"

"마음을 비워라."

"자네는 어떻게 그렇게 사람이 가볍나?"

미술 선생은 옹이 진 박달나무로 강신영의 머리를 아프게 두드렸다. 고약하다는 얼굴이었다.

미술 선생은 미륵을 새기기로 한 뒤에 도원 바깥으로 다시 나가 석 달 열흘을 돌아다니다가 돌아왔다. 그가 절벽 위에 분필로 미륵의 윤곽을 그릴 때 내가 찾아가 "뭐하다 왔냐?"고 물었다. 그는 허공에 매달린 채 "사람들 얼굴을 쳐다보고 왔어." 하고 말했다. 돋보기안경 너머로 내 얼굴도 물끄러미 내려다봤다. 그때만 해도 나는 그가 무슨 생각을 하는지 몰랐다. 사람들 얼굴을?

미술 선생은 나만큼 나이가 들었는데도 절벽에서 3년 동안이나 돌을 쪼갰다. 귓불이 쳐진 미륵의 큰 귀와 왼쪽 가슴에 댄 오른손, 왼쪽 허리에서 앞으로 내민 왼손을 돌 밖으로 그윽하게 끌어냈다. 우아한 옷 주름과 가슴선이 새겨지고, 턱선이 솟아올랐다. 그러는 사이 절벽에는 소설(小雪) 무렵에 눈이 하얗게 덮였다가 우수(雨水) 때는 이끼가 파랗게 깔렸다. 봄에는 진달래 꽃잎이, 가을에는 단풍잎이 날아와 얼룩지듯 달라붙었다.

시간이 지나자, 그는 미륵의 정수리에서 바깥으로 에너지가 뿜어져 나오는 둥근 육계(肉髻)를 새겨 넣었다. 상투 같은 것이었다. 하지만 그다음은 전혀 새겨 넣지 못했다. 얼굴이 남은 것인데, 그는 3년 내내 생각했지만 그게 떠오르지가 않는다고 말했다. 1000명도 넘는 사람들 얼굴을 봤는데도 그렇다고 했다. 절벽에서 솟아난 이끼들이 얼굴이 새겨졌어야 할 부분에서 말라붙자, 무슨 작은 식물이기보다는 마른 터럭 같았다.

하지만 더 큰 문제는 그의 눈이 점점 멀어간다는 것이었다. 처음에는 백태가 낀 줄 알았는데, 사실은 시력 자체가 약해지고 있었다. 돌아다니지 못하자 몸마저 쇠약해져 갔다. 그는 아직 희미하게 보이긴 하며, 냄새 맡고 소리 듣는 것만으로도 사람을 알아보고, 자리를 찾아갈 수 있다고 했다.

"죽기 전에 얼굴 밑그림을 반드시 그리고 싶네."

"어떻게 하면 될 것 같은가?"

"1000명의 얼굴을 더 보면 그릴 수 있을 거야. 분명하네."

그는 확신을 갖고 곧 어디론가 나설 것 같이 말했지만, 채 1분도 지나지 않아서 "하지만 지금은 좀 쉬어야 할 것 같네." 하고는 방 안으로 들어가고 말았다. 도원의 숲에 조용히 은일한 돌 속의 성자는 지금은 세상 바깥으로 얼굴을 내밀려고 하지 않는 것 같았다.

나는, 발을 끄는 미술 선생의 손을 잡고 수목원 곳곳으로 데리고 다녔다. 수목원 바깥으로 나가 양사언이 "여기가 바로 무릉도원."이라고 했던 요선정으로도 데려가 보았다.

　그가 뭔가 보인다고 했던 것은 벚꽃나무 아래서였다. 그는 그날 우리가 보통 '수와캉'이라고 부르는 강가의 은행나무 그늘까지 가자고 했다. 한 발 한 발 떼는 게 1000근을 발등에 얹은 것 같았다. 나는 물가로 난 길을 채 다 못 가서 커다란 벚꽃나무가 나오자 그냥 말해 버렸다.

　"여기일세. 다 왔어. 저기 좀 앉게. 시원하네."

　"그래, 참 시원하네. 그늘이 정말 넓거든."

　나는 그가 밑둥이라도 한번 끌어안아 보고 싶다고 하면 어떻게 할까, 생각했는데, 그는 보이지도 않는 눈을 가만히 뜨고는 벚꽃나무 가지 사이로 광선이 부서지는 것을 올려다보았다. 다행스러웠다. 그는 발을 조금씩 옮겼다.

　"바람이 깎고 빗물이 파낼 건데 내가 너무 서둘렀네."

　미륵불의 얼굴을 말하는 것이었다. 굽은 곡선으로 떨어져 내리는 작은 벚꽃들이 지난해의 마른 낙엽과 나뭇가지들, 이제 갓 돋은 새순들이 섞여 있는 바닥으로 날아와 앉았다. 그는 용케 어린 싹들을 밟지 않은 채 키 작은 소나무 쪽으로 다가가 손 내밀어 만졌는데, 거기 솔잎 끄트머리에는 벚나무 꽃잎이 꽂혀 있는 것도 있었다. 그는 거기가 은행나무가 있는 곳이 아니라는 걸 알아차린 것 같았지만, 전혀 내색하지 않았다.

　"고맙네. 그런데 이제 뭔가 보이는 것 같아. 이제 뭔가 얼굴을 그려낼 수 있을 것 같아."

하지만 그가 곧장 붓을 들거나 한 건 아니었다. 그런 말을 하고 난 그가 너무나 힘들어 보여서 나는 그날 밤 그의 방에서 함께 잠을 잤다. 자정이 넘어서 한두 시간이 지났을까. 그는 자다 말고 이부자리에서 일어나 앉았는데, 머리맡에 놓아둔 펜붓 뚜껑 여는 소리가 들렸다. 그리고 종이 놓는 소리.

나는 불을 켜려고 했지만, "괜찮네. 필요 없어." 하는 쉰 목소리가 나왔다. 그러고 보니 당연한 말이었다. 그는 그림을 다 그린 다음 쓰러지듯이 누웠는데, 내가 손바닥으로 짚어보니 그의 몸이 발끝에서 장딴지로, 장딴지에서 허벅지로 조금씩 조금씩 식어가는 느낌이 들었다. 나는 뭐가 진행되고 있는지 알 것 같았다. 그건 치료하고 말고 하는 문제와는 상관없는 일이었다. 나는 화급해졌다.

"여보게, 제발 정신 차리게. 마음에 드는 걸 그렸나."

"그게 밑그림이 될 수도 있겠네. 이제 내 눈앞에 떠올랐으니."

그의 체온은 허리에서 배로 이어서 식어갔는데, 가슴마저 식어버리자 숨소리가 더 이상 들리지 않았다. 불과 몇십 초도 안 되는 사이에 일어난 일이었다.

내가 불을 켜서 그를 붙잡고 울다 보니 그림이 눈에 들어왔다. 그가 어둠 속에서 생애 마지막으로 그려낸 이목구비가. 그 것은 눈을 감은 채 사유에 젖은 갸름한 계란형의 얼굴, 젊은 시절에는 예술가 스타일의 미남자라고 불렸던 바로 그 친구의 얼굴이었다.

··69

코르젠 연구동의 경내는 적요했다. 전나무와 소나무가 촘촘하게 자라난 산 중턱을 잘라내고 큰 폭의 한강을 내려다보게끔 터를 닦은 곳이었다. 차가 입구에 서자 차단대가 그대로 내려진 채 경비원이 나왔다. 경비원은 제복을 빳빳하게 다려 입었지만, 앞에 선 에쿠스의 번호판을 알아보지는 못했다. 운전사가 차창을 내리고 이야기하자 경비원은 허리를 세우고 뒷자리의 원제연에게 거수경례를 했다.

차단대 뒤에서 앞창을 통해 보이는 경내는 버려진 비원(秘苑)처럼 비어 있었다. 곳곳에는 증설 공사를 한 뒤의 페인트 자국이 지워지지 않은 채 남아 있었다. 양잔디를 이식해 놓았는데 그 위에 아직 매설 못한 케이블과 전선이 뱀의 허물들처럼 널려 있었다.

원직수는 사장 집무실 뒤편에 마련된 목욕실에서 샤워를 하다가 경비과장으로부터 인터폰을 받았다. 그는 쏟아지는 물을 끄고 수증기 속에서 대답했다.

"올려 보내세요. 10분 뒤에. 비서들은 아래 있게 하고."

원제연은 같이 온 이사들과 비서 네 명과 함께 정원을 가로질렀다. 태양은 앨리슨 글라스로 외벽 처리를 한 연구동의 높은 유리 속에서 조명탄처럼 타오르고 있었다. 연구동은 경내 한가운데에 직육면체의 유리처럼 만들어졌는데, 뒤편에는 잘려 나간 산비탈이 거의 직각을 이루고 있었다. 벌써 무성한 풀들로 뒤덮인 비탈은 마치 연구동이 앉은 보좌(寶座)의 등받이처럼 고압적이면서 권위적으로 보였다.

원제연의 눈동자에 비친 그 풀의 직벽은 지난주 금요일, 그룹을 완전 장악한 원직수의 맹위를 드러내는 것 같았다. 원직수는 아우에게 이에는 이, 피에는 피라는 걸 보여주었다. 예정돼 있던 것이었지만 원제연이 지켜보았던 그 과정은 고통스러웠다.

원직수는 지난해 새로 승인받은 성림미래개발 BW의 효력을 그날 단호하게 발생시키고 오너로서 첫 번째 주주총회를 끝냈다. 처음 처리한 안건은 그동안 반기를 들었던 그룹 내 최고령 사장 박두식의 퇴임이었다. 의결이 끝나자 주주총회장은 단상에 앉아 있던 그의 퇴임식장으로 신속하게 바뀌었다.

경내에 연잎으로 가득 찬 연못이 네 군데나 됐다. 1층 방호원실에서 출입을 제지당하자 이사들과 비서들은 분노를 삭이면서 연못 주위를 돌기 시작했다. 원제연이 수행 비서만은 대동할 수 있기를 바랐지만, 그 역시 결국 사장 비서실의 커다란 범포(帆布) 아래에 앉아 있어야만 했다. 앤디 워홀의 마릴린 먼로 실크스크린 아래였다. 원제연은 사장 집무실 카펫을 밟으며 들어서자 아까 정원에서 본 연못의 수중으로 들어간 것 같았다. 방 안에는 갖가지 수족관이 열 개도 더 되어 보였다. 그중에 사방의 벽에 이입돼 있는 네댓 개는 말로만 듣던 빌트인 아쿠아리움이었다.

무슨 일로 왔는지 원직수가 이미 알고 있는 표정이어서 원제연은 본론부터 꺼냈다.

"우리누리를 놓아줘. 건설 살리려고 유통 끝냈으면 됐잖아."

우리누리는 원제연이 가진 인터넷 포털 월드 온라인이 바뀐 이름이었다. 환란이 휩쓴 지난해 내내 주가가 비참한 수준에 머무르는 동안 원직수는 우리누리의 지분 30퍼센트 이상을 거둬들였다. 원제연 역시 그 정도 지분에, 우호 세력들도 있었지만, 그들의 마음이 언제 변할지 알 수 없었다. 원직수가 말했다.

"소모적인 이야기 그만하자. 노리는 세력들이 그렇게 많은데 너희는 지분 관리할 역량이 없어. 그대로 놔두면 우리누리고 뭐고 다 뺏겨 버릴 거야."

"함부로 말하지 마! 우린 아무 문제없어! 우리는 형이 가장 힘들어. 형이! 형이 위기를 퍼뜨리고 있잖아?"

"내가 위기를 퍼뜨려? 월드 온라인, 원래 내가 만든 건 알지? 창업 동지들도 다 내 사람이고. 내가 위기를 퍼뜨려서 얻을 게 뭐가 있냐? 내가 지분 거두고 나면 경영은 너한테 맡긴다고 하잖아!"

"제발 이제 좀 그만해 줘! 우리가 바보가 아니잖아. 이사들부터 형을 믿지 않아. 지분 사들일 돈을 차라리 나한테 대출해 주든지! 그리고! 형은 모든 걸 형이 다 했다고 하지. 그게 말버릇이 됐어. 하지만 이미 오래전부터 형이 만든 월드 온라인이 아냐! 우리누리가 됐고 모든 게 다 바뀌었어! 그러니 이제 제발 나한테 맡겨 줘! 제발!"

원직수는 흥분한 아우의 목젖이 오르내리는 것을 보았다. 힘줄이 불쑥 일어나 목을 왼쪽에서 오른쪽으로 휘감고 있었다. 그는 경영권을 아우에게 준다는 말이 명백히 진심에서 나왔는데도, 아우가 자기를 철저하게 불신하고 있다는 걸 알았다. 앞으로 평생 가져가야 할 업보(業報)일지도 몰랐다. 그는 두 팔을 소파 등받이 위에 나란히 얹은 채 고개를 숙였다. 검은 소파의 고급하고 탄력적인 가죽으로부터 동물성 피혁의 특유한 냄새가 훅, 끼쳐왔다.

언제까지 이렇게 불행하게 살아야 한단 말인가. 언제까지.

그러나 아우는 우울증과도 같은 그의 체념을 거의 읽지 못한 듯했다. 원제연은 다소 무기력해 보이는 원직수를 향해 고삐를 조이는 듯한 말투로 나갔다.

"형이 확답을 안 하고, 계속 짓누르기만 하면, 우리도 가만 안 있을 거야."

원직수는 턱을 돌린 채 천장을 보고 있다가 천천히 눈동자만을 돌려 정면을 쏘아보았다. 원제연은 형의 흰자위가 자기를 노려보는 듯한 느낌을 받았다.

"가만 안 있는다니?"

"형이 지은 죗값을 하나씩 받게 될 거야."

원제연은 번들거리는 형의 흰자위를 똑바로 쳐다보면서 얼굴을 부들부들 떨기 시작했다. 이십 대의 매끄러운 선들이 남아 있는 그 서른다섯 살의 얼굴 곳곳에 주름과 힘줄이 세로로 곤두서고 있었다.

　원제연은 공세적일 수밖에 없었다. 도약대라고 할 만한 게 이제 우리누리밖에 없었다. 성림유통의 부채를 갚아야 했고, 그 때문에 무비 월드와 성림 크리에이티브를 포기해야 했다. 무비 월드라는 이름으로 된 마지막 방송은 지난해 제야에 송출됐다. 구로자와 아키라, 스탠리 큐브릭, 밀로스 포먼의 특집이 나오는 벽걸이 화면의 불빛에 밤새도록 얼굴을 적시면서 원제연은 위스키 한 병을 혼자서 다 마셨다.

　그에게 주어진 것은 무역회사인 성림 인터내셔널과 다비드였다. 성림 인터내셔널은 껍데기뿐인 곳이었고, 다비드의 아파트 가구 부문은 성림건설이 생사를 쥐고 있었다. 핵심은 하이엔드 퍼니처 시장을 넓혀 가는 것이었다. 가망은 있어 보였지만 그다지 미래지향적인 비즈니스가 아니었다. 그나마 어머니는 다비드를 가져오기 위해 호텔 시저에서 철수해야 했다. 어머니는 15년 동안 호텔 시저의 이사였지만, 이제 더는 아니었다.

　대신 형이 호텔 지분을 다 거둬들였다. 형제 사이의 중립 지대에 놓여 있던 성림 아키텍 역시 형에게 돌아갔다. 아버지는 끝까지 성림 아키텍을 형이 소생시킨 것으로 믿고 있었다. 그리고 성림건설과 코르젠이 형에게 남아 있었다. 그거면 충분하지 않은가. 이 사람이 조금만 양보해 주면 지금이라도 우리한테 우의라고 할 만한 게 생겨날 수도 있을 텐데.

"쳇값이라고?"

원직수는 몸을 곧추세우고, 원제연을 밀어내듯이 노려봤다. 원제연의 뒤에 서 있는 수족관에서 메두사해파리가 나타났다. 음산한 빛을 둥글게 방전하는 게 마치 보이지 않는 팔을 뻗어서 그만큼 섬뜩한 갈고리를 차근차근 돌리고 있는 것처럼 보였다.

"절도야. 형은. 개를 훔쳐갔어. 값으로 도저히 따질 수도 없는 왕실 콜리를. 게다가 총을 가졌어. 불법 무기 소지야! 그리고 사라피나를 죽였지! 재물 손괴, 아니, 무허가 도살이야. 그런 상태에서 회장님께 위임장을 요구했어! 협박을 한 거지. 어떻게 그럴 수가 있어? 존속을 살해할 수도 있다고 협박을 한 거야!"

"내가 아버지를? 더 이상 작문하지 마! 거기 대해 이제 말하고 싶지도 않다. 우리 회사 다니던 애 중에 김범오라고 있어. 그 아이가 죽은 개 갖다 놓는 걸 네 어머니도 봤다면서. 나는 우리 회사 운전사한테서 들었어! 그날 김범오하고 같이 다녔다고 하던데. 우리는 김범오를 잘라버렸어. 너희는 그 운전사 불러서 문초까지 했다며. 너희들한테 그 사람이 사라피나를 누가 죽였다고 했는데?"

운전사는 김범오가 개를 죽였다고 말했다. 원제연은 아랫입술을 입 안에 밀어 넣은 채 제대로 말을 못했다. 도무지 생각하지도 못했던 시커멓고 거대한 물고기가 원직수의 뒤편 수족관에 나타났다. 길이 5미터는 넘을 것 같은, 민물고기 중에 몸

집이 제일 크다는 피라루크였다. 수족관 벽에 바짝 갖다 댄 은빛 주둥이 옆에는 피어나는 구름처럼 가늘고 분방한 선들이 새겨져 있었다. 퉁퉁한 몸에는 검고 굵은 비늘들이 규칙적으로 나 있었는데 염색한 것처럼 붉은 무늬들이 입혀져 있었다.

아아, 저런 게 왜 형하고 함께 있을까. 저렇게 고귀하고 신령스러운 물고기가. 수세적인 반발이 원제연의 몸에서 쏟아져 나왔다. 그는 원직수를 노려보았다.

"김범오는 아냐! 우리는 다 알고 있어. 홍성만이 거짓말을 한 거야! 그러니까 형이 아직까지 데리고 있지. 다 형이 한 거야. 모두 다! 형은 사라피나를 훔쳐가서 총으로 쏘아 죽였어! 그리고 아버지를 협박한 거야! 거기다가 최동건 사장도!"

원직수가 고개를 숙이고 있다가 눈을 치뜨자 이마 위에 깊은 주름들이 대번에 그어졌다. 내가 최동건을? 원직수가 얼굴을 천천히 쳐들면서 이를 다물자 뺨 뒤쪽의 얼굴 근육들이 비틀리듯이 일렁거렸다.

아니, 어떻게 이런 말을 다 할 수 있단 말인가.

"내가 최동건을 죽였단 말이냐?"

원직수는 자리에서 일어나면서 이마를 짚었다. 그는 어이가 없다는 듯이 천장을 올려다보면서 입을 하릴없이 벌렸다. 그리고 잠시 소리 없이 웃었다. 그 같은 표정은 어느 한순간 정지하더니 그는 주먹을 불끈 쥔 채 원제연을 내려다보았다.

"이 자식이! 너, 이 자식아! 미쳤구나. 그건 벌써 경찰에서 범인까지 붙잡은 사건이야! 최동건이 처신 잘못한 것까지 왜 내가 책임져야 하냐?"

원제연은 의연하게 말하기로 했다. 그는 형을 모함하거나, 해코지하려 든 적이 없었다. 그러나 칼에 찔려 역청이 발린 나신으로 발견된 최동건의 죽음은 너무나도 끔찍했다. 감히 발설하지는 못했지만, 그는 처음부터 형을 강력하게 의심했다. 그는 자기가 파악한 사실들만을 형에게 차분하게 알려주면 어떤 반응을 보게 될까 궁금해졌다.

"최 사장은 실종되기 전에 카메라에 찍혔어! 속도를 너무 내서 찍혔단 말이야! 경찰이 과속 자료를 뒤지다가 찾아냈어! 미림식물원 가는 방향이었어!"

"그래. 경찰 수사에서도 미림식물원에서 죽은 것으로 나왔잖아? 안 그래? 그 홍군호인가 하는 나쁜 놈이 그랬다면서."

"프랭키가 나타난 데도 미림식물원이었어! 어떻게 그 두 가지 일들이 같은 데서 일어날 수 있었을까? 어떻게? 프랭키를 누가 훔쳐갔지? 누구였지?"

원제연이 전혀 예상치도 못했던 곳을 찔러오자 원직수는 지금 자기 감정이 분노인지 두려움인지 구분이 가지 않았다.

"그게 나란 말이냐?"

"그럼! 누군데?"

원직수와 원제연 그 누가 먼저랄 것도 없이 튀어 오르듯이 자리에서 일어나, 떨면서 서로를 응시했다. 원제연의 눈에서 불이 흘러내리는 것 같았다. 어머니는 최동건 사장의 비참한 죽음을 전해 들은 뒤에 며칠 동안 입가가 허옇게 부르트더니 낮지를 않았다. 어머니는 화장도 거의 안 한 채 장례 미사에 나가 얼굴이 부어서 다른 사람처럼 보일 만큼 울었다. 그러고 나서 늙은 아버지가 한 달, 두 달, 세 달째 눈길 한 번 마주치지 않은 채 냉대하자 어머니는 지난해 12월 평창동의 게스트 하우스로 옷가지와 화장품 들을 옮겨 갔다. 어머니는 정원의 파빌리온이나 거실의 소파에서 여전히 페디큐어 서비스를 받긴 했지만, 나이는 마흔두세 살에서 원래의 쉰다섯 살로 돌아간 것 같았다.

12월말 어느 저녁에는 명빈 아트 뮤지엄에 들른 조각가 한 사람이 손에 쥘 수 있는 작은 돌 조각 다섯 개를 어머니에게 가져왔다. 똑같이 요한복음 8장 7절이 음각된 돌들이었다.

사람들이 간음한 여인을 돌로 쳐 죽이고자 했다. 예수께서 '너희 중에 누구든지 죄 없는 사람이 먼저 저 여자를 돌로 쳐라.'고 하자 사람들이 모두 흩어져 버렸다.

어머니는 자기보다 열아홉 살 많은 남편을 맞아 나이 스물에 원제연을 낳았다. 사랑이 무언지 모르고 살면서 어머니는 너무나 많은 돌을 얻어맞아 왔다.

형과 마주 선 원제연의 고함 소리가 폭발하는 것처럼 터져 나왔다.

"그래! 너야! 바로 너!!"

원제연은 눈을 부릅뜨면서 원직수의 멱살을 와락 틀어쥐었다. 원직수는 여덟 살이나 적은 아우로부터 멱살을 잡히게 되자 숯검정 같은 눈썹이 꿈틀거리더니 곧바로 주먹을 휘둘렀다. 원제연은 차마 맞받아치지 못한 채 소파에 쓰러져 버렸다. 형이 말했다.

"나쁜 자식! 내가 너희 유통의 부채를 맨 마지막에 받는다고 했지? 너희들은 줄 생각도 않고 있어. 나는 처음부터 받을 생각을 하지 않았어. 윌슨 앤 카렐이 나를 뭘로 보는 줄 알아? 배신자야, 배신자! 그런데 내 방패의 그늘 아래서 숨을 돌리고 있는 네가 지금 나를 살인자로 몰아가고 있는 거냐?"

원직수는 너무나 분한 나머지 흰자위가 물기로 번들거리고, 뺨 뒤쪽의 얼굴 근육들이 푸들푸들 흔들리면서 일어섰다. 그는 입으로 숨을 길게 내쉬더니 천장 쪽으로 쳐든 얼굴을 두 손으로 한참 동안 문지르면서 가렸다. 그는 그런 자세 그대로, 손상된 자존심을 어떻게 회복해야 할지 모르는 얼굴이 되어 아우에게 말했다.

"너 똑바로 말해! 누가 그렇게 말했어? 김범오야?"

"나는 그런 사람 핑계대지 않아. 나는 내 생각을 말할 뿐이야."

"이, 나쁜 자식."

원직수가 다시금 내지른 주먹을 원제연이 피하고 나자 숨을 죽이고 있던 사람들이 집무실 문을 열고 쏟아져 들어왔다. 원제연은 앞을 가로막은 수행 비서의 두 팔에 감기다시피 한 채 그 방을 뒷걸음질 쳐 떠나면서 빌트인 아쿠아리움을 쳐다보았다. 발광어들은 물속의 반딧불, 말미잘들은 수중의 꽃이었다. 산호는 하얀 사슴뿔, 스트로베리아네모네는 환상의 딸기였다. 하지만 저렇게 아름다운 것들이, 저토록 눈부신 것들이 왜 형과 함께 있어야 하는 걸까. 저 무서운 원직수와 함께.

원제연은 거대한 직육면체의 유리 바깥으로 나왔다. 수행 비서가 그의 입가에서 피를 닦아내는 것을 보면서 연못가에 서 있던 이사들과 비서들이 달려왔다. 원제연은 수행 비서가 뺨 아래에 갖다 댄 티슈를 손으로 짚은 채 형이 있는 방을 올려다보면서 결연하게 입술을 다물었다. 누구도 우리누리를 절대 뺏어갈 수는 없어. 벼랑 끝까지 가더라도, 반드시 지킨다. 그리고…… 관공서마다, 사무실마다, 학교마다, 도서관마다 다비드의 가구들을 밀어 넣을 거야. 그의 주먹이 서서히 쥐어졌다. 대륙 같은 흰 구름이 유리 벽을 휘감으며 지나가더니 곧이어 황혼이 연구동의 외벽 위에서 핏빛으로 불타올랐다.

••70

원직수는 성림건설 사장실의 강화유리창에 이마를 대고 눈을 내리깔듯이 저 아래를 내려다보고 있었다. 시야의 가장 밑바닥에는 수직으로 내려간 사선들이 모여 있는 지상 주차장이 있었다. 저 차인가 보다. 아반떼 한 대가 안내를 받으며 화단

옆의 흰 칸 속으로 천천히 들어서고 있었다. 차문이 열리고 검은 점처럼 보이는 정장의 사내들이 가방을 들고 내렸다. 키폰에서 비서의 목소리가 급하게 빠져나왔다.

"지금 도착했습니다. 검찰 수사관 두 명, 그동안 수사해 오던 형사 두 명입니다."

"그래? 네 사람이나 왔어?"

원직수의 목소리에는 부드러운 비음이 섞여 있었다. 그게 여유인지 야유인지는 그에게도 확실치 않았다. 그는 번쩍거리는 노란색 에르메스 넥타이를 수월하게 풀어내면서 말했다.

"라운지에서 잠깐 쉬게 하지. 자네가 데리고 있다가 5분 뒤에 올려 보내주면 좋겠는데."

오후 2시였다. 수사관들은 정시에 찾아왔다. 원직수는 긴 사선이 여러 개 그려진 하늘색 넥타이를 말코지에서 집어 들고는 단정하게 매듭을 만들었다. 아까 것보다 훨씬 평범해 보였다. 이런 조사만 없었더라면 탁 트인 전망대만큼이나 높은 이 커다란 창가에서 5월의 구름을 쳐다보는 것만으로도 들뜨고 상쾌해질 날씨였다. 멀리 남쪽의 푸르스름한 능선들까지 눈에 선명했고, 그 위에 광활한 하늘은 깨끗한 목화솜 더미의 끝없는 야적장이었다.

그러나 지금 사장실은 담금질한 쇠 같은 게 지나가면서 열기가 초침을 따라 부풀어 오르는 것 같다. 쉬운 삶을 살기란 얼마나 어려운 일인가. 오늘 같은 날은 분명하게 느낄 수 있을 것 같다. 권위적이면서 차갑게 보이는 변호사는 소파에 앉은 채로 허리를 곧게 세우더니 거울 앞의 원직수를 보며 오늘의 조언을 마지막으로 정리했다.

"이런 참고인 조사는 말 그대로 참고 삼아 하는 겁니다. 서병로 전무와 조상회 이사의 조사는 아마 늦어도 오늘 오후쯤에는 다 끝날 것 같습니다. 너무 걱정하지 마십시오. 수사관들이 올라오면, 생전에 최동건과 사장님의 관계를 주로 물을 겁니다. 혹시 세게 다그쳐도 끌려가면서 대답하지는 마십시오."

"최동건 사장의 유고가 난 지 벌써 아홉 달째입니다. 저는 기억나는 대로만 말할 겁니다. 다그친다고 해서 모르는 걸 지어낼 수도 없고."

"막 몰아대지는 않을 겁니다. 지금 사람을 죽인 범인이 갑자기 자기도 교사당했다고 우기니까. 검찰도 해보는 데까지 하겠다는 겁니다. 그런데 소환 안 하고 이렇게 방문하는 건 험악하게 짓누르지는 않겠다, 그런 뜻입니다."

원직수는 고개를 끄덕였다. 그를 올려다보는 변호사의 굵은 눈동자 가운데로 금테가 지나갔다. 원직수의 부하들이 두꺼운 법조인 편람을 샅샅이 뒤져서 데려온 변호사였다. 수사 검사와는 같은 대학 법과와 사법연수원, 군수 사대, 검찰을 차례차례 거쳐온 선배였다. 부장검사를 지내고 개업한 지 얼마 안 돼 검사 티가 남아 있지만 자기 능력은 분명히 보여주려고 했다. 닷새 전에 지청 바깥에서 수사 검사를 만나고 와서는 원직수에게 숨을 돌리게 했다. 하지만 서병로와 조상회의 수사는 왜 이틀째 계속되고 있는 걸까. 원직수는 손에 땀이 차는 것을 느꼈지만 소파에 앉은 채 비서실로 난 문을 한 번 날카롭게 응시했다.

사장실로 올라가는 엘리베이터의 금속 문에 수사관들의 모습이 휘어져서 비쳤다. 보다 더 선임인 검찰 수사관은 굵은 세로 주름이 미간과 뺨에 길게 파여 있었다. 이를 꽉 다물고 어떻게 몰아댈까, 어디서 다그칠까, 언제쯤 잡아 캐낼까, 신경을 날카롭게 곤두세우고 있는 것 같았다. 경찰서의 박광석은 그가 강원도에서 내내 같이 달려오면서 묻기만 하고 검찰의 수사 얼개에 대해 제대로 말을 해주지 않아, 불쾌했다.

사장실로 들어서자 역시 공간이 확 넓어졌다. 밀폐도가 낮아 조사를 맹렬하게 진행하기는 힘들 것 같았다. 서장(署長)이나 검사장 방에 들어섰을 때 같은 관료적이고 위압적인 느낌이 들었다.

원직수가 악수하기 위해 손을 내밀었다. 키가 크고 어깨가 넓어 보였다. 이마 양쪽이 확 올라간데다 눈빛이 뚜렷하고 콧날과 입가가 매끄러웠다. 운도 자존심도 아주 강해 보이는 얼굴이었다. 치수를 잘 재서 맞춰 입은 드레스 셔츠의 높고 세련된 깃이 눈에 들어왔다. 우리하곤 급이 다른 것 같네. 스킨로션 향기도. 그런 생각이 금방 들었다. 미간에 세로 주름이 진 검찰 수사관도 그런 생각을 하고 있는 걸까. 그는 빈틈없는 표정에 손바닥으로 밀듯이 변호사더러 지금 나가달라고 요구했다. 그리고 원직수더러 창가의 벤틸레이터를 닫아달라고 말했다. 이마 주름이 파일 만큼 눈을 치뜨고 이를 갈아내듯이 말하자 원직수가 직접 가서 닫았다. 요구 받은 두 사람은 난데없다는 안색이었고 난처해하는 게 역력했다. 변호사는 눈살을 찌푸리고 어디론가 전화를 걸면서 바깥으로 나갔지만 이제 수사 검사는 전화를 받지 않을 게 뻔했다.

바깥의 미세한 소음이 차단되는 것만으로도 무언가 통제된 것 같았고, 그것으로 조사가 시작됐다. 미간에 주름 잡힌 수사관이 눈을 주자 박광석은 가방에서 비디오카메라를 꺼내 책상 위에 세웠다. 다른 검찰 수사관과 성준열이 각각 워드프로세서를 꺼내서 부팅시켰다.

"그러니까, 보십시오, 제가 지금 할 수 있는 최선의 선택은 하나입니다. 여러분들 수사하는 것, 원하는 대로, 최대한 빨리 도와드리는 겁니다. 그래야 제 할 일을 할 수 있으니까요. 저기 보이시지요?"

원직수는 사장 자리 뒤편의 스탠딩 클립보드를 손으로 가리켰다. 작은 갓등이 달려 있는 것이었는데 만년필로 꼼꼼히 적어 넣은 메모지들과 포스트잇이 촘촘하게 붙어 있었다. 쇼가 아니라면 일을 열심히 하는 사장이었다. 그가 계속 말했다.

"작년 8월에 일어난 일인데, 내가 전화로 뭐라고 했는지 어떻게 기억나겠습니까? 선생님들은 기억해 내시겠습니까?"

원직수는 최동건이 실종되던 날 저녁에 서병로와 통화를 했는지, 통화해서 무슨 말을 나눴는지 모르겠다고 했다. 명석해 보이는 표정이었다. 손날을 만들어서 빈 공간을 거침없이 가로지르는 제스처를 했다. 그런 변명이 통하는 건 사실 박광석이 홍군호를 너무 늦게 잡아들였기 때문인지도 몰랐다.

피살은 용인의 미림식물원에서 벌어졌다. 코팅된 강화유리 조각이 글라매직에서 만들어진 걸 알아내고, 시신에서 찾아낸 꽃가루들을 파악하고, 산림청에서 전국 식물원 종자 현황을 대조하고 나자, 그게 명백해졌다. 홍군호가 시신을 신고한 지 꼭 한 달 만이었다. 식물원으로 찾아가 보니, 온실 유리 벽을 갈아 끼운 게 분명했다. 내실 흙바닥과 화분 잎사귀들 속에는 피살자의 혈흔이 아직 남아 있었다.

홍군호에 대한 의심은 강력반장이 처음 내놓았다. 박광석과 성준열이 그토록 힘겹게 들어갔던 동굴 통로로는 서치라이트나 축전기 같은 걸 들이는 게 너무 힘이 들었다. 어딘가 다른 입구가 있는 게 분명했다. 오래전에 공사를 했던 인부를 찾아내는 일은 쉽지 않았다. 하지만 법원의 소송자료로 남아 있는 경복굴 개발 보고서를 찾아보자 동굴 전모를 그린 청사진은 포유류의 뱃속처럼 복잡다단했다. 그 지역은 아직 파악되지 않은 석회암 동굴들이 너무 많아 고압선 탑이나 전봇대를 세우다 보면 땅 아래로 쑥쑥 꺼진다고 했다.

시신이 발견된 곳에서부터 불과 30미터도 안 되는 곳에 경복굴 주굴(主窟)로 들어가는 또 다른 입구가 있었고, 기역 자형으로 작은 동굴이 나 있었다. 박광석은 그걸 알게 되면서 홍군호에 대해 분노가 끓어올랐다. 죽은 최동건이 경복궁 개발 펀드에 돈을 내고, 개발이 거의 무위로 돌아가면서 홍군호와 사이가 엇나간 건 확실했다. 사기 혐의로 수사받는 과정에서 홍군호는 몇 차례 최동건으로부터 능멸당했고, 아내가 가출한 원인 중에 하나도 그 때문이라 생각하고 있었다. 수감 중에는 그에 대해 적의를 감추지 않았던 게 확인됐다.

홍군호는 한동안 집에 들어오지 않았고, 1월에 붙잡자마자 박광석과 성준열은 홍군호를 곧바로 미림식물원으로 태워 갔다. 그런데 거기서 생각하지도 못한 일이 벌어졌다. 스포츠웨어를 입고 오전 산책을 하던 한 사내의 손에서 풀려 나온 개가 홍군호의 허벅지를 물어뜯은 것이었다. 그 사내는 성림건설 오너 집안의 동생이었는데, 식물원 안의 게스트 하우스에서 하룻밤을 자고 나오는 길이었다. 개는 영국 왕실 콜리견의 후손이었고 새끼 때부터 아주 높은 수준의 훈련을 받아온 증명서가 있었다. 작년 8월에 일주일가량 실종됐다가 이 식물원에 갑자기 나타났다고 했다. 박광석과 성준열은 일단 홍군호가 주사를 맞고 허벅지에 붕대 싸맬 시간을 줬다. 그러고는 조사실로 곧장 데려가 책상 아래서 무참하게 밟았다. 홍군호는 밤을 꼬박 새더니 결국 자기 짓이었다고 털어놓았다. 하지만 개는 왜 자기를 물었는지 정말 모르겠다고 시치미를 뗐다.

성림 가문의 차남은 자기 아버님과 콜리견 모자를 납치하는 데 홍군호가 동원됐을 거라고 말했다. 그리고 그 모든 일들에는 배후가 있지만 자기가 거론할 수는 없다고 말했다. 다만 서병로라는 인물은 관련이 됐을 거라고 지목했다.

박광석은 동굴 개발이 빚은 유혈극으로 파악했던 애초의 사건이 터무니없이 커진다는 직관이 왔다. 사실 개가 사람을 물어뜯은 일을 법정에 증거로 내놓을 수는 없었다. 참고 자료조차 될 수 없었다. 단지 홍군호가 치료비를 청구할 수 있을 뿐이었다. 수사와 재판의 차이였다. 그는 홍군호의 칼을 찾아낸 것으로 만족해야 했다. 그리고 홍군호의 서랍에서 나온 목걸이의 쇠구슬 세 알이 미림식물원 온실 내실에서도 나온 것으로.

하지만 홍군호는 왜 자기가 나서서 시신을 발견했다고 신고했을까? 우리는 옷을 벗진 않겠지만 강압 수사를 했다고 좌천당하는 게 아닐까. 아니면 홍군호가 미쳤던 게 아닐까. 홍군호는 죄책감에 자살하려다가, 힘들어서 자수하려다가 그냥 신고만 했던 거라고 말했다. 글쎄, 이 말은 믿어줄 만한 걸까? 죄책감에 자살하려던 놈이 형사들이 비추는 랜턴 불빛 속에서 그렇게 천연덕스럽게 연기를 했단 말인가? 아니, 자기가 죽인 시신이 있던 자리에서 말도 제대로 못한 채 비명을 질러댔던 걸 보면 이해할 만하다고 해야 하나?

그럼 미림식물원의 인부는 왜 연락이 안 되는 걸까? 환갑이 다 된 사람이고, 성림 계열사들이 구조조정을 했던 작년 9월에 여러 사람들과 함께 명예퇴직 당했지만, 특이하게도 캄보디아로 건너갔다. 수사 협력도 안 되는 나라였다. 그러고는 소재 파악이 안 됐다. 왜 이 사람은 국내의 가족들한테는 프놈펜에서 일하고 있다고 말해 왔을까. 왜 가족들은 이 사람 전화 연락처도 모르고 전화를 받기만 하는 걸까? 캄보디아로 입국한 건 사실이지만, 정말 거기서 살고 있는 걸까? 국제전화 조회를 해보면 쿨라룸푸르에서도 전화를 한 적이 있던데. 서장이나 검사의 서명이 있으면 성림건설에서 캄보디아 쪽으로 통화한 내역을 뽑아볼 수도 있지만, 그렇게 모호하고 광범위한 조사에 그들이 서명을 해주지는 않는다. 무엇보다 법원에서 압수 수색 영장을 내줄 케이스가 아니기 때문이다.

진실의 테두리는 과녁처럼 작고, 그 나머지는 광대한 착오의 공간이다. 박광석은 단단한 사실들로만 구성된 최동건─홍군호의 관계에 맞춰 수사를 끝냈고 기록을 검찰에 넘겼다. 홍군호는 1심에서 자기 죄를 인정했다. 하지만 무기징역을 선고받고 항소를 하면서 생각하지도 못했던 이야기를 꺼냈다.

"제가 죽이고 싶었던 게 아닙니다. 최동건 없애 달라고 시킨 사람들이 있습니다."

검찰 수사관은 이마 주름이 굵어진 채 숫자들이 빽빽하게 적힌 시트를 손으로 짚으며 눈여겨봤다. 최동건이 죽던 날 평창에서 서울로, 서울에서 평창으로 오간 시외전화 통화 내역이었다. 수사관이 말했다.

"기억나시는 게 없다?"

원직수는 단호했고, 시저처럼 앉아 있었다. 물을 마실 때도 흐트러지는 게 없었다. 수사관은 저런 자세를 한 번 세게 흔들어버리고 싶었다.

"돈이 많으니까 부장검사도 변호사로 데려오고. 많이 배웠겠네요? 그런데 기억이 안 난다? 그런 말은 싸구려야. 요즘은 중학교 퇴학당한 비행소년도 그렇게는 말 안 해."

수사관은 이 사이로 내뱉듯이 말했다. 회장이건 총장이건 장관이건 장군이건 일단 몰아대야 하고, 거짓말하려는 의식에 공황 상태가 찾아오게끔 만들어야 한다.

"당신이 전화 건 것들은 다 나와 있어. 열심히 걸었더구만. 전화도 많이 왔고. 어디서 전화가 많이 온 줄 알아?"

"지금 나한테 오는 전화, 비서실에서 다 막고 있습니다. 바로 이 조사 때문입니다. 전화가 하루에 수십 통입니다. 내가 그걸 어떻게 일일이 다 챙기겠습니까?"

원직수가 움직이는 얼굴의 각도에 따라 머리 기름의 광택이 따라서 옮겨 갔다.

"그런 걸 말하는 게 아니잖아! 한 사람이 죽던 날 전화 말하는 거잖아! 당신, 최동건 죽기 전날 만났어? 안 만났어? 만났지!"

이런 건 어떻게 아는 걸까? 내 태도에 지금 무슨 변화라도 있는 게 아닐까.

원직수는 맞은편에 세워진 비디오카메라 쪽으로 신경이 곤두섰다.

"언제 죽었는지 내가 어떻게 압니까? 계열사 사장이니까. 자주 연락하고, 상의해 왔습니다. 없어지던 주에도 만났거나 통화한 적은 분명히 있겠지요. 그런데 그걸 지금 어떻게 하나 하나 셀 정도가 되겠습니까. 그리고, 반말 쓰지 마세요."

수사관이 피식 웃었다. 그의 손가락 사이로 생담배 태우는 희푸르스름한 연기가 피어올랐다. 담뱃불이 필터까지 태우고 들어가는 동안 원직수는 수사관이 빨리 담배를 눌러 껐으면 하고 조급해졌다.

"지금 기록을 보면 당신 호텔에서 최동건 만난 것으로 나와 있는데? 응? 어디서 만났는지 말해 줄까? 내 입으로 얘기할까? 당신이 말할래?"

아, 정말 이런 건 어떻게 아는 걸까?

"프레지덴셜 스위트룸에서 만났다며! 그래서 대판 싸웠다며! 서병로도 같이 있었고! 맞아, 안 맞아? 빨리 말해! 이 새끼야! 거짓말하지 말고!"

수사관이 가증스럽다는 듯이 소파에 앉은 채로 테이블을 세차게 발로 밀었다. 원직수는 테이블을 손으로 막느라 허리를 굽힌 채 수사관을 노려보았다. 원직수는 능멸당한 진노를 가라앉히느라 눈에서 불이 흘러나오는 것 같았지만 수사관은 그걸 빤히 쳐다보면서도 별로 위축되는 게 없었다. 수사관은 입술을 다물고 목을 긁어 올리더니 재떨이에 끈적한 가래를 뱉어냈다.

"서병로가 다 말했어."

그러고는 상대하기 귀찮다는 듯이 다시 물었다.

"안 만났지요?"

네 명의 수사관들이 또 거짓말하나 하고 똑같은 표정으로 원직수를 쳐다보았다.

"만났습니다."

자판 두드리는 소리가 빨라졌고 요란해졌다.

"구조본이 출범하면 도와달라고 했습니다. 최 사장이 생각하더니, 거절하더군요. 회장님께서 지시한 게 있다고 하더군요. 성림유통을 도와주라고. 아시다시피 부도 직전이었으니까. 그래도 최선을 다해 봐야지요. 저희 채권도 있는데. 유통이 회생만 된다면 뭘 못하겠습니까. 최 사장은 거기 전력투구해야 할 형편이었습니다. 재무통(通)이니까. 잘하면 뚫고 갈 수 있었나? 그랬을 수도 있지요. 일단 그렇게 하시라고 했습니다."

"그랬더니요?"

박광석은 숙인 고개 그대로 눈을 치뜨면서 말했다.

"그걸 상의하고 싶었던 거고. 서로 안 맞으니까, 최 사장은 뭔가, 아래층에 들러야 한다고 했는데. 아, 사모님 선물을 하나 낙찰받아 놨다고 했습니다. 그날은 그렇게 돌아가셨습니다."

원직수가 물잔을 입에 대고 한 모금 삼켰다. 앞머리에 있던 광택이 귀 옆머리로 번쩍거리면서 흘러 내려왔다. 실내 조명을 받아 은으로 된 빗으로 섬세하게 쓸어내리는 것 같았다.

"그게 전부 다다?"

박광석은 호흡을 멈추고 원직수를 쳐다봤지만 그는 미동도

하지 않았다. 박광석은 고개를 숙이고 눈을 내리감은 채 자료를 보면서 비웃는 안색이 되었다.

"그러니까 점잖게 몇 마디 나누고 가신 거네요?"

"약속이 돼 있던 게 아니었으니까요. 원래 경매에 오신 거였습니다."

박광석이 보기엔 동문서답이었다. 하지만 원직수는 그렇게 대답해 놓고도 자신 있는 표정을 짓고 있었다. 그의 이마에 맺혀 있던 미세한 땀이 콧등으로 번지면서 번들번들한 윤기가 피부 안에서부터 배어 나왔다. 박광석은 그 얼굴을 보면서 얼마만큼 더 매섭게 후려쳐야 하는지 잠깐 생각해 봤다. 테이블 위의 키폰에는 램프에 불들이 쉴 새 없이 들어오고 있었다. 비서실에서 전화를 대신 받고 있는 모양이었다.

박광석이 가진 휴대전화와 시외전화 내역을 보면 무언가 만져지는 동선(動線)이 있었다. 최동건이 평창으로, 평창에서 원직수한테, 다시 평창에서 최동건한테 연락한 게 나와 있었다. 1분 안팎의 짧은 통화들이었고, 최동건의 마지막 통화 기록이었다.

그사이에 홍군호에게 연락한 사람은 조상회였다. 조상회가 누군가 곧바로 전화할 테니, 협조해 달라고 부탁했고, 홍군호는 그다음 누군가 걸어온 전화에 따라 움직였다는 것이다. 정해진 길가에 차를 세우니까 누군가 나와서 개도 실었다고. 가는 길에 아무데서나 버리라고 말했다고. 그게 아니었으면 최동건이 어디 있었는지 내가 어떻게 알았겠냐고 말했다. 1심이 끝난 뒤였다.

낯도 모르는 사람이 걸어온 전화에 따라 그렇게 처참한 짓을 저질렀다니. 이 말을 얼마만큼 신뢰해야 하나. 더욱이 홍군호는 최동건과 하루 전에 직접 통화한 기록이 있었다. 그것도 15분 동안이나. 그와 최동건이 직접 충돌한 흔적으로 볼 수도 있지만 수사 방향이 살인 교사로 뻗어나가는 동안에는 일단 이 기록은 옆으로 밀어둬야 한다. 그런데 조상회가 원직수나 평창과 연락한 기록은 확보할 수 없었다. 반년이나 지난 사건이었고, 시내 유선전화 내역은 알 수가 없었다.

아, 그렇게 처참하게 죽었는데. 바로 지금 내 앞에 앉은 인간이 교사범일 수도 있는데. 박광석은 원직수를 노려보면서 열이 끓어오르는 것을 느꼈다. 무조건 멱살을 틀어쥐고 싶었다. 하지만, 하지만, 아닐 수도 있지 않은가. 우리가 생각하는 모든 게 다.

"그러면, 최 사장이 죽지 않았으면, 성림유통은 살아날 수도 있었네요?"

검찰 수사관이 묻자 원직수의 눈 아래 살결이 긴장한 듯 다소 부풀어 오르더니 거무스레한 주름이 접혔다. 그러더니 그는 곧바로 씁쓸하게 웃었는데, 눈언저리 가선이 부챗살처럼 퍼졌다. 이건 일부러 표정을 바꾸는 건데. 원직수의 안색을 응시하던 박광석의 얼굴에 알 수 없는 비웃음이 떠올랐다.

"회생할 가능성은 있었지요. 우리도 원했고요. 채권이 1500억 원이나 되었으니까요."

원직수가 말을 마치자마자 키폰 스피커에서 누군가의 목소리가 빠져나왔다.

"사장님, 병원에서 전화입니다. 회장님이 안 좋으신 것 같습니다."

원직수가 곧장 키를 누르려다 박광석을 쳐다보았다. 박광석은 망설였는데 검찰 수사관이 입을 한일자로 다문 채 고개를 끄덕였다. 원직수는 고개를 숙인 채 낮은 목소리로 전화를 받더니 펜 홀더에서 뚜껑 끝에 흰 별 무늬가 입혀진 만년필을 꺼내 메모했다. 그러고는 낯빛이 어두워진 채로 수화기를 내려놓았다. 수사관들은 누구도 전화 내용을 묻지 않았다. 아마 아버지의 병세가 안 좋아졌다고 말하겠지. 그렇지만 확인할 수도 없는 그런 일로 조사 분위기를 가라앉힐 수는 없다. 여기서 멱살을 단단히 잡아놓아야 다음으로 끌고 갈 수 있으니까.

"키폰 꺼둘 수는 없습니까?"

수사관이 건조하게 묻는 말에 원직수는 목에 힘줄이 비칠 만큼 얼굴이 상기돼 버렸다.

"그럴 수는 없습니다."

그리고 참아온 말을 한다는 표정으로 눈을 부릅뜨고 말했다.

"여러분이 저를 의심하는 것 같은데. 아무래도 좋습니다. 그런데 제 종업원이 1만 명이 넘습니다. 아이들 학교 보내고, 집 살 돈 모으고, 옷 사 입고, 밥 먹을 돈, 마련해 줍니다. 그게 쉽지가 않아서 매일 전쟁터에서 사는 것 같습니다. 어떨 때는 다 손 털어버리고 아무도 모르는 데 가서 혼자 살고 싶습니다. 그런데 여러분이 저를 의심하는 것 같습니다. 마음대로 하십시오. 그런데 증거, 있습니까? 홍군호가 제가 사람 죽이라고 시켰다던가요? 그런 교사하려면 대가가 얼마만큼입니까? 저도 홍군호인가 하는 그 인간 가증스럽습니다. 여러분은 사람 죽인 놈이 손가락으로 가리키는 대로 목을 조입니까? 나, 최 사장하고 사이 안 좋았습니다. 아까 말씀드린 것 들어보면 알 것 아닙니까? 그런다고 내가 최 사장을 죽이라고 합니까? 세상이 그런 뎁니까? 예? 여러분 같으면 그렇게 합니까? 내가 그런 짓 했으면, 모든 거 다 끝장날 각오 해야 합니다. 그런데 최 사장이 도대체 나한테 뭔데요? 얼마나 대단한데요? 얼마나 대단해서 그런 각오까지 해야 합니까? 예? 설명 좀 해보십시오."

원직수가 붙잡은 물잔이 흔들흔들거리더니 물이 바깥으로 흩어져 나왔다. 분해서 각막에 물기가 서리고 있었다. 그러자 조건반사처럼 박광석은 알 수 없는 불신감이 더 차오르는 것 같았다. 증거 있냐고? 홍군호는 아무래도 돈이 입금이 안 되니까 신고를 한 거다. 그게 분명하다. 지금 이 귀족은 물 잔을 잡고 떨고 있지만, 그걸 파악하고 있는 거다.

"우리도 쥐고 있는 게 있어요. 당신이 그저 최 사장을 미워했던 게 아니라, 가증스러워했다고."

박광석은 뒷면에 무언가 빽빽하게 프린트된 게 원직수의 눈에 드러나도록 조서를 비스듬히 들어 올렸다.

"최 사장은 그냥 성림유통을 도와주려고 했던 게 아냐! 당신을 끝장내려고 했던 거지! 그 대신 당신 동생 등에 타려고 했고. 그래서 당신은 동생이 키우던 콜리들까지 끌고 가서 한 마리는 직접 죽이기까지 했고! 너희도 이렇게 될 수 있다고! 보여주려고! 안 그래!"

원직수의 관자놀이 정맥이 부르르 일어서고 있었다. 누가 말한 건지 알 것 같았다. 그 죽은 콜리에게는 원직수 방에 숨겨졌던 도청기가 달려 있었다는 말은 빼버린 채로. 역겨웠고, 텅 빈 공허감 같은 게 다가오고 있었다. 하지만 이 모든 걸 결국 정화할 수밖에 없지 않은가. 다른 누구도 해주지 않고, 바로 나 자신의 힘으로.

원직수는 갑자기 자리에서 곧바로 일어섰다. 수사관들이 찾아오고 나서 처음이었다. 수사관들이 그를 올려다보았지만, 그는 그들을 쳐다보지도 않은 채 시니컬하게 말했다.

"누가, 그래요?"

목소리는 곧바로 높아졌다.

"나는 그런 적 없어요! 그리고 그런 게 최 사장 죽은 것하고 무슨 상관인지도 모르겠어요! 적이 없는 사람은 없어요. 저도 마찬가지예요. 이건, 그런 사람들 만나가면서 만들고 있는 편파 수사예요!"

원직수는 박광석이 부하 직원이라도 되는 듯이 그가 손에 쥔 조서 다발을 손등으로 후려갈겼다. 그는 일부러 접은 것처럼 꺾여진 조서 다발을 손가락으로 가리켰다.

"여기! 내 죄가 다 만들어지면 날 잡아가세요! 이제 거의 다 만든 것 같으니까. 오래 걸리지 않겠네요. 문은 저깁니다. 빨리 가세요! 그래야, 빨리 잡으러 올 수 있겠지요!"

••71

헤드라이트 불빛 앞으로 계곡 바닥의 굵은 나무들이 윤곽을 드러내고 있었다. 지프 바퀴 아래로 지난해의 낙엽과 마른 가지 부러지는 소리들이 열어둔 차창을 통해 계속 이어졌다. 앞서 가던 브로델의 차가 멈춰 서자 뒤따라가던 차량들이 불을 켜놓은 채로 시동을 차례차례 껐다. 서병로한테서 전화가 온 것은 원직수가 노퍼크 재킷을 벗어서 차 안에 던져 넣은 다음이었다. 그는 허리에 주름과 큰 호주머니가 있는 옷을 다시 집어 들고 벨 소리가 울리는 곳을 찾았다.

"사장님, 새로 대안이 나왔습니다. 지금 어디 계십니까?"

"협천계곡입니다. 브로델이 약재 채취하는 데."

"곧바로 영월로 가겠습니다."

원직수는 서병로가 앞에 서 있는 것처럼 손을 크게 내저었다.

"그만합시다! 그만하면 됐어요! 서울 가면 하든지!"

"아닙니다, 사장님. 이제 가능합니다! 확실합니다! 수목원이 보호수 지정 받아낸 거하고 상관없습니다! 공학적으로 은행나무만 수몰에서 빼낼 수 있습니다!"

서병로의 목소리가 다급해지자 원직수는 기댔던 차체에서 몸을 떼며 손가락질을 했다.

"그래요! 알겠습니다! 알겠으니까! 서 전무가 알아서 하세요! 여태까지 다 그랬잖아요!"

원직수는 서병로의 목소리가 흘러나오는 채로 전화기를 꺼버렸다.

목제 등화 채집기는 옆에서 보면 A 자형으로 생긴 커다란 도로 차단대 같은 것이었다. 원직수는 채집기의 한쪽을 받쳐 들고 브로델이 서 있는 곳까지 손수 날랐다. 코르젠의 대리급 직원들이 원직수의 동작 하나하나에 눈길을 주면서 그 움직임에 맞춰 발걸음을 옮겼다.

원직수는 코르젠과는 별도로 또 다른 생명공학 자회사를 출범시키고 싶었다. 서서히 경제가 바닥에서 되살아나고 있었고 큰돈들은 투자할 데를 찾아 여기저기 문을 두드리고 다녔다. 코르젠이 열대어들을 다루면서 빌트인 아쿠아리움 사업을 추진하는 것과는 별도로 워터 파크 사업과 약재 채취 사업을 중점적으로 해나갈 회사를 분리해 낼 수 있을 것 같았다. 그러면 별도로 펀딩을 받는 게 힘들지 않으리라.

조상회가 브로델의 곁에서 랜턴을 들고 있다가 원직수를 멀리서 알아보더니 곧장 달려왔다. 조상회는 채집기의 귀퉁이를 들쳐 메며 그의 눈치를 살폈다.

"서 전무입니까?"

원직수는 말없이 고개를 끄덕이면서 상기된 얼굴로 저 앞쪽의 브로델을 응시했다. 조상회는 더 이상 말을 붙이지 못했다. 검찰 조사가 있었던 뒤로 사장은 서병로를 철저하게 불신하게 된 것처럼 보였다. 세 사람 다 조사에서 가까스로 빠져 나온 것처럼 보였지만, 수사가 끝난 건 아니었다. 사장은 왜 서병로와 거리를 두게 됐는지 조상회에게도 말한 적이 없었다. 다만 서병로가 벌인 일들의 패착 가능성이 갑자기 커 보였기 때문인 것 같았다. 그러나 내막은 조상회도, 아무도 알 수가 없었다. 그것은 아마 원직수가 지금 단계에서 서병로를 대놓고 내치려고도 하지 않기 때문인 것 같았다.

브로델은 흐뭇해진 표정으로 등화 채집기의 아래위 가로대 두 개에 모두 열두 개의 수은등을 나사못으로 차례차례 고정시켰다. 그리고 랜턴 불빛을 받아가며 수은등에서 나온 전선들을 발전기에 연결했다. 일에 몰두하면 고개 한 번 젖히지 않을 만큼 푹 빠지는 친구였다. 브로델은 등화 채집기 뒤에 흰 천으로 스크린을 세우고, 바닥에도 너른 천을 깔았다.

밤의 숲은 새카만 판화 같았다. 일부러 그믐밤을 정해서 찾아왔기 때문이었다. 브로델이 수은등들을 계곡의 숲을 향해 약간 들어 올린 다음 일제히 켜자 장관이 벌어졌다. 주변의 나뭇잎들과 풀들이 잎맥까지 드러날 정도로 하얗게 빛을 받았다. 처음에 찾아온 것들은 나방과 하루살이, 날도래들이었다. 그러고는 차츰 값진 것들이 날갯짓하면서 다가왔다. 사슴벌레, 하늘소, 장수풍뎅이, 물방개 같은 것들이었다. 작은 날개를 맹렬하게 움직이면서 불빛 앞을 휘젓고 돌아다니더니 나중에는 수은등 앞 유리를 향해 돌진하기도 했다. 스크린과 바닥의 천에는 곤충들이 새카맣게 모여들었다.

브로델은 원직수와 똑같이 장식 주름이 달리고 허벅지 품이 넉넉한 니커보커스 바지를 입고 있었다. 얼핏 봐도 스포티했다. 원직수가 선물해 준 것이었다. 원직수는 바로 곁에 앉아 곤충들을 시료(試料) 병에 담아 넣었다. 브로델이 한참 일에 몰두하고 있다가 원직수에게 말했다.

"젠맥스(GenMax)가 좋을 것 같아."

원직수가 장수풍뎅이를 조심스레 손으로 집다가 얼굴을 활짝 폈다.

"고맙다, 브로델. 맡아줄 거라고 생각했어."

"뭘, 지금도 하고 있는 거잖아."

원직수는 새로 띄울 기업 브랜드 후보들을 며칠 전부터 브로델에게 계속 소개해 왔다. 젠맥스, 제노피아, 제나클, 터보젠, 젠스테이트……. 결국 브로델이 맡아줘야 했으니까. 원직수는 일어서서 젠맥스의 런칭 파트너에게 악수를 청했다. 장수풍뎅이가 뚜껑을 잠그지 않은 시약병에서 날아올라 그의 가슴팍에 내려앉았다.

원직수가 서병로를 만난 것은 자정이 다 되어 영월 시내의 호텔 로비로 들어서면서였다. 그는 야간 작업 결과에 한껏 고

무된 채 땀에 젖은 얼굴로 회전문을 밀었다. 그러나 로비 소파에서 기다리던 서병로가 자리에서 일어서는 것을 보자 뒤따라오는 브로델에게 말을 붙이면서 무시해 버렸다. 그는 엘리베이터에 타자 거울 속의 자기 얼굴을 들여다봤다.

김범오의 은행나무 보호수 지정 작업은 지난해 12월에 터져 나왔다. 원직수는 보고를 받자마자 낭패라는 걸 알았다. 그것도 대세를 휘청거리게 하는 낭패였다. 수목원을 사들일 수 없다면 빌트인 아쿠아리움과 워터 파크 사업 자체가 재검토돼야 했다. 그때부터 서병로를 대하는 감정은 경멸에 찬 적대감으로 바뀌어버렸다.

김범오가 가한 타격은 합법적으로 건설공사를 정지시키거나 지연시키는 아주 고전적인 것이었다. 건설회사 사람들에게는 눈에 익은 방식이었다. 하지만 한때 성림건설의 월급을 받았던 김범오가 회사를 상대로 이런 방식으로 맞받아치다니. 원직수는 이마를 손으로 짚고 집무실에서 나오지 않았다. 김범오와 서병로의 개인적인 갈등이 결정적이었다. 원직수가 갖가지 보고들을 통해 파악한 바로는 틀림없었다. 개중에는 서병로에 대한 모함의 혐의가 없지 않았지만, 결론은 그랬다. 서병로는 사감(私感)이 응축된 연적 하나를 비참하게 좌천시키려다가 그를 적개심의 화신으로 만든 채 퇴직하게 해버린 것이다. 사람 다루는 일만을 전문으로 하는 그가 어떻게 그런 결정적인 실수를 할 수 있단 말인가.

그 같은 일이 있기 전까지 서병로가 은근히 코르젠의 사장

자리를 원하고 있다는 사실은 아무 흠이 될 수 없는 생산적인 희망이었다. 하지만 이젠 많이 달라졌다. 어떻게 그런 개인적인 결함이 뚜렷한 사람이 그룹의 차세대 주력 사업을 주도할 수가 있단 말인가. 다른 누구도 아닌 바로 원직수가 겸하고 있는 그 자리를 이어받아서. 거기다 이제 수목원을 어떻게 해야 거둬들일 수 있단 말인가. 어떻게 해야? 아무것도 모르는 브로델은 젠맥스를 맡아주기로 수락했는데.

원직수가 그날 잠자리에 들었다가 악몽을 꾸면서 일어난 것도 로비에서 서병로를 만났기 때문인 게 분명했다.

원직수는 갈아입은 속옷이 배에 달라붙을 만큼 젖은 상태에서 새벽에 깨어났다. 검찰에 끌려가 조사를 받다가 곧장 철망이 덮인 버스를 타고 구치소로 향하는 꿈을 꾸었다. 원직수는 검찰 조사실에 벌거벗은 채 앉아 있었다. 얼굴에 검정 칠을 한 비대한 체구의 검사가 착 달라붙는 시커먼 타이츠 차림으로 들어와서는 유리병 두 개를 원직수의 눈앞에 대고 흔들었다. 보존액이 출렁거렸다.

"이게 뭔지 아나?"

검사가 유리병 하나를 들어 올렸다.

"모르겠는데요?"

"최동건의 몸에서 난 거야. 꽃가루야! 꽃가루! 한국에서 나는 식물이 아냐!"

"그럼요?"

"네 몸에서 난 거야! 네 몸! 어디서 난 건지 아나?"

원직수는 다시 고개를 저었다. 검사가 그의 목을 커다란 손아귀로 붙잡아 조였다. 어디선가 악머구리 끓는 소리가 들려왔다.

"이게 네 불알이야!"

검사는 유리병에서 보존액이 뚝뚝 떨어지는 양파 모양의 음낭을 빼서 그의 얼굴 앞에서 꾹 짜 보였다. 하얗고 노란 가루들이 풀썩거리면서 손가락 사이로 마구 빠져나왔다. 검사가 이빨을 악문 입을 바싹 갖다 댔다가 고함쳤다.

"이게 바로 꽃가루야! 네 불알에서 난 거야! 네가 죽였어! 바로 네가!"

잠시 후 옆방에서 전화가 왔다. 브로델이었다. 괜찮으냐고 물어왔다. 원직수는 꿈을 꾸다가 벽이 쩌렁쩌렁 울릴 만큼 소리를 쳤던 것이다. 그는 수화기를 내린 뒤에 자기 암시라도 걸듯이 단호하게 혼잣말을 했다.

"나는 그런 적 없어. 그렇게 시킨 적도 없어. 당신은 서병로를 찾아가야 해."

스탠드를 켜자 유리병 속의 곤충들이 뚜껑으로 까맣게 몰려들고 있었다. 원직수는 그 모습이 갑자기 징그러워져 두 손으로 병을 붙잡아 가렸다. 손에 땀이 얼마나 찼는지 병이 미끈거려 제대로 잡을 수가 없었다.

아침이 되자 원직수 일행을 태운 지프들은 어젯밤 바퀴 자국을 냈던 그 길을 그대로 거슬러 올라와 계곡 안으로 어제보다 훨씬 더 깊숙이 들어갔다. 지프를 타고 온 이들은 모두 여덟 명이었다. 원직수 말고도 조상회, 브로델과 중국계 미국 어류학자인 니콜라스 왕, 그리고 한국인 곤충학자와 코르젠의 직원 둘이었다.

그리고 한 사람은 서병로였다. 원직수가 아침에 브로델과 식사를 하고 있을 때 서병로가 다가왔다. "보호수 대안을 가져왔습니다."라고만 짤막하게 말했다. 원직수는 아무 말없이 젓가락을 움직이다가 "오늘 작업이 다 끝나고 이야기합시다." 하고 대답했다. 서늘하고 가라앉은 목소리, 별 기대를 하지 않는 반응이었다. 사실 그럴 만했다. 지금까지 서병로가 가져온 서너 건의 아이디어들이 모두 그런 식이었으니까. 원직수의 말은 서병로에게 호텔에서 기다리라는 뜻이었는데, 뭔가 궁지로 몰린 소외감을 느낀 서병로는 억지로 작업장까지 따라온 것이었다.

숲은 어젯밤에 왔을 때 느꼈던 울창함이 여전하면서도, 화사하고 싱그러웠다. 굵은 떡갈나무들이 수십 그루 자리 잡고 있는 게 얼른 눈에 띄었다. 그리고 원직수의 눈으로 노루가 들어왔다. 머리에 그늘을 얹은 채 부드러운 혀를 내밀어 꽃을 따먹고 있었다. 쌀을 튀긴 것처럼 희고 윤기 나는 하얀 조팝꽃들이 노루의 분홍빛 혀에 말려 입속으로 들어가고 있었다. 주위는 장밋과 나무들이 가득했다. 아그배나무, 산사나무, 살구나무의 탐스러운 흰 꽃들이 피어오른 가지 위로 참새들이 날아들고 있었다. 꽃들을 물고 가지를 건너뛰는 다람쥐들과, 흔들리는 가지의 여운이 눈에 들어왔다. 브로델이 카메라를 꺼내서 꽃들 주위의 곤충들을 하나하나 촬영하기 시작했다. 원직수는 그 모습을 보게 되자 갑자기 조급해지면서 궁금증이 강하게 일었다.

서병로가 가져온 대안이 뭘까? 이번에는 정말 뭔가 다 뒤집어 엎어버릴 수 있는 게 아닐까. 저 사람이 저렇게까지 적극적이라면.

하지만 지금 당장 그를 부를 수는 없었다.

브로델은 키가 20미터는 넘는 떡갈나무들 주위를 돌아가며 다른 사람들과 함께 커다란 비닐들을 설치하기 시작했다. 비닐의 네 귀를 주위의 다른 나뭇가지들에 묶는 것이었다. 서병로도 원직수 바로 곁에 서서 줄로 비닐을 꼼꼼하게 고정시켰다. 고개를 숙이고 진지해진 얼굴에는 뭔가 긴장감이 흘렀다. 한순간도 빠지지 않고 원직수를 의식하고 있는 것이다. 하지만 브로델은 두 사람 사이의 그런 팽팽한 과민함에 대해선 전혀 모르고 있는 듯이 아주 장난꾸러기 같은 눈빛이 되어 이야기하기 시작했다.

"떡갈나무는 곤충 호텔이야. 뿌리에는 풍뎅이 애벌레가 살고, 껍질 틈에는 나방이 있어. 껍질 속에는 딱정벌레가 파낸 굴들이 고속도로 같아. 그뿐인 줄 알아. 벌레 잡아먹으러 딱따구리가 날아오지. 까마귀나 어치, 산비둘기도. 그리고 나무에

구멍이 생기면 올빼미가 들어앉아. 오소리는 뿌리에 굴을 파고. 그러니 이젠 우리가 찾아와 이놈들을 사냥해 줘야 해. '제발 이제 떡갈나무 좀 그만 괴롭히셔!' 하고."

브로델은 기다란 포신이 달린 살충제 방사기를 코르젠의 직원한테서 건네받았다. 그는 포신을 하늘 쪽으로 향하며 나무 끝을 한참 올려다보더니 갑자기 방아쇠를 당겼다. 굉음과 함께 하얀 생분해성 살충제가 진한 안개처럼 허공으로 치솟아 올라갔다. 방아쇠를 깊이 당길수록 살충제가 점점 높은 곳까지 올라갔다.

원직수와 서병로는 브로델의 곁에서 몇 걸음 떨어져서 나무 끝을 올려다봤다. 둘 다 아무 말도 없었지만, 서로의 존재와 동선(動線)을 강하게 의식하고 있었다. 날카로운 신경전 같은 것이었다. 피로하게 만드는 데가 있었다. 저기 위의 공중에선 껍질 바깥으로 기어 나온 갖가지 벌레들이 힘을 잃고 떨어져 내렸다. 얼마 가지 않아 빛이 번들거리는 하얀 비닐 천들 위로 새까맣게 내려앉아 있었다.

브로델이 비닐 위의 곤충 한 마리를 가리키며 원직수에게 말했다.

"봐라. 레너드. 이게 바로 바구미다. 왕바구미야. 이놈하고 비슷하게 생긴 바구미 중에는 말레이시아 기름야자 꽃가루를 옮겨 주는 게 있어. 예전에는 농장 인부들이 일일이 꽃가루를 날려줘야 했지. 그 바구미가 꽃가루를 날려줄 수 있다는 걸 맥나마라가 알아냈다. 엄청나게 큰돈을 벌었어."

왕바구미는 갑옷을 두껍게 입은 손톱만 한 코뿔소 같았다. 그 작은 코뿔소는 힘을 잃고 벌렁 뒤집어진 채 햇볕 아래서 무력하게 브로델의 처분만 기다리고 있었다. 서병로도 다른 이들과 함께 다가와 왕바구미가 몸을 꿈틀꿈틀하는 걸 내려다봤다.

서병로는 소맷부리와 허리께를 쥔 점퍼형의 푸른 린드버그 재킷을 입고 있었다. 원직수는 그 옷이 슬쩍 시야에 들어오기만 해도 고개를 돌렸다. 시선도 마찬가지였다. 눈에 보이진 않지만 단단한 막 같은 것으로 스스로를 둘러싸고 있었다.

하지만 원직수는 브로델을 향하면서 눈동자에 호기심과 생기가 돌았다. 소철의 노란 꽃가루를 온몸에 묻힌 채 날아가는 바구미의 사진을 본 기억이 났다. 바구미는 원직수가 꿈꾸는 미래의 제국 한가운데로 씩씩하게 날아가는 중이었다. 할아버지는 경성의 미쓰코시 백화점 레스토랑에서 굴욕감을 삭여가며 일본인들을 상대로 돈을 벌었다. 아버지는 장군들의 나라에서 군화 끈까지 매줄 것처럼 사력을 다해서 일어섰다. 이제 모든 게 달라진 나라에서 원직수는 자기 제국을 세우려고 하고 있었다. 할아버지보다 웅대하고, 아버지보다 첨단인, 그래서 아직은 제대로 보이지도 않고, 아예 제로에서 창조해 나가야 하는, 그런 제국이었다. 원직수가 브로델에게 물었다.

"우리가 채집한 곤충들 가운데서도 맥나마라의 바구미 같은 게 나올까?"

"물론이지. 거머리 침에서 뽑아낸 히루딘은 엉긴 피를 녹일 수 있어. 수술할 때 없으면 안 돼. 이제는 곤충들한테서 나오는 페로몬이 관심사야. 이걸 잘 이용하면 무당벌레들을 끌어와서는 진딧물 같은 걸 손쉽게 박멸할 수 있어. 그런 걸 찾아내야해."

"그런데 이렇게 마구잡이로 채집하는 건 너무 막연하잖아."

"사실 우리도 예전엔 그렇게 생각했지. 1970년대까지는 말이야. 1만 종 잡아와서 하나 꼴로 괜찮은 게 나왔으니까. 그래서 차라리 실험실에서 화학적으로 만들려고 했어. 그게 경제적이고, 빠르다고 생각했으니까."

"그래, 그게 낫잖아?"

"아니, 그동안 아무도 생각 못했던 일이 벌어져버렸어. 생물들을 갖다 주면 화학적으로 완전히 똑같이 분석해 내는 '튜링의 기계'가 눈부시게 발전했어. 바로 컴퓨터가. 이제는 1년에 8만 종을 자동으로 조사할 수 있어. 세계 곳곳에서 채집해서 갖다 주기만 하면 돼. 사실 생물만 한 화학자가 세상에 어디 있겠나. 끊임없이 유전자를 다시 짜 맞춰 새로운 물질들을 몸속에서 만들어내니까. 1만 종의 생물은 1만 개의 화학 실험실이야. 그걸 인간이 어떻게 실험해서 따라잡겠어."

브로델은 두 손을 가볍게 털면서 웃었다. 원직수가 물었다.

"미국에선 생명공학 회사들끼리 벌써 경쟁이 치열하지?"

"피를 말리지. 사실 우린 숲에 들어와서도 느긋해지지가 않아. 특허는 간발의 차이로 따내는 거니까. 알고 있지? 그래서 너른 숲이 필요해. 좀 더 안정적으로 생물을 채집할 수 있는 큰 숲이. 저기 저 산들은 어떻게 돼가고 있어?"

브로델은 협천계곡 남쪽과 인접한 일월봉과 미륵산, 다림봉 같은 산등성이를 가리켰다. 도원수목원의 겹산들 가운데 북서쪽 산들이었다. 브로델이 말했다.

"저 산들의 숲은 누군가 조림한 거다. 한눈에도 정밀해 보여. 키 큰 나무와 작은 나무들이 오밀조밀 어울려 있어. 저절로 자라난 식물들까지 보태져 밀림을 이루고 있는데. 저런 데를 한 번 뒤지고 싶어."

브로델은 벌써 지난해 가을에 저 상공을 원직수와 같이 헬리콥터로 날아보았다. 그때 원직수는 이 일대가 자기 영토처럼 될 것이라고 말했다. 하지만 지금까지 왜 매입이 되지 않는 건가. 브로델의 시선은 그렇게 말하고 있었다. 원직수는 뭔가 약점을 지적당한 것 같아 점잖지만 심란한 얼굴로 고개를 끄덕였다.

아, 모든 준비를 다 해놓고도 고작 은행나무 한 그루 때문에 길이 막혀 있다니.

브로델이 말을 이었다.

"알겠지만, 파푸아뉴기니에서 밀림을 뒤지는 것하고 한국에서 숲을 뒤지는 건 많이 달라. 너희는 식물들을 약재로 다루는 법을 오래전부터 알아왔어. 그걸 책으로 가지고 있고, 또 개선해 왔지."

브로델은 『동의보감』이나 『본초류함요령』, 『임원경제지』 같은 걸 접한 적이 있었다.

"그건 큰 차이야. 아주 큰 차이. 특히 저렇게 정밀하게 식생을 가꿔놓은 곳에는 효력이 책에 밝혀진 게 많아. 그게 중요

해. 아주 중요한 거지. 레너드, 만일 저길 사들일 수 있으면
그렇게 하는 게 좋을 거야."

원직수는 브로델의 시선을 잠시 피해 상수리나무 우듬지를
올려다봤다. 지금 와서 어떻게 사들이는 게 불가능하게 됐다
고 말할 수 있나. 그렇다면 대체 용지를 어디에서 찾아야 한단
말인가. 그는 맞은편에 서 있는 서병로를 쳐다보았다. 그날 처
음 있는 일이었다. 서병로는 입을 굳게 다문 채 고개를 끄덕거
렸다.

••72

원직수는 브로델과의 오후 작업이 끝나자 조상회한테만 지
프 한 대를 별도로 몰고 따라오라고 지시했다. 마치 우연히 소
매를 걷어 올리다가 피부에 써놓은 메모를 보고 정작 해야 할
일을 떠올린 듯한 얼굴이었다.

조상회가 어디 가시겠냐고 묻자 사장은 "도원수목원요." 하
고 말했다. 조상회가 "예?" 하고 눈을 뜨자 아무도 생각 못한
대답이 나왔다.

"김범오를 만나봐야겠습니다."

사장은 그렇게만 말했다. 김범오한테는 성림의 적개심이 얼
마나 단호한가를 보여주는 불시의 무력 시위 같은 게 되겠지.
조상회는 그렇게만 생각했다. 벌써 장비들을 다 실은 지프들

은 시동을 걸고 천천히 계곡을 앞서서 빠져나가고 있었다. 푸른 가지들 사이로 비치는 하늘에는 청회색이 감돌고 있었다.

앞선 차들이 주위봉을 크게 돌아 남동쪽의 영월군청 쪽으로 달려나가고 있었다. 원직수와 조상회가 각각 올라탄 지프는 인적조차 거의 없는 오래된 길을 거슬러 올라가 수목원으로 향했다. 조상회는 운전대를 잡고 달리면서 문득 김범오와 회사 사이에 어떤 극적인 화해 같은 게 생길지 모른다고 낙관했다.

수목원 경내에는 의외로 사람들이 없었다. 조상회는 혼자 용케 김범오의 집 앞까지 차를 몰고 가 설 수 있었다. 김범오는 산에서 촬영해 온 무슨 슬라이드 필름 같은 걸 거실에서 보고 있다가 그가 찾아온 걸 알고는 따라 나섰다. 사장이 왔다는 소리를 듣고도 크게 놀라는 기색 같아 보이지 않았다.

김범오가 조상회의 차를 타고 수목원 입구 바깥으로 나가보니 고압적으로 보이는 차량 하나가 서 있었다. 하얀색 랜드로버 디스커버리였다. 랜드 크루즈에 쓰이는 크고 육중한 바퀴가 달려서 보통 차보다 차체가 훨씬 높았다. 바퀴 사이의 폭도 컸고, 시커먼 바퀴에는 나선형의 굵은 홈들이 깊게 파여 있었다. 어깨가 떡 벌어진 거한 같았다. 거기 차창으로 이마가 번쩍이는 사내 하나가 김범오를 내려다보고 있었다.

원직수의 눈에 김범오는 동영상에서보다 훨씬 더 사내다워 보였다. 이 숲으로 들어와 그렇게 바뀌어버린 것 같았다. 우선 수염이 얼굴 윤곽을 따라 굵게 자라 있었고, 얼굴의 하관이 단단해지고 힘이 붙은 것 같았다. 무엇보다 눈빛이 부리부리해졌고 더 이상 넥타이를 단정하게 매고 있지 않았다.

원직수는 조수석 문을 열고 김범오를 들어오게 했다.

"김범오 씨가 좀 도와주십시오. 우리 사업 말입니다. 여기서 누가 안 도와주면 더 못 나갑니다."

"사장님, 저희를 좀 살려주십시오. 저희는 수목원을 계속하고 싶습니다."

"안 그런 사람도 있지 않습니까. 우리도 알고 있습니다. 앞으로 수목원 사람들 직원으로 다 채용할 겁니다. 토지 보상도 서운하게 안 할 겁니다. 수목원도 계속 유지할 겁니다. 이번 아니면 여기가 개발될 기회는 많지 않습니다."

"여기 분들은 더 이상 개발이 안 됐으면 하고 바라시는데요."

원직수는 김범오의 옆얼굴을 보면서 씁쓸하게 웃었다. 알 것 같았다. 대화할 여지가 많지 않다는 것을. 김범오는 자기 입장을 더 명확히 했다.

"우리는 우리가 원하는 방식으로 여길 꾸미고 싶습니다. 그게 우리가 기쁘게 살아갈 수 있는 길입니다. 여길 만드신 분의 마음이고요. 우리 모두 생각이 같습니다."

수목원 사람들은 여기 와서까지 서울의 무슨 회사 직원이 될 생각은 없는 것이다.

"자치주의 같은 거군요."

"자유를 소중하게 여기고 있습니다. 여기 사람들은."

"그건 부럽네요. 나도 묶인 데가 많은데."

"저희들도 왜 묶인 데가 없겠습니까? 묶인 데가 좀 다를 뿐이지요."

"김범오 씨는 부담이 있겠네요. 내가 괜히 성림건설을 여기까지 끌고 왔다는."

원직수는 김범오의 눈을 똑바로 쳐다봤다. 원직수에게는 어디에 있건 주변을 막바로 장악하는 무언의 기세 같은 게 있었다. 하지만 김범오는 거기에 별로 주눅 드는 눈치가 아니었다.

"사실 그런 게 있습니다. 저를 믿어준 친구가 수목원에 있으니까요."

"의리를 지켜야겠지요."

"그럴 생각입니다."

"하지만 의리에는 쪽배 같은 측면이 있습니다."

김범오는 고개를 들어 원직수를 날카롭게 쳐다봤다.

"날씨가 좋으면 둘이 같이 탑니다. 하지만 날씨가 나쁘면 한 사람만 탈 수밖에 없을 때도 있습니다. 나쁘게 듣지는 마십시오."

"사장님께서만 봐주시면 날씨가 나쁠 일은 없을 겁니다."

"내가 계속 밀어붙이면 어떻게 할 겁니까?"

"쪽배 타고 달아나지는 않을 겁니다. 우리도 밀어붙여야지요."

김범오는 왼쪽 어깨를 어루만졌다. 거의 탈골될 뻔할 정도로 크게 다쳤던 어깨는 몇 달이나 걸린 치료 끝에 겨우 제자리를 찾아왔다. 이게 다 누구의 짓인가. 그리고 지금 여기 와서 이런 식으로 시치미를 떼다니.

원직수는 김범오가 갑작스레 경직돼 간다는 인상을 받았다.

김범오는 불과 얼마 전까지만 해도 사장과 이런 식의 독대는 생각하지도 못했을 하급 직원이었다. 더욱이 원직수는 이제 실질적인 그룹 회장이었다. 김범오가 완강하게 버티는 어투로 말한다는 것 자체가 불쾌했다. 원직수가 말했다.

"밀어붙이다니? 어떻게?"

차창 앞으로 5월 오후의 바람이 눈이 시리도록 산뜻한 산벚나무의 신록을 흔들고 지나갔다. 아직 만개가 안 된 붉은 꽃들이 가지 군데군데에서 가볍게 오르내렸다.

"반격을 할 겁니다. 저, 12월에 보호수 지정서 받아 들고 오다가 정말 심하게 몰매를 맞았습니다."

"누구한테서?"

원직수는 처음 듣는 이야기이지만, 만에 하나 책임 소재가 이쪽에 있을지도 모른다는 생각이 퍼뜩 지나갔다. 서병로의 얼굴이 떠올랐다. 김범오는 머리를 뒤로 기댔다. 그는 길게 숨을 내뱉으며 말했다.

"저도 모르지요. 수목원에 보호수가 생기는 걸 싫어하는 어떤 사람이겠지요."

원직수는 아무 말도 하지 않았다.

"하지만 저 그때 경찰에 신고한 적 없습니다."

"김범오 씨, 나는 그렇게 지시한 적 없어요."

"그러시겠지요. 하지만 제가 타깃이 되는 한 저도 사장님을 향해서 맞설 수밖에 없습니다."

사실상 김범오는 사장을 타깃으로 삼겠다는 말을 아주 완곡하게 말한 것이었다. 사장님을 향해서 맞설 수밖에 없다? 그것만 해도 원직수는 노여움이 은근히 들끓어 올랐다. 이 친구는 자신과 거의 맞먹으려 하고 있는 것이다. 그래, 내가 너무 낭만적으로 생각했어. 이렇게 만나는 게 아니었는데.

원직수의 눈앞에는 김범오라는 이 친구와 함께 사는 수목원 사람들의 얼굴이 어렴풋이 떠올랐다. 이목구비 없이 입성과 손에 쥔 삽이나 톱의 형태로. 그리고 지난주 자기를 찾아왔던 수사관들이 떠올랐다. 그들이 설치한 비디오카메라의 검은 렌즈가 눈에 들어왔다. 그리고 원직수가 1975년 대학에 갓 들어갔을 때 아버지가 사주었던 비디오카메라가. 그건 일제였나 미제였나.

원직수의 주위 친구들은 비디오카메라로 자기들을 녹화해서 재생할 수 있다는 사실을 믿지 못했다. 원직수가 직접 보여주자 놀라워하며 만져볼 수 있기를 원했다. 원직수는 같은 과 친구들을 데리고 평창의 별장에 찾아갔던 토요일, 그가 딱 한 병 내놓은 시바스 리갈을 너무 많이 마셔 욕지기를 느낀 남자 애가 화장실로 건너가는 것을 따라갔다. 친구는 허리를 숙이더니 왝왝거리면서 속엣것들을 변기에 쏟아냈다. 변기 수면에는 애벌레처럼 댕글댕글 떠 있는 밥알들과 녹지 않은 육포의 섬유질, 씹힌 고기 조각 같은 것들이 누렇고 시큼한 위액과 진득한 침, 쏟아져 나온 알코올에 섞여 덩어리 진 채 빙빙 돌아가고 있었다. 같이 취한 원직수는 그걸 비디오카메라로 촬영했다.

다음 날 아침 친구들이 거실에 모여들자 전날 밤에 촬영한 것들을 재생했다. 토악질을 했던 친구가 나오자 원직수는 그냥 재밌겠다는 생각에 화면을 거꾸로 돌려보았다. 먼저 변기 속의 누릿한 액체들과 밥알들이 위액과 함께 솟구쳐 올라 고개 숙인 친구의 입으로 들어갔다. 게운 걸 다시 삼킨 친구가 고통스럽게 뒷걸음질 쳐 화장실을 나섰다. 소파 위에 앉은 친구들은 배를 잡고 웃었다. 그렇게 단순한 것을 가지고 그들은 모두 함께 웃을 수 있었다.

하지만 다음 주에 캠퍼스로 나가자 원직수는 학과 선배들과 친구들이 멀리서 자기를 손가락질하고 있다는 걸 알게 됐다. 스무 살의 원직수는 비디오카메라를 가진 자의 횡포를 저질렀던 것이다. 잔인하기는, 어떻게 그럴 수가 있단 말이야. 그토록 신나게 함께 웃었던 친구들이 그런 식으로 이야기를 바꿔 놓았다. 정색하고 비난하는 이들도 있고, 농반 진반으로 비꼬는 친구들도 있었다. 졸업할 때까지 그 이야기가 틈만 나면 나왔다. 원직수는 차라리 자신이 토악질하는 걸 거꾸로 재생해 줬더라면 하고 생각했다. 그래도 그는 친구들과 스스럼없이 같이 웃고, 징그러운 추억으로 간직할 것 같았다.

원직수는 아무도 자기를 알아보지 않는 공대 옆 연못가로 가서 버드나무 아래 벤치에서 혼자 울었다. 그리고 졸업할 때까지 승용차 운전사에게 캠퍼스로 차를 가져오지 말라고 지시했다. 그 역시 집안으로 들어오는 현금 흐름이 끊겨 개죽 같은 밥을 먹으며 보낸 어린 시절이 있었다. 하지만 그는 서서히 알게 됐다. 이제 자기는 과거를 통과해 자기 세계를 함부로 내비칠 수 없는 곳에 들어와 살고 있다는 것을. 제아무리 금을 지우고 친구들한테 다가서려고 해도, 친구들이 한 발 물러서서 다시 금을 긋는다는 것을.

그는 아버지로부터 비디오카메라를 선물 받은 바로 그해에 공증 받은 첫 유언장을 썼고, 대학을 졸업할 때까지 두 번을 더 썼다. 그의 친구들 가운데는 아무도 그렇게 하지 않았다. 하지만 그는 성년이 된 뒤 자기에게로 넘어온 재산 목록이 하나둘 늘어날 때마다 자기 또한 그것들을 어떻게 넘겨줄 것인지 공증을 받아놓아야 했다. 시퍼런 청춘기에 돈이 많다는 이유로 죽음을 예비해야 한다는 건 곤혹스러운 일이었다. 하지만 그건 그의 인생과 함께 해나가야 하는 작업이었다. 그게 원직수와 같은 이들의 운명이었다. 그는 유언장을 갱신할 때마다 개운치 않았지만, 그것만은 아무에게도 말하지 않았다. 그는 아무리 친하게 지내는 친구들 사이에서도 소외감을 느꼈고, 결국 자기는 금 밖에 서 있는 이들을 이끌고 기업을 전진시켜야 하는 사람이라는 걸 깨닫게 되었다. 대학을 졸업하고 친구들이 취직할 곳을 찾아다닐 무렵이었다. 그는 그 철저한 고립감 속에서 살았던 대학 시절 동안 자기가 재탄생했다는 것을 알 수 있었다.

그리고 이제 세월이 스무 해도 더 지나갔다. 그는 이제 더 이상 단단해질 수 없을 만큼 단단해졌다. 더 이상 차가워질 수 없을 만큼 차가워졌다. 그렇지 않으면 그의 기업들은 모조리 무너졌을지도 몰랐다. 그의 부하들은 구직 서류들을 들고 길거리를 헤매고 다니고 있을지도 몰랐다. 그는 스스로 강철처럼 여겨질 때가 있었지만, 부하들 앞에서는 그것마저도 감춰야 했다. 하지만 이제는 김범오와 같은 친구들도 만나야 하는 것이다.

"나를 향해서 맞선다는 게 무슨 말인가?"
원직수는 김범오를 가까이서 응시했다.
"제가 보고 들은 걸 다 말하겠다는 겁니다."
김범오는 이렇게까지만 말해도 충분히 뜻이 전달되지 않았느냐는 눈빛이었다. 원직수는 그 시선을 차분하게 마주 받았다.
"보고 들은 거라니? 자네가 보고 들은 게 뭐가 있는데?"
김범오는 기어코 그렇게 물어보니 어쩔 수 없다는 눈빛이었다.
"이명자 이사장의 애완견을 잡아 죽이신 것, 총으로 죽이신 것, 그리고 새끼 개를 미림식물원에 갖다 버리신 것 말입니다."
미림식물원에? 원직수는 신경 끝이 타들어가는 느낌이었다.
"미림식물원에 갖다 놓았다고? 나는 그런 적 없어! 그렇게 지시한 적도 없네. 그리고 그게 도대체 어쨌단 말인가? 자네는 지금 나를 고발이라도 하겠다는 건가? 그런 거야? 그럼, 해봐."
그것으로 그날 이야기는 끝이 났다.
"경찰한테서 전화를 받은 적이 있습니다. 그것도 며칠 안 됐습니다. 하지만 거절했습니다. 모른다고요. 정말 몰라서 그랬던 게 아닙니다. 밀고하기 싫었고 더 비참해지기 싫어서였습니다. 하지만 제가 어쩔 수 없이 그래야 하는 상황이 오기 전에 사장님께서는 먼저 하실 일이 있습니다. 다른 땅을 찾는 일입니다. 저기 저 은행나무가 저렇게 씩씩하게 서 있으니까요."

김범오는 차에서 내려서 사장을 올려다보며 차분하게 말했다. 그러고는 조용하고 정중하게 차문을 닫았다. 닫히기 직전에 원직수는 차문을 손으로 붙잡았다. 그리고 말했다.

"그 문제 해결이 그렇게 오래 걸리지는 않을 거야."

랜드로버가 남긴 바퀴 자국은 수목원 입구가 보이는 곳에서부터 날카롭게 선회해서 돌아갔다. 바퀴는 수목원의 흙길 위에 단단하고 큼직한 자국들을 낸 채 멀어져 갔다. 앞서서 누군가 낸 작은 바퀴 자국들이 그 무거운 음각 아래에 지워졌다.

원직수의 얼굴은 무섭도록 굳어져 있었다. 조상회는 그 얼굴을 차창 밖으로 내다보고는 숨도 제대로 쉬지 못한 채 앞장서서 지프를 몰고 갔다. 차가 호텔로 접어들자 로비에서 기다리고 있다가 가장 먼저 일어선 사람은 서병로였다. 그를 보고 원직수는 곧장 내 방으로 들어오라고 지시했다.

서병로는 무슨 일이 있었는지 대뜸 간파하고는 곧바로 따라갔다. 브로델이 곤충들이 들어 있는 유리병을 손에 쥔 채 조상회와 함께 심각한 얼굴로 같이 방으로 들어서더니 뒤로 문을 닫았다.

"바로 이겁니다."

서병로는 곧은 나왕나무 책상 위에 대형 차트를 좍, 펼쳤다. 도원리 25번지 수목원 은행나무의 사진이 인쇄돼 있었다.

은행나무 사진 주변에는 갖가지 철제 구조물과 콘크리트 둑이 정교하게 그려져 있어 무슨 착공 직전의 청사진 같았다. 책상 주위로 몰려선 사람들의 시선이 한꺼번에 차트로 내리꽂혔다. 방 안이 썰렁해질 정도로 긴장감이 감돌았다.

"나무를 뿌리째 파내서 수직으로 들어 올리는 겁니다. 물이 차올라도 아무 상관없게끔 말입니다. 뿌리에 붙은 흙까지 지하로 깊이 5미터, 지름 7미터로 파내면 나무는 안 죽습니다."

"후속 조치가 있어야 할 건데요."

"파낸 부분을 철판으로 감싸고, 비료를 채워 넣습니다."

"그러면 무게가?"

"나무하고 흙이 대략 800톤입니다."

"그걸 어떻게 올립니까?"

원직수가 앞 단추를 풀면서 물었다.

"철판으로 감싼 부분 아래를 더 깊숙이 파냅니다. 한 20미터 정도 말입니다. 그리고 바닥에 기초 콘크리트를 깔아놓습니다. 거길 지지대로 삼아 대형 잭으로 하루 40센티미터씩 들어 올리는 겁니다."

서병로가 레이저 포인터에서 나온 붉은 빔으로 잭 사진 주위에 동그라미를 쳤다.

"잭 하나에 200톤씩, 8개. 모두 1600톤을 들어 올릴 수 있습니다. 두 달간 작업하면 절대 안전 지역으로 올라섭니다."

원직수는 신경이 날카로워져서 머리카락을 쓸어 올리면서 차트를 응시했다. 공학적인 해결책이었다. 보호수 지정 자체를 무효로 만들자는 식의 행정적인 접근법들과는 발상이 달랐다. 로비 비중이 확 줄어드는 것이다. 원직수가 묵상이라도 하듯이 저울질을 하면서 입을 뗐다.

"나무로 섬을 만들자는 거군요."

"맞습니다."

서병로는 하사관처럼 대답했다. 원직수는 아랫입술을 깨물면서 말했다.

"물이 찬 다음을 생각하면 주변에 흙을 많이 쌓아줘야 할 텐데."

"예. 30만 톤가량 들어갈 것 같습니다."

"트럭 40대로 하면?"

"석 달가량 걸릴 것 같습니다."

원직수는 김범오의 얼굴이 자꾸 떠올라 눈썹 사이를 찌푸렸다. 감정적이 되면 일을 그르친다. 냉정, 냉정해져야 한다.

"예산은요?"

"25억 원이면 될 것 같습니다."

"25억 원 가지고?"

"이미 안동의 임하댐 공사 중에 시행해서 성공한 아이디어입니다."

서병로는 차트를 넘겨 아래에 있던 커다란 은행나무 사진 하나를 보여주었다.

"1994년 3월에 완공한 겁니다. 그때는 700톤짜리를 들어올렸습니다. 19억 원이 들었습니다.[1]

다시 방 안에 물을 뿌린 듯이 정적이 고여 들었다. 창가의 커튼에 주름이 흔들렸다. 원직수가 차트 앞장을 다시 넘겨보며 물었다.

"그 나무는 뭐였습니까?"

"천연기념물 175호. 700년 된 나무였습니다."

서병로는 결단을 내리지 못하는 자기 사장을 바라보면서 직인을 찍는 것 같은 어조로 말했다.

"확답 받았습니다. 이렇게만 하면 댐 공사를 허가해 주겠다고."

원직수가 곧장 말했다.

"그럼 밀어붙이시죠. 끝내버립시다."

‥73

수목원 사람들이 오전에 도화관의 도서실에 다 모이자 강신영이 앞자리로 나왔다.

"아시는 분들도 이미 계실 겁니다. 성명한 씨가 어제 새벽에 식구들과 함께 갑작스레 수목원을 떠났습니다. 전날 저녁에 이미 저한테 찾아와서 자기 지분을 성림건설에 팔아넘겼다고 했습니다. 성명한 씨는 성림건설이 은행나무 보호수 문제

---

1) 당시 공사의 주된 목적은 은행나무를 보호하는 데 있었다.

도 해결한 걸 보았다고 말했습니다. 은행나무를 수몰 지역의 수면 위로 떠 올리는 도면을 보여줬다고 합니다. 지금 몇 분이 대세를 거스르고 있다고. 자기는 수목원을 등질 마음이 없다고 말하더군요."

형선호가 말을 잘랐다.

"하, 그럼 뭐란 말입니까? 몇몇 골수분자들이 무슨 사교도들처럼 자기들 마음대로 버티고 있다는 겁니까?"

"그렇게는 말하지 않았습니다. 하지만 사람들이 서로 차선을 선택해야 하는데. 도무지 타협할 여지가 없게끔 돼버리고 있다고. 그렇게 말했습니다. 저도 성명한 씨가 옳은 판단을 했다고 생각하지는 않습니다."

강신영은 할 말을 잃어버린 채 앞자리에 서서 천장을 올려다보았다. 성림건설에서 수목원 사람들을 개별 접촉해서 도면을 보여줬다는 사실이 퍼지면서 몇몇은 이런 일이 찾아올 거라고 어느 정도 예상하고 있었다. 하지만 막상 사실로 드러나자 모두들 낯빛이 얼어붙어 버렸다. 하나같이 조문객들처럼 비통해졌다. 아무도 의견을 내놓지 않았다. 지난겨울 밤 이 자리에서 얼마나 기뻐했던가. 그게 불과 다섯 달 전인데.

지난해 김성효가 가지고 있던 수목원의 지분 절반이 성림건설에 넘어가자 강신영은 조합원들의 움직임을 주시해 왔다. 김범오가 은행나무 보호수 지정 작업을 비밀리에 추진해야 했던 것도 강신영의 강한 권유 때문이었다. 사실 조합원 중에 하나가 이런 내용을 바깥에 흘릴 수도 있었다. 김범오가 지정서를 들고 오던 날 불시의 몰매를 맞자 강신영은 누군가 내부에서 보호수 지정 작업을 눈치 챈 사람이 있을 거라고 생각했다. 그래서 성림건설에 알려준 사람이 있을 수도 있다고.

하지만 아무리 생각해도 성명한이 그랬던 것 같지는 않았다. 그는 2월까지만 해도 새로운 조림지인 백영산 중턱의 식재 기초 작업을 도맡아서 해냈다. 거기는 경사가 급한 데다 돌이 많았다. 비탈을 깎아내고, 돌무지를 덜어내고, 흙을 짊어지는 객토 작업이 필요했다. 그는 매일 녹초가 될 정도로 맹렬하게 일했다.

하지만 그가 점점 낙담할 수밖에 없는 상황들이 생겨났다. 간벌한 나무들을 수십 트럭분이나 숲에 쌓아놓아도 제대로 된 판로가 나타나지 않았다. 인부들 품삯은 나날이 올라갔지만 목재 값은 서서히 떨어지고 있었다. 거기다가 아이들이 커가고 있었다.

다른 길을 뚫어야 했다. 너른 조림지 일부를 목장으로 바꾸고, 휴양림 사업을 시작해야 했다. 수익 사업을 훨씬 늘리고 리조트와 스키장 사업까지 나아가도 좋았다. 그러려면 자본이 들어와야 했다. 그는 성림건설의 등장은 위기가 아니라 기회라고 말하곤 했다. 성림건설이 새 오너가 되면 가장 먼저 수목원에 돌아올 사람이 됐다.

강신영은 그에 대해서 비난하지 않았다. 성명한이 생각하는 방식이 아니라도 수목원은 크고, 미래는 밝았다. 조급하고 과욕할 필요는 없었다. 하지만 과반수 지분이 넘어가 버린 것은 뼈아픈 일이었다. 어느 날 갑자기 성림건설이 조합원 공회를 열어서 수목원을 매도하자는 결정을 내버리면 어떻게 해야 하나. 뭔지 모르지만 그래도 쌀알만 한 희망이 아직 남아 있을 것 같았다.

그는 도화관을 나와 삼나무 숲으로 제초 작업을 하러 갔다. 그의 손에는 낫이 들려 있었다. 그는 전동식 예초기를 결코 쓰지 않았다. 아직 제대로 자라지 못한 어린 나무들이 풀과 같이 잘려나갈 수 있기 때문이었다.

••74

강세연은 산초나무의 가늘디가는 줄기에 매달린 산호랑나비 번데기의 허물 벗기를 한 시간째 촬영하고 있었다. 정말 드문 기회였다. 그녀는 온 신경을 다 모아서 파인더를 들여다보고 있었다. 김범오가 곁에 서 있었다. 다림봉의 숲 속에서 강세연과 함께 만드는 곤충들에 대한 논픽션은 나무들을 기르는 일만큼이나 재미있었다.

"과반수 지분이 넘어갔다는 소식만 아니라면."

그는 촬영에 열중하고 있는 강세연의 등에 손가락으로 '과반수'라고 글을 썼다.

숲을 돌아보자 참나무와 밤나무, 느티나무의 이파리들이 비감할 만큼 푸르렀다. 이끼가 한창 오른 바위들은 녹슨 청동 거울 같았다. 지난주 내린 비로 생긴 물웅덩이에선 가득 떨어진 머루가 발효되고 있었다. 목을 적시고 가던 노루가 취한 듯이 비틀거리며 걸어갔다. 개울 위로 날아가는 새들이 수면에 얼마나 선명하게 반사되는지 물 아래위에서 오르내리는 한 쌍의 곡예비행단 같았다.

촬영을 잠시 중단한 강세연이, 새들이 자맥질하듯이 날아가는 것을 보면서 말했다.

"여기는 정말 파라다이스 가든이야."

다음 말을 잇지 못한 채 그녀의 안색이 쓸쓸하게 가라앉았다. 그녀는 숨을 길게 내쉬다가 다시 파인더를 들여다보았다.

산호랑나비 애벌레는 검은 점이 박힌 하얀 새끼손가락 같았다. 온몸에 실을 칭칭 감더니 푸르스름하게 바뀌면서 번데기가 되었다. 번데기는 아주 가는 실 한 올로 산초나무 줄기에 매달려 있었다. 잠시 지나자 번데기 속에서 무언가 구부린 손가락 같은 것이 반투명한 겉껍질을 스타킹처럼 벗으면서 빠져나오고 있었다. 처음에는 징그러운 벌레처럼 보였다. 하지만 접은 날개가 망토처럼 펴지고, 마침내 날개답게 치솟자 나비가 탄생했다. 하얀 바탕에 붉고 푸른 무늬가 들어간 나비였다. 주머니에서 흰 비둘기를 꺼내는 마술보다 훨씬 놀라운 일이 카메라 앞에서 벌어진 것이다. 한 시간 반이 걸렸다.

나비가 생애 처음 날아오르기 직전의 정적. 강세연은 아무 말도 하지 않은 채 뭔가 다른 데를 보고 있는 김범오의 등을 손가락으로 쿡쿡 찔렀다. 김범오가 숨을 죽이고 산초나무 줄기 앞으로 왔다. 나비는 허공에 선을 그리듯이 가볍게 날아올랐다. 아, 아.

강세연이 감탄해하는 것을 보며 이번에는 김범오가 그녀의 옆구리를 슬쩍 찔렀다. "왜 이래?" 강세연이 웃으면서 곁눈질하는 모습은 언제 보아도 사람을 설레게 한다. 김범오는 눈이 부셔 하더니 갑자기 손가락을 입술에 갖다 댔다. 쉿! 김범오의 눈길을 따라가 보니 딱정벌레 일가 네 마리가 풀밭에 눕혀 놓은 망원경의 거대한 골짜기를 타고 내려가고 있었다. 빨간 바탕에 검은 점들이 찍혀 있었다. 김범오가 거의 무성음으로 속삭였다.

조심해라. 미끄럽다. 딱정벌레 어미가 할 법한 말이었다. 하지만 어미가 먼저 미끄러져 풀밭 위로 굴러 떨어졌다. 뒤집어진 어미가 등을 대고 맴을 돌았다. 강세연은 쿡쿡거리면서 속삭였다. 걱정 마시라니까요.

그녀가 서울에서 살 때는 보이지 않던 작은 생명들이 여기서는 말을 걸어왔다. 꽃망울이 부푸는 소리, 꽃잎이 열리는 기척, 나비가 줄기에 앉는 소리, 실비가 나뭇잎을 건드는 소리.

서울의 잡지사에서 그녀는 숫자의 족쇄를 차고 살았다. 하루에 처리할 촬영 꼭지 수, 꼭지마다 자동차로 달린 거리, 주유한 양, 잡지에 실린 사진 수, 자체 기획한 사진 수, 특종한 사진 수, A등급·B등급·C등급을 받은 사진 수, 사진부에서의 그 달의 등수, 올해의 호봉, 그리고 월급과 수당……. 그녀는 텅 빈 육체가 되어갔다. 정신이 빠져나간 자리에 지시와 정보가 주입되기를 기다리는 육체.

그러나 여기서는 달랐다. 그녀는 자기 삶을 스스로 조직할 뿐만 아니라 누리고 있었다. 아침에 눈을 뜨면 해야 할 일들이 파인더로 보는 것처럼 떠올랐다. 어서 일을 하고 싶어 설레기까지 했다. 삶이 낯설지 않고 비옥했다. 그래서 그녀는 직장을 정리하고 수목원으로 건너왔다. 불과 열흘도 안 된 일이었다.

처음 들어와서 숲 속에서 생각했다. 이제 이 일만 잘해 나가면 된다. 그녀는 인도네시아의 칼리만탄과 케냐의 나이로비, 칠레의 안데스로 가는 길 위에 서 있었다. 빛나는 다큐멘터리 사진작가의 초상화가 그녀의 속에 들어 있었다. 그러나 이제 그 계획을 어떻게 조정해야 할까.

"어떻게 했으면 좋겠니? 수목원 말이야."

김범오가 뒤집어진 딱정벌레를 바로 놓아주며 말했다.

"글쎄. 난 아직 회원이 아니니까. 게다가 평생 여기서 살 생각은 없어."

강세연은 미안한 듯이 김범오를 쳐다보았다. 이렇게 말하기는 처음이었다. 김범오가 물었다.

"왜?"

강세연은 무릎을 세워 앉으며 말했다.

"어머니처럼 살기 싫어서."

강세연은 아홉 살 때 어머니를 잃었다. 어머니는 종일 풀을 뽑고 오면 허리를 제대로 못 썼다. 종일 사과를 따다 오면 목을 제대로 못 움직였다. 어머니는 눈물을 너무 많이 흘렸다. 우박이 쏟아져 깻잎이 모두 찢긴 날, 멧돼지들이 내려와 무밭을 들쑤시고 간 날, 산이 무너져 쪽밭의 파들이 흙으로 덮여 버린 날, 새끼 적부터 키워놓은 송어들이 장마에 모두 떠내려간 날, 그랬다. 어쩔 도리가 없는 일들이었다. 그녀는 어머니의 소원이 뭔지 알고 있었다. 바로 어머니처럼 살지 않는 것이었다. 병든 어머니는 서울 갈 딸을 보면서 힘겹게 머리를 쓰다듬어 주었다. 잘살아라.

수목원 역시 도저히 어쩌지 못하는 일들이 벌어졌다. 가뭄이 들면 묘목들이 손을 써볼 수도 없이 말라 죽었다. 폭우가 오면 뿌리 뽑힌 어린 나무들이 골짜기로 떠내려갔다. 제대로 여물지도 않았는데 까닭 없이 밤송이들이 낙과하는 때도 있지 않았는가. 그걸 기어코 극복해 낸 김범오가 대단해 보였다.

김범오는 고개를 끄덕였다. 들어온 지 며칠 안 됐지만 강세연은 수목원에서 잘 어울리지 못했다. 여러 사람들과 섞여 사는 게 맞지 않는 것 같았다. 그녀가 카메라에 앉은 잠자리에게 손등을 내밀면서 말했다.

"나한텐 공동체가 너무 힘들어. 작은 일인 것 같은 데 흥분하는 분들이 무섭고 어려워. 공회 때 너무 공격적으로 몰아세우는 분들도. 그리고 다른 분들은 너무 게으른 사람들을 어떻게 참아 넘기는지 모르겠어. 결국 거둬들인 건 비슷하게 나눠

야 하는데. 그래서 사람들하고 끝까지 부대껴보려고 하지 못
했어. 이렇게 게스트 하우스에 있는 손님처럼 있고 싶다는 생
각이 들고."

그래……. 김범오는 강세연의 옆에 나란히 앉아 고개를 끄
덕였다. 그녀가 그렇게 속에 담긴 말을 솔직하게 털어놓자 왠
지 고맙고 더 가깝게 여겨졌다. 그가 말했다.

"나도 마찬가지야. 어떤 사람은 늘 뒤처리를 안 해. 톱 찾아
오전 내내 헤매다 보면 숲 속에 떨어져 있어. 어제 누가 놓아
두고 온 거야. 식사 당번이어서 도화관에 가보면 어제 설거지
가 아직 남아 있어. 누군지 알지?"

둘이 같이 알고 있는 정말 게으른 사람이 하나 있었다. 별
명이 우탄이었다. 강세연은 김범오를 쳐다보면서 활짝 웃었
다. 김범오는 그녀의 입속에 보이는 가지런한 흰 이와 분홍빛
혀를 보았다. 수목원에는 여자가 너무 적었다. 게스트까지 포
함해서 독신 남자는 여섯인데, 여자는 셋밖에 없었다. 그것도
강세연에게는 부담스러운 일이었다.

김범오는 강세연을 보면 가슴이 뛰었다. 그는 이제 서른네
살이었다. 강세연도 그랬다. 하지만 여전히 아름다웠다. 그는
떠올렸다. '상엽홍어이월화(霜葉紅於二月花)'라는 말을. 서리
맞은 나뭇잎이 봄꽃보다 더 붉다는 말을. 늦게 온 사랑이 더
붉었다.

그는 자기 손가락을 그녀의 손가락 사이에 하나하나 끼워
넣어 아래에서부터 손바닥을 붙잡았다. 그래도 그녀 손등의

잠자리는 날아가지 않았다. 우리는 어쩌면 헤어져야 할지도 모른다. 그녀는 그렇게 생각하면서 말했다.

"나, 참, 개인적이지?"

"아냐. 나는 이해하고 있어."

잠자리가 날아가자 그는 그녀의 손을 끌어올려 입을 맞췄다. 그녀는 피부 아래가 파드득거리는 것 같았다. 두려운 전류 같은 것이었다. 그녀가 웃으면서 말했다.

"상자 정원에는 파라다이스 가든이라고 이름 붙였니?"

그가 시선을 내린 채 고개를 저으면서 웃었다.

"아니…… . 사실은 이야기도 못 꺼냈어."

"왜?"

"벌써 사람들이 부르는 이름들이 있었어. 어떤 사람은 '도원'이라고. 어떤 사람은 '수목원'이라고. 어떤 사람은 '상자 도원'이라고. 파라다이스 가든이라고 정하자고 공회에 내놓을 수가 없었어. 강요할 수는 없으니까."

"잘했어. 강요할 수는 없으니까. 우리 둘이서만 그렇게 알고 있으면 되지. 마음에 들지?"

김범오는 그녀의 손을 맞잡았다.

"그럼, 파라다이스 가든. 하지만 사람들이 있는 데선 '상자 정원'이라고 부르자."

"좋아."

그래도 우리들 사이에서는 파라다이스 가든이니까. 김범오는 그녀를 깊숙한 시선으로 들여다보면서 아무 말이 없었다. 강세연의 얼굴이 발그레하게 달아오르자 그가 이야기를 꺼냈다.

"혹시 내가 전에 잠자리와 꿀벌 이야기했니?"

강세연이 그를 바라보며 웃었다.

"해줬어. 재미있었어."

그때의 김범오의 목소리가 들리는 것처럼 그녀의 귀에 와 닿았다. 잠자리 눈은 홑눈이 수천 개 모인 겹눈이야. 세상의 작은 움직임도 수천 개의 화면 속에 크게 과장돼 보이는 거지. 그래서 새들이 나타나면 빨리 달아날 수 있는 거야. 꿀벌의 눈에는 붉은색이 회색으로 보인다는데. 그러니까 꿀벌의 세계에는 붉은 튤립이 없어. 그 대신 회색 튤립이 있는 거고, 회색은 꿀벌한테는 정말 탐스러운 꿀이 숨겨졌다는 신호인 거지.

김범오가 그녀의 뺨을 어루만지며 말했다.

"똑같은 시간에 똑같은 장소에 머물러도 서로 완전히 다른 별세계를 경험하니까. 사람은 사람대로, 짐승은 짐승대로, 곤충은 곤충대로……."

그녀는 김범오가 진지한 표정을 지은 것을 보고 새삼스레 귀엽다는 느낌이 들었다.

"그래, 나는 나대로…… 너는 너대로……."

그건 누구나 존중해 줘야 해. 김범오는 그렇게 말하고 있었다. 모든 사람을 위한 무릉도원은 없다고. 누구도 그걸 강요할 수 없다고.

"개인의 낙원이 가장 소중하니까. 너의 낙원이 가장 소중하니까. 나도 그걸 가장 소중하다고 봐. 네가 가고 싶은 데는 어디 다른 곳에 있겠지. 그래도 상관없어.”

김범오는 강세연을 보면서 미소 지었다. 그녀는 이혼한 여자였다. 그러나 그에게는 아무런 상관도 없었다. 용자(勇者)만이 미인을 얻는다는 말이 있었다. 용자란 미인을 향해 과감하게 대시하는 사람이 아니었다. 그런 건 바보도 할 수 있었다. 진정한 용자란 그녀의 단점에 대해 눈감기로 과감하게 결단하는 사람이었다.

“그럼 범오 씨도 수목원에서 나올 거야?”

김범오는 아무 말 하지 않았다. 고개를 끄덕이지도, 가로젓지도 않았다.

“나중에 말해 줄게.”

“……범오 씨는 잠자리고, 난 꿀벌인가 봐.”

“왜?”

“서로 생각이 다르니까.”

그녀가 일부러 유치하게 말하면서 웃었다. 그는 그 입속에 숨겨진 장밋빛 속살을 보았다.

“아냐. 다르지 않아. 난 호랑나비고, 넌 튤립이야.”

풋 하면서, 그녀가 또다시 웃었다. 이번에는 김범오가 좀 더 일찍 웃었다. 어디선가 뻐꾸기가 울었다. 그가 그녀에게 몸을 기울이자 따스한 체온과 비누 향 같은 게 고여 있는 대기의 작은 둥지로 들어서는 것 같았다. 그녀는 그의 검은 눈동자 속에 든 쓸쓸한 허무함 같은 것을 보았다. 이 남자는, 아아, 여기에 남으려고 하는구나.

그는 그녀의 살짝 벌어진 입술을 빨아들였다. 잠시 서로의 이들끼리 부딪히더니 어느새 그녀의 혀끝이 그의 입술에 물렸다. 혀는 따스하고 놀라울 만큼 부드러웠다. 그는 그녀의 혀를 오래 잡아당겼다. 그리고 천천히 놓아주면서 윗입술을 빨아들였다.

봄바람이 대지의 열을 받아서 따스하게 부풀어 오르면서 공중으로 떠올랐다. 저기 숲 한쪽에서 소나무의 노란 꽃가루들이 분말처럼 자욱하게 뿌려졌다. 바람을 타고 암술을 찾아가려는 꽃가루들이었다.

그는 입술을 맞추고 있는 채로 윗옷을 벗어 바닥에 깔았다. 그리고 그녀의 단추들을 하나하나 끌러 나갔다. 그는 거칠어지려는 마음을 겨우 가눴다. 사랑은 갑자기 나타난 감정의 해일이었다.

5월의 바람이 비단결처럼 그녀의 목덜미에 감겨왔다. 깃털로 간질이는 것처럼 부드럽고 미세한 촉감이었다. 그의 입술을 물고 있는 그녀의 더운 숨결이 그의 코 아래로 미끄러져 들어왔다.

호박벌이 멀리서 웅웅거리는 소리가 났다. 백합이 피어 있는 곳에서였다. 김범오의 피부는 그와 세계가 만나는 접촉면이었다. 그는 세상을 등지려고 했다. 상처만 주어온 세상. 하지만 지금 그녀의 손바닥이 그의 등을, 살갗을 어루만지고 있었다. 세계를 대신해서 그의 문을 열려고 하고 있었다. 그의 피부 아래로 저릿한 것이 흘러갔다. 몸속에서 혁명이 일어나는 것 같았다. 세상을 향한 혁명이. 그의 눈가로 물기 같은 게 지나가고 있었다. 하지만 그의 뺨과 목덜미, 가슴의 체온이 서서히 달아올랐다. 그녀는 밀착한 몸으로 그것을 알 수 있었다.

그녀는 무슨 직관 같은 게 스쳐가는 것 같았다. 그의 마음속을 알 것 같았다. 이 남자는 수목원을 등질 수가 없구나. 결코 등질 수가 없구나. 그녀는 눈시울이 뜨거워지려고 했다. 이 남자는 수목원에 죄책감을 가지고 있구나. 그녀의 눈가에 눈물 한 방울이 맺혔다.

호박벌이 꽃가루를 백합 암술들에 가득 묻히고 떠나가고 있었다. 호박벌이 떠나간 백합은 꽃봉오리를 서서히 오므리고 있었다. 꽃잎의 내부를 타고 오른 점액들이 닫히기 직전의 꽃봉오리 끝으로 흘러넘쳤다.

그는 하반신으로 에너지가 지나가는 것을 느꼈다. 가슴에서 배를 타고 내려가는 에너지였다. 그 에너지가 한순간 수직으로 격렬하게 들끓듯이 쏟아져 나갔다. 총을 맞고 빗물 속에 쓰러진 개가 떠올랐다. 그는 비참해질지도 몰랐다. 하지만 그는 수목원에 남아야 했다. 그러나 이 여자는 어떻게 해야 하나. 그는 눈가의 물기를 보이지 않으려고 잠시 고개를 옆으로 돌렸다.

벌거벗은 강세연은 그의 속을 아는지 모르는지 그의 등을 쓰다듬고 있었다. 그는 생각했다. 그래, 어떻게든 같이 간다. 무언가 다 떨쳐내 버린 듯한 해방감이 그의 온몸으로 퍼져나갔다. 그는 피부가 다 열려 버린 느낌이었다. 등 위에서 5월의 볕이 하얗게 흘러내렸다. 태양의 빛이 그의 피부에 싸인 척추를 하나하나 만지면서 내려갔다.

··75

김범오는 책상 위의 스탠드 불을 켰다. 세연이는 게스트 하우스에서 잠들어 있겠지. 그는 김산이 주었던 대봉투 속의 육필 원고 마지막 편을 꺼냈다. '노자는'으로 시작해서 '바로 그 친구의 얼굴이었다.'로 끝나는 글이었다. 이제는 그가 대답해야 할 차례였다. 그가 읽어온 것들에 대해. 그는 백지 위에 하나하나 써나갔다. 수목원에서 지금까지 익혀온 것들에 대해.

사람들이 느끼는 천연색(天然色)이란 정말 하늘 아래 존재하는 정확한 색깔들일까. 사람들이 지금 보고 느끼는 세계란 정말 유일하고 완벽한 것일까.

꿀벌의 눈에는 붉은색이 회색으로 보인다. 붉은 튤립 대신 회색 튤립만 있을 뿐이다. 노란색은 갈색으로 보인다. 노란 프리지어 대신 갈색 프리지어가 있을 뿐이다.

잠자리의 눈은 홑눈이 수천 개 모인 겹눈이다. 세상은 모자이크처럼 쪼개져서 인지된다. 새가 도약하고, 잎사귀가 떨리고, 거미줄이 흔들리고, 빗방울이 떨어질 때, 그 모든 움직임은 잠자리가 가진 수천 개의 화면 속에 크게 과장돼 비춰진다.

잠자리는 자그마한 자기 행동반경에서 고작 열흘 안팎 살 수 있을 뿐이다. 그러나 바로 그 '겹눈의 과장'을 통해 희로애락의 각 극점(極點)들을 다 맛보다가 숨진다.

뱀은 열기를 눈으로 직접 본다. 마치 모기처럼. 열기에서 나오는 적외선을 볼 수 있는 것이다. 사람이 보기에 정적에 휩싸인 것 같은 사막과 밀림이 뱀의 눈에는 완전히 달라 보인다. 열기가 낮밤 동안 마구 변하면서 역동적으로 움직이는 것이 뱀의 눈에는 역력하기 때문이다.

코끼리는 발바닥을 통해 지면의 진동을 민감하게 알아차릴 수 있다. 40리 떨어진 지표에서 벌어지는 일들까지 파악해 낼 수 있다. 코끼리는 높은 시야로 평원을 보는 동시에 발바닥으로는 갖은 떨림이 전해지는 별세계에 빠져드는 것이다.

상어나 홍어, 가오리 같은 물고기는 생물 전기를 감지한다. 상어는 모래 깊숙이 숨어 있는 가자미를 찾아내 먹는다. 상어들한테 비치는 바다 속의 세계는 감미롭고 매혹적인 전기들이 곳곳에서 몸을 흔드는 물의 사인 보드다.

돌고래는 바깥으로 내쏜 초음파를 도로 받아서 세상을 읽는다. 초음파를 파악하는 감각이 시각보다 뛰어나다. 심지어는 잠수복을 입은 인간의 내장이나 자기 짝의 몸속까지 투시한다. 돌고래한테는 세상의 아주 많은 부분이 투명하게 보이는 것이다.

고래는 아주 커다란 소리를 낸다. 150톤가량 되는 흰긴수염 고래가 물속에서 내는 소리는 제트기가 이륙할 때 내는 소리

보다 더 크다. 고래는 1만 5000킬로미터 떨어진 고래와도 교신한다. 심지어는 고래가 남극 로스 해에서 낸 소리가 바다 밑을 거쳐 북미 알루샨 열도까지 전해진다. 미국 생물학자 로저 페인이 실험한 것에 따르면 그렇다. 고래는 지구 규모의 세계를 감지하면서 사는 것이다. 사모아제도 아피아 섬 앞 바다에 잠수한 소년과 그 곁을 지나가는 흰긴수염고래는 같은 시간에 규모와 차원이 아주 다른 감각 세계를 겪는 것이다.

우리가 지금 겪고 있는 건 정말 단 하나뿐인 실재의 세상일까? 그게 분명한 걸까? 그러면 우리가 그 세상에서 찾고 있는 낙원이란 단 하나뿐인 것일까? ……나는 낙원이 지상에 없다고 말하지 않는다. 그것이 여러 가지라고 생각할 뿐. 저마다 보는 눈이 다르다고 생각할 뿐. 저마다 낙원이 다르다고 생각할 뿐.

··76

거기는 버려진 유치원 건물이었다. 풀이 막 자란 정원은 을씨년스러웠다. 강극연은 칠이 벗겨진 미끄럼틀과 정글짐 사이로 고양이가 날렵하게 달아나는 것을 봤다. 금이 간 현관 유리문에는 미키마우스와 도널드 덕, 아기 곰 푸의 더러운 스티커가 거무스레한 접착제의 흔적과 함께 붙어 있었다.

강극연과 같이 온 사내는 서너 발 앞서 건물 안으로 들어갔다. 그의 팔목에는 야자수가 있는 무인도 문신이 새겨져 있었다. 텅 빈 건물 안에는 사방을 돌아가며 빛바랜 페인트칠이 남아 있었다. 벽 위에는 누르스름한 연두색이, 아래에는 허옇게 벗어진 노란색이. 야자수 문신은 건물 한구석에서 낡은 흰 공을 가져와 바닥에 몇 번 튀겼다.

"여기가 우리 오피스 빌딩 세울 데야. 다음 달엔 이거 헐어."

사내가 발끝으로 공을 겨눠 찼다. 약간 엇나간 공이 벽을 때리고 떨어지자 마루를 뜯어낸 바닥의 울림이 이어졌다. 예전에 사물함이 놓였던 자리 같은 길고 네모난 흔적에서 먼지가 올라왔다.

"돈은 충분합니까?"

"좀 모자라. 그래서 우리가 맡았어."

"뭐요? 수목원 철거?"

"그래. 다음 주에 큰비가 온대. 태풍이 오고 있어."

폭우가 쏟아지면 그 틈에 철거하려는 것이다.

"태풍이 다음 주요? 하긴 장마도 없었으니까. 준비는 다 된 겁니까?"

"철거 통보까지 다 끝냈다. 하나만 남았다. 그래서 보자고 한 거야."

야자수 문신은 강극연을 보더니 이마 위로 올린 선글라스를 내렸다. 백발 같은 7월의 뙤약볕이 창에서 쏟아져 들어왔다. 창가의 비스듬한 볕이 선글라스 표면에 들어앉았다. 강극연은 거기 숨은 눈동자를 보면서 말했다.

"아실 거 아닙니까. 저 나온 지 얼마 안 되는 거."

강극연의 눈앞에 떠올랐다. 나방 똥이 가득하던 그 하얀 벽이. 어떤 교도소는 아무리 추워도 견딜 만하다던데. 지은 지 40년 된 그 수용사동은 겨울이 되면 외벽 창가에 하얀 무서리가 내렸다. 키가 커서 독거 방도 쓸 수 없었던 그는 재소자들이 잠들어 있는 새벽에 혼자 일어나 무서리 위에 글씨를 새겼다. 증오, 라고. 나가기만 하면 그의 남은 청춘과 증오를 맞바꾸겠다고. 마지막으로 터져버리겠다고.

야자수 문신의 눈동자는 선글라스 속에서 강극연을 똑바로 쳐다봤다.

"나온 지 얼마 안 된다? 그래, 알겠다. 빠지고 싶으면 빠져라. 억지로 끌어당기지는 않을게. 그런데 너도 미혜, 고민 많은 건 알겠지. 팔짱만 끼고 있을 테냐?"

그래, 사귄 지 7년이 지나도록 그녀는 아직 애인일 뿐이었다. 그녀는 그를 위해 고생을 많이 했다. 그냥 착하기만 한 여자였다. 편의점 아르바이트 학생과 사환, 주당 봉급을 받았던 아파트 분양 사무소 직원으로 오래도록 일만 했다. 강극연이 자기 손으로는 어떤 문도 열 수 없었던 그 3년의 세월, 그리고 그가 옥독(獄毒)을 쏘일 대로 쏘여 우울증에 걸린 얼굴로 출감했던 새벽, 그를 보고 유일하게 울어주던 여자였다. 서릿발 같은 결기로 눈을 번들거리던 그는 그녀의 눈물 속에서 많이 묽어졌다. 그녀에게선 창포 냄새가 났다. 거의 무직으로 지내온 그가 그 창포 냄새를 위해서 할 수 있는 일은 그다지 많지 않왔다. ……그래, 세상에는 도덕이 있다. 끝까지 곁을 지켜준 여자를 위한 도덕이.

강극연은 입을 다물고 공을 찼다. 벽 속에 쑤셔 넣어버릴 듯이.

"저도 알아보고 있어요."

"알아보니?"

"제가 뭔가 도와줘야 돼요. 그래서 알아보고만 있어요."

"같이 살아야 하잖아. 아직 여건이 안 된다?"

사내의 말에 공을 응시하는 강극연의 얼굴이 고통스럽게 일그러졌다. 사내는 다리를 뻗어 공을 슬그머니 가져와 가만가만 굴려보았다.

"최동건 사장 건은 알지? 너 많이 도와줬잖아."

"알아요. 사모님도 만나고 왔어요. 정말 안됐지요."

"애들도 둘이나 있는데. 어떻게 해야 하나."

"서병로하고 사이가 안 좋았다면서요? 아주."

강극연이 사내를 노려보았다. 검은 렌즈 속에서 사내의 흰 자위가 커지는 게 보였다.

"아, 아냐. 이 사람아. 그랬는지는 모르지만 죽은 거하곤 아무 상관도 없어. 그 사람이 미쳤냐? 좀 있으면 사장 될 사람이야."

야자수 문신은 하얀 천장이 자기를 내려다보는 것 같았다. 그가 다음 말을 하지 못하자 허름한 실내가 더욱 썰렁해졌다. 뙤약볕 때문에 더 살풍경하게 느껴졌다. 헌칠하고 실팍한 강극연과 그보다 키가 작고 어깨가 딱 벌어진 사내의 그림자가 바닥에 나란히 늘어졌다.

사내는 고개를 들더니 공을 찼다. 바닥을 한 번 긁듯이 스치며 날아가는 단정한 마찰음. 서병로가 그에게 돈을 대주기로 했다. 다음 아파트 분양 대행 사업권도. 사내는 움츠러든 기분이 들어 선글라스를 고쳐 썼다. 그가 뭔가 생각난 듯이 말했다.

"서병로하고 최동건은 20년 친구야. 아니 30년도 넘었다."

사내는 갑자기 불안감이 부풀어 올라 이제까지의 자신감과 잘 구분이 가지 않았다. 그는 강극연이 무서웠다. 강극연이 진지하게 물어왔다.

"그럼 누군데요? 서병로가 아니면."

야자수 문신은 갑자기 실내에 환기가 되는 것 같았다. 그는 벽에 거울이 걸렸던 자리로 공을 세게 걷어찼다.

"글쎄, 지금 붙잡힌 놈, 바로 그놈이지. 배후가 있니, 뭐니, 말도 안 되고."

"왜 거기서…… 그렇게……."

최동건을 생각하자 강극연은 뺨이 더욱 움푹 들어가는 것 같았다. 눈 끝에 길게 주름이 파였다.

"그런데 제가 뭘 해야 한다는 겁니까?"

"최동건 사장하고 성림건설에서 같이 근무했던 인간이 하나 있다. 최 사장이 많이 봐준 친구다. 그런데 지금은 적이 됐어. 배신한 거야."

야자수 문신은 어이없다는 표정으로 강극연을 쳐다보면서

입을 벌렸다.

"어떤 배신을요?"

"성림에서 수목원을 사들여서 사업을 하나 하려고 해. 영월 쪽에. 무슨 수상 공원 같은 걸 만들려고. 그런데 이 녀석이 회사에서 잘려버리니까 이 수목원으로 들어가 버렸어. 그러고 는 매입이 다 끝난 수목원에서 버티고 있어. 아주 골수분자 야. 너도 대충 알겠지, 그런 인간, 부동산 다루는 이 바닥에 아주 많은."

강극연은 자기 자리로 굴러온 공을 세웠다. 탄력이 없는 낡은 공. 그의 여자는 풀밭 위에 누워서 강극연에게 말했다. 이제 지쳤어, 희망이 없어, 여기서 이렇게 살기가 싫어, 이런 나라에서. 강극연이 팔베개를 풀고 돌아보자 여자의 속눈썹에 눈물이 그렁그렁했다. 그의 애인은 하얗게 벌어진 접시꽃 같았다. 이제 어디 다른 나라로 갔으면 좋겠어. 미국으로 갔으면 좋겠어. 거기서 채소 씻고, 청소부터 할 거야. 그가 손을 내밀자 뺨을 타고 흐르던 그녀의 눈물방울이 손바닥에 떨어졌다. 그 손바닥으로 그가 해줄 수 있는 게 별로 없었다. 그는 자꾸 되뇌기만 할 뿐이었다. 세상에는 도덕이 있다……. 끝까지 곁을 지켜준 여자를 위한 도덕이. 다른 어떤 것보다 가장 우선하는 도덕이.

강극연이 나지막하게 물었다.

"이름이 뭐라고요?"

목소리가 갈라져 나왔다. 창 너머에서 뙤약볕이 번뜩거렸다.

"김범오······. 네가 하면 돈은 많이 갈 거야. 어차피 그놈은 죗값을 치러야 한다. 죽이지는 마라. 죽이면 절대로 안 된다. 하지만 어떻게든 한 번 보여주는 거다. 세상 무서운 걸."

••77

빗줄기들이 밋밋한 아스팔트 길을 빗자루로 훑듯이 쓸고 지나갔다. 마치 하얀 파도가 차례차례 밀고 가는 것 같았다. 빗줄기들은 가지런히 내려오는 게 아니었다. 무리 지어 내려왔고, 바람에 날려 왔다.

만종개발지원의 1팀장이 이끄는 철거 반원들은 무쏘와 갤로퍼에 나눠 탔다. 행렬 뒤에는 지게차와 휠 로더도 있었다. 수목원까지는 시간이 꽤 걸릴 것 같았다. 비 때문에라도 그랬다. 영월군계로 들어서자 표지판 뒤로 도로가 물에 잠겨버린 상태였다. 뒤따라오던 철거 반원 하나가 곧장 핸드폰을 걸어왔다.

"선배, 포기해야 되는 거 아닙니까? 차, 더 못 갑니다."

"가기로 했는데 어떻게 안 가나! 게다가 오늘 끝장낸다고 했는데."

"선배, 그래도 저거 보십시오. 오른쪽이요."

초등학교 운동장 하나가 싯누런 흙탕물로 덮여 완전히 침수돼 있었다. 화단은 아예 보이지 않고 철봉과 그네, 코끼리 동상만이 위에만 남은 채 물에 잠겨 있었다. 학교 옆에는 시멘트

로 벽을 친 구식 가옥들이 툇마루까지 물에 잠겼다. 사람들은
모두 소개(疏開)된 건지 인적도 없고 소리도 없었다. 좀 더 가
다 보니 개천 물이 차올라 급류가 다리 위로 지나가는 지경이
었다. 팀장의 강파른 얼굴이 굳어졌는데 또 핸드폰이 울렸다.

"선배, 돌아갑시다. 가다가 차, 다 떠내려갑니다."

"야, 이 사람아. 그게 말이 되나. 어떻게 우리 생각만 하나."

팀장은 회사와 회사가 힘을 모으는 이런 일에서 말을 바꾸
기가 싫었다. 수목원에 벌써 가 있는 쪽에선 어제 오후부터 정
문 앞에 진을 쳤지만 난타전이 벌어지고 있다고 말했다. 그가
오늘 아침 인력 지원을 부탁 받을 때까지도 이렇게까지 폭우
가 거세질 줄은 몰랐다.

"선배, 핸드폰이라도 좀 해보시죠."

"안 그래도 할 참이야. 너, 좀, 가만있어!"

팀장이 경고할 때 쓰는 단호한 목소리가 솟구쳐 나왔다. 하
지만 핸드폰에서는 연결이 안 된다는 안내만 나올 뿐이었다.
수목원에 진을 친 지역의 기지국이 떠내려갔거나 흙더미에 묻
혀 버렸는지도 모른다. 그러면 이 근방 기지국도 그렇게 될 수
있는데.

"그래도 갈 데까지 가자. 얼마 안 남았다."

지프는 전력으로 다리 위의 물살을 가르면서 강 건너로 넘
어가는 데 성공했다. 하지만 얼마 못 가 지프가 더 이상 물을
못 밀어내더니 시동 자체가 꺼져버렸다. 도로에 파인 데가 있
는지 바퀴가 생각보다 물밑으로 쑥 들어가는 것처럼 보였다.

팀장이 차창을 슬쩍 열고 내다보자 차 문 바로 밑에까지 물이 찰랑거리고 있었다. 그나마 차체가 높은 지프이길 다행이었다. 그는 급해지는 느낌이었다.

"오래 있으면, 배터리가 젖어서 오도 가도 못 한다. 물이 더 올라오면 문도 못 열 거야. 내가 몰 거니까, 네가 뒤에서 밀어라."

팀장 옆에서 운전하던 철거 반원이 양말과 신발을 순식간에 벗더니 차 뒤로 나가 밀기 시작했다. 그의 지프만이 아니었다. 뒤따라오던 철거 반원들 역시 여기저기서 도로 위로 나와 차들을 밀고 있었다. 팀장의 차가 물이 덜 찬 곳으로 떠밀려 나왔다. 그래도 시동이 잘 걸리지 않았다. 넷, 다섯, 여섯, 일곱…… 키기키기 키그르르르 부웅, 겨우 시동이 걸리자 일단 팀장 혼자 타고서 물살을 뚫고 차를 계속 몰아갔다. 뒤에서 밀던 철거 반원이 수면을 첨벙거리면서 숨이 턱까지 차오르도록 달려왔다.

하지만 지프는 얼마 가지도 못한 채로 아스팔트가 움푹 깎여나간 곳에서 멈춰서야 했다. 도로 밑의 흙더미가 강변으로 무너져 내린 상태였다. 직강(直江) 공사를 하다가 방치해 둔 곳을 급류가 여러 번 때린 것처럼 보였다. 팀장은 시커먼 잉크 같은 게 머릿속으로 흘러들어 오는 기분이었다.

수목원 경내로 숨어 들어가 도화관 벽 옆의 단자함을 열자 전화선들이 나왔다. 강극연은 그걸 하나하나 손가위로 잘라

뜯어버렸다. 비가 억수같이 내려와 물방울들이 눈썹에 매달렸다. 이제 철거는, 설득이나 단순한 실랑이 수준을 넘어서 버렸다. 모든 인력이 나서는 전면전이 벌어지기 직전이었다. 왠지 슬픔이 물처럼 그의 가슴속에 차올랐다.

수목원 입구는 베어놓은 굵은 나무들이 사람 키보다 높게 쌓여 있었다. 그 뒤로는 수목원 사람들이 파놓은 웅덩이가 커다랗게 입을 벌리고 있었다. 철거 반원들의 진입을 막으려는 것이었다. 아까 입구에서 밀어붙이다가 무참하게 망가져 버린 철거반의 휠 로더 한 대가 웅덩이 근처에서 옆으로 넘어진 게 멀리 보였다.

강극연은 전나무 숲 가장자리의 울타리 위를 타고 수목원 경내를 빠져나왔다. 군화 아래로 흙물 철벅거리는 소리가 들렸다. 그는 뜯어낸 전화선을 손에 움켜쥔 채로 철거 반장의 차가 있는 쪽으로 걸어갔다.

수목원 입구 바깥에는 너르고 완만한 잡초의 구릉이 있었다. 구릉 한가운데로 난 흙길 옆으로는 소나무들이 있었다. 가지가 거의 없이 곧게 솟아오르기만 한 것들이었다. 철거 반원들은 대부분 그 아래 세워둔 차량들 속에 머무르고 있었다. 어제부터 계속된 수목원 사람들과의 몸싸움에 지친 것처럼 보였다. 우비를 덮어쓰고 군화 굽에 진흙이 잔뜩 묻은 사내들 몇몇이 차 밖으로 나와 있었다. 얼굴과 머리카락이 비에 흠뻑 젖어버린 채로 대형 스패너를 들고 차량들의 볼트를 조였다. 그들 아래로 끈적한 기름이 흘러내려 빗물을 따라 떠내려갔다.

빗줄기는 굵었고 구릉의 저 위에서 차량 쪽으로 물이 흘러 내려 왔다. 작은 물살을 이뤄 반원들의 시커먼 군화와 장화 코 위를 타고 흘렀다. 물살은 흙길 아래의 낮은 숲을 지나 요란하 게 강으로 흘러들어 갔다.

철거 반장은 증원해 오는 회사들에 가능한 한 중장비들을 몇 대씩이라도 끌고 오라고 요구했다. 20대도 넘는 갖가지 차 량들이 오전부터 속속들이 이곳으로 찾아들었다. 오래되고 낡 긴 했어도 대부분 볼보나 미쓰비시였고, 종류가 다양했다. 터 널 굴착기와 착암기 정도만 보이지 않을 뿐 사다리조합에서 가져온 이삿짐 차량까지 있을 정도였다. 어디 있든 차들은 수 목원 입구를 향하고 있었다.

강극연의 눈에 가장 띄는 것은 포클레인들이었다. 예닐곱 대가 수목원으로 난 흙길 주변에서 대기 중이었다. 수목원 입 구로부터 직선으로 불과 20미터쯤 떨어진 거리에 차체를 맞대 다시피 하면서. 차 길이보다 훨씬 긴 기계 팔들의 끝에는 버킷 을 장착해 놓았다. 바구니처럼 생긴 강철 삽인 버킷은 탄탄한 유압 실린더와 연결돼 있었다. 포클레인들이 기계 팔들을 좌 로, 우로, 앞으로 뻗친 모습은, 모래밭에 나와서 집게발을 거 만하게 쳐든 거대한 게를 떠올리게 했다. 비와 물안개 속에 그 러고 있는 모습은 팔 관절이 기형적으로 발달한 무슨 험악한 괴수처럼 보이기도 했다.

다른 차량들은 포클레인들을 중심으로 뒤에 빙 둘러섰다. 묵직한 무쇠 삽을 전면에 내놓은 불도저가 서너 대 보였다. 20

톤짜리 덤프트럭도 네댓 대가 나와 있었다. 적재 칸의 두꺼운 철제 벽이 기계의 근육처럼 조직된 차였다. 그리고 포장도로를 다지는 데 쓰는 강철 원통을 단 그레이더가 둘, 역시 무쇠 삽을 장착한 중형 셔블 로더가 다섯, 길고 단단한 쇠갈퀴가 쌍으로 달린 지게차 예닐곱 대가 보였다.

가장 뒤편에는 무한궤도에 실어서 끌고 온 골리앗 크레인이 있었다. 미구에 닥칠 대격전을 독려하듯이 압도적으로 높은 차체로 솔숲 위에 떠서 일대를 굽어보고 있었다. 크레인 끝에서 내려간 긴 쇠줄 끝에는 갈고리가 매달려 수목원 경내의 상공에 위협적으로 떠 있었다. 크레인의 무한궤도가 누르고 온 흙길 주변에는 짓밟힌 소나무 서너 그루가 굽은 뿌리들을 그대로 드러낸 채 쓰러져 있었다.

차들마다 빗속에 조도가 높은 헤드라이트들을 켜두고 있어 공격성이 더 강조돼 보였다. 이 모든 광경들이 밀림의 원주민들을 상대로 압살 작전을 실시하는 기계화 사단 같은 것을 떠올리게 했다.

중장비 차량들에 고정된 볼트와 너트들에는 힘이 넘쳐 보였다. 아주 단순한 힘이었다. 강철로 만든 맹수들의 발톱 같았다. 유압 실린더와 검은색 밸브들, 긴 쇠줄들, 무한궤도들, 무한궤도 안쪽의 강력한 톱니바퀴들, 그 바퀴들 테두리의 삼각형 이빨들. 철로 된 부품들의 표면에는 무자비한 흰빛이 흘러다녔다.

만종개발지원의 팀장 일행은 시위하듯이 세워진 중장비 차량들을 멀리서부터 보면서 다가왔다. 무언가 압도당하는 느낌이었다. 철거 반장의 지휘 차량이 있을 만한 곳으로 가야 했다. 끄트머리에서 따라오는 지게차와 휠 로더의 엔진 소리가 주변의 중장비 차량들에 눌려 왜소하고 희미하게 들려왔다. 앞길을 헤쳐 나가는 헤드라이트 불빛 아래로 가득한 물이 번뜩거렸다. 어지러운 무한궤도와 대형 바퀴에 눌린 자국들 안에는 빗물이 얕게 들어차고 있었다.

팀장의 차가 나가는 저 앞쪽에서 뭔가가 번쩍거렸다. 연녹색 발광 페인트를 칠한 지게차들이 지프를 둘러싸고 있었다. 지프에서 내린 반장의 손이, 전선 같은 것을 쥔 키 큰 청년의 어깨를 두드리고 있었다.

가까이 가보니, 반장의 얼굴에는 거칠거칠하면서 사나운 기운이 감돌았다. 무엇보다 지치고 고단해 보였다. 팀장은 악수를 한 다음 그를 따라 차 안으로 들어갔다.

"반장님, 아예 도로 공사를 하면서 왔습니다. 핸드폰도 안 되던데요."

"우리가 끊은 게 아니다. 여긴 원래 안 돼."

팀장은 좀 눌린 기분이었다. 오느라 수고했다는 말은 왜 하지 않는단 말인가. 반장은 그런 그의 얼굴을 쳐다보더니 입끝을 억지로 당겨 웃었다.

"여긴 완전히 오지야. 또 더러운 거 맡았어. 날씨도 난리가 아니고. 비행장 전투기가 다 떠내려갔다더라. 초병들도 전봇대 위로 대피하고. 너도 고생 많이 했다."

"원래 이런 날을 일부러 잡으신 거 아닙니까. 출동 안 하는 경찰도 핑계 대기 좋고. 전기선 끊기도 좋고. 저쪽에서 화염병도 못 쓸 거고."

"그래, 이번에 잘해야 하는데. 앞으론 기회도 별로 없을 거고."

반장의 눈가에 주름이 잡혔다. 그는 대외적으로는 유성종합관리라는 작은 회사의 오너였다. 철거라면 노점상부터 원주민까지 두루 맡는 곳이었다. 그가 원래 일해 왔던 곳과는 거리가 멀었다. 몇 년 전이었나. 범죄와의 전쟁은 그가 있던 바닥에 큰 타격을 가져왔다. 큰 조직들은 사실 다 와해돼 버린 상태였다. 이제 조직들은 열 명에서 서른 명이 고작이었고, 겉으로는 회사 형태를 띠어야 했다. 사실은 하는 일들도 회사와 다른 게 없었다. 큰 사업을 할라치면 지금처럼 작은 회사들이 힘을 합치는 수밖에 없었다. 앞으로 더 큰 사업을 따낼 때 입찰이 편해지려면 이런 일을 잘 처리해 줘야 했다. 이제 그도 마흔두 살이었다. 밑에서 그를 올려다보는 회사 식구들한테 뭔가 보여주지 않으면 어쩔 수 없이 퇴출이었다. 이번에 기를 써야 했다. 팀장 눈에도 그게 역력히 보였다.

"형님, 여기 험합니까? 사제로 만들어서 쓰는 거 없습니까?"

팀장이 말했다. 철거지 주민들 가운데는 사제 대포나 새총을 쓰는 이들도 나오곤 했다. 토막 낸 철근 탄알을 쏘아 보내는 것이다. 그러면 결국 크든 작든 유혈극으로 가게 마련이었다.

"아직까지는 안 쓴다."

"그럼, 뭐가 그렇게 난타전입니까?"

"저거 봐라."

그들이 앉은 지프를 둘러싼 지게차 뒤편에 버킷 달린 로더 한 대가 있었다. 유리창과 운전석, 바퀴, 유압 실린더가 모두 부서져 있었다. 로더의 차체에 묻은 진흙과 녹물이 바닥으로 씻겨 내려와 편평한 물줄기를 이룬 채 아래로 흘러갔다.

"저런 게 둘이나 더 있어. 수목원 애들이 저기 입구에 나무들을 쌓아놓았다. 뒤에는 웅덩이를 파놓았고. 너희들이 오기 전에 불도저하고, 저기 로더가 동원돼서 쳐들어갔어. 그런데 로더가 웅덩이에 빠지니까, 바로 저 꼴이 난 거야. 수목원 애들이 쇠지레와 해머를 들고 와서는 1분도 안 돼서 완전히 박살 내 버렸지."

반장의 얼굴에는 피로감이 번져가고 있었는데, 그게 이상하게 서슬이 선 것처럼 비쳤다.

"오다가 보니까, 컨테이너 박스들이 있던데요?"

4킬로미터쯤 떨어진 곳에 가옥처럼 창문을 내놓은 것이었는데 안에 불이 켜져 있었다.

"그래. 거기야. 일단 수목원에서 하나하나 끌어내서 거기로 집어 넣어야 해. 결국 우리가 장악하면, 지들은 제풀에 지치겠지. 오늘 내로 끝을 봐야 하는데. 날씨가 수그러들면 내일이라도 경찰들이 나오겠지. 아니면 저 녀석들이 부르러 가든지."

"손 안 써 놨어요?"

"내일까지는 봐줄 것 같다. 기본적으로 우리 편이 아니라고 보면 돼.”

“그럼 어두워지기 전에 시작하시지요. 벌써 강도 넘치고
있고.”

두 사람은 차 안에 앉은 채로 소나무들이 서 있는 비탈의
아래쪽을 내다봤다. 와이퍼가 차창에 닦아내는 두 개의 반원
을 통해서였다. 강 언저리의 갈숲으로 밀려들어 온 물살 때문
에 갈대들이 거의 쓰러져 있었다.

“그럼, 너는 여기서 산을 돌아가라. 산 쪽에서부터 끌어내
는 건 네가 맡아라.”

반장이 구겨진 지도를 소리 나게 펴들면서 가느다란 산길을
가리켰다. 위(胃)에서 올라온 것 같은 희미한 구취가 건너왔
다. 시간에 쫓기면서 밥을 먹은 것이다. 차 밖에는 비가 쉴 새
없이 내렸고 차창으로 물줄기가 펴졌다 좁아졌다 밀려 내려가
고 있었다.

··78

강극연은 검은색 우산을 받쳐 들고 나이 많은 철거 반원과
함께 서 있었다. 소나무 껍질에서 수증기가 나와 숲에 가득했
다. 원래 숲의 가장자리인 비탈의 끝이었다. 하지만 강물이 모
래톱과 수초들을 삼키고 불어나자 강 언저리가 되다시피 했다.

물살이 아주 거셌다. 수천 마리의 들소 떼가 벌판을 다투어

서 질주하는 것 같았다. 저 위에서부터 강 주변 흙들을 긁어 파면서 쏟아져 내려오는 황톳물이었다. 바위를 때리고 모래톱을 부수고 달려가는 소리가 끝도 없는 외침 같았다. 조금도 여유를 주지 않고 기세등등하게 몰아붙이는 위세가 무서웠다. 물살에 발 하나라도 담그면 그대로 휩쓸려 들어가 죽을 것만 같았다. 강극연은 잠시 그 물길에 몸을 맡겨 버리고 싶었다.

여자가 헤어지자고 했다. 그녀가 세 든 집이 바라보이는 외등 아래의 돌계단에서였다. 여자는 파일 케이스를 서툴게 열면서 말했다. 미국으로 갈 거라고. 이건 사회보장 카드고. 영주권하고 운전면허증까지 만들었어. 여자가 여태까지와는 전혀 다른 사람이 돼버린 것 같았다. 강극연은 갑자기 목이 콱 메고 눈앞이 흐릿하게 번져 보였다. 그는 증명서들이 가짜 같다고 힘없이 말했다.

"나도 알아. 하지만 위로가 돼." 여자가 길가로 튀어나온 처마를 물끄러미 올려다보면서 나지막하게 말했다. 강극연의 가슴속으로 물줄기가 흘러 들어와 서서히 고이기 시작했다. 둥그렇게 퍼져가는 동심원들이 그의 가슴속에 생겨났다.

그가 힘을 넣어 말했다.

"너 거기 주소 안 알려주면 절대 못 가. 내가 너한테 갚아야 할 게 있으니까."

그의 목소리가 갈라져 나왔고, 여자는 무서워하지 않았다. 여자는 흐릿한 노란 불빛이 떨어지는 맨 아래 계단을 내려다보았다.

"아니 괜찮아. 어째도 상관없어. 자기를 도와주고 싶었고, 나는 그게 좋았으니까. 그리고 아직 거기 주소는 없어. 이제는 가봐야 돼."

여자의 창백한 뺨 위로 파란 실핏줄이 지나갔다.

강극연은 한참 동안 흙탕물의 급류를 내려다봤다. 굵은 빗줄기가 바람을 타고 가파르게 우산 속으로 날려 들어왔다. 나이 든 철거 반원이 입은 낡은 판초 우의에서 물비린내가 났다. 강극연은 아까 전화선을 잘라낸 건물의 불빛을 오래오래 건너다봤다.

"아저씨, 저 사람들은 정말 자기네가 낙원 같은 델 만들 수 있다고 생각했을까요? 무릉도원 같은 데를?"

목소리가 쉬고 가라앉아 있었다.

"지들은 그렇게 생각했는지 모르지."

"생각이라도 한번 그렇게 해봤으면 좋겠어요."

"너 갑자기 왜 그러냐?"

"그러면 희망이 생길 것 같아요."

"직업을 갖고 돈을 많이 벌어야지."

"그럼 행복해질까요?"

"더 불행해지지는 않겠지. 그건 확실하니까."

"전 내생에나 기약해야겠어요. 이거 해서 언제 돈 벌까요?"

"왜 그래? 누가 아나? 사람 사는 건 아무도 몰라."

"감옥도 지긋지긋해요. 밖에 나와도 지옥이에요. 가난한 사람들은 살 수가 없어요."

"불쌍한 놈, 내가 너를 위해 기도해 주마."

강극연의 얼굴이 빗물에 젖어 번들거렸다. 그는 비감해졌다.

"필요 없어요. 기도는 다른 사람을 위해 해주세요. 저는 이
제 됐으니까요."

••79

굵은 빗줄기들이 거세게 휘몰아쳤다. 김범오는 도화관 2층
의 깨진 창문에 방수포를 갖다 대고 네 귀마다 못을 박기 시작
했다. 창가의 무성한 은행나무가 제 무게를 못 이겨 축 처진
채 가지와 잎사귀들을 흔들었다. 창턱으로 쫓겨 와 움츠린 채
떨고 있는 작은 참새가 불안해 보였다.

"너, 집을 못 찾았구나, 응?"

곁에서 방수포를 붙잡고 있던 강세연이 새에게 손바닥을 내
밀어 안으로 거둬들였다. 축축한 깃털에 묻은 물 때문에 그녀
의 손은 금세 다 젖어버렸다.

험한 바람이 아직 못을 박지 못한 방수포의 한쪽을 손으로
붙잡기라도 한 듯이 요란하게 흔들었다. 오후 5시일 뿐인데도
주위는 이미 어두워졌고, 천 리 공중에서 쏟아지는 빗줄기로
세상이 가둬지는 느낌이었다.

강세연이 내려다보니, 도화관 현관 주변에서는 강신영과 조

성일이 사람들과 모래주머니를 쌓아 올리고 있었다. 밤의 결전에 대비하려는 것이다. 그들이 신은 장화는 마치 개울 속에 들어간 것처럼 이미 종아리 높이까지 올라온 물살을 힘겹게 헤쳐가고 있었다.

창가에 선 김범오는 수목원 입구에 무력시위라도 하듯이 군집을 이룬 중장비들을 쳐다보았다. 성림건설 사람들은 저 중장비들로 저 아래 물막이 댐의 1차 공사를 급하게 마무리했다. 이 폭우에 수문(水門)을 어떻게 해놓았는지 두려웠다. 열어두지 않았을 수도 있었다. 설비들이 제대로 갖춰지지 않은 것 같았다.

김범오가 보기에 댐은 거의 순식간에 세워지는 것 같았다. 회룡포의 병목은 물이 깊은 용천배기 바로 남쪽에 있었는데, 그 병목을 파서 새로 수로(水路)를 내는 일이 거의 열흘 만에 끝났다. 상류에서 내려온 물이 회룡포를 둘러 가는 대신 새 수로로 빠져나가 버리자 건천이 돼버린 주천강의 바닥 양쪽에 직원 합숙소와 제재소, 시멘트 창고와 콘크리트 혼합 공장, 골리앗 크레인이 신속하게 들어섰다.

줄지은 덤프트럭들이 새벽부터 일몰 무렵까지 돌무더기와 흙더미를 마른 강바닥에 갖다 쏟았다. 골리앗 크레인에서 내려온 쇠줄 끝에는 도르래가 있었고, 거기에는 큰 통이 매달렸는데, 그 밑바닥이 한 번 열릴 때마다 콘크리트가 쏟아져 댐의 외형을 금세 만들어갔다.

댐이 크지 않은 데다 물막이를 하기에 워낙 적격인 지형이어서 공사 진척이 아주 빨랐다. 아마 원직수 사장이 직접 독려하는 게 분명했다.

그리고 이제 공사장에서 일하던 중장비들이 수목원 경내로 들어오기 위해 이 폭우가 치는 날 몰려온 것이다. 물막이를 제대로 하려면 강원도 지정 보호수가 된 은행나무를 들어올리는 공사부터 해야 했다. 그러려면 이미 매각 결정이 난 수목원 주민들부터 내보내야 하는 것이다.

젖은 머리카락이 앞이마에 붙은 강신영이 김범오가 있는 방으로 들어섰다.

"원직수한테 다시 전화해 봐. 전화했니?"

"아까 한 게 마지막이야."

김범오는 오후에 휠 로더들과 지게차들을 앞세우고 경내로 진입하려는 철거 반원들을 몰아낸 직후에 서울로 전화를 걸었다. 사장 비서실에서 전화를 받았는데, 억지로 원직수 사장을 바꾸게 한 뒤에 김범오는 곧장 철거 반원들을 철수시키지 않으면 모든 걸 고발하겠다고 말했다. 불법 무기 소지, 절도부터 철거 반원들을 통한 폭행 사주까지. 그러나 원직수는 별로 긴장하는 기색도 없었다.

"누가 그러라고 시킨 건가? 나는 사장이야. 그런 작업장의 일은 다 일임할 수밖에 없어. 자네가 정 그러면 내가 전화하지. 하지만 무슨 고발이니 어쩌니 하면 나도 하는 수 없어. 자네 등 떠밀고 있는 사람한테 그렇게 전하게."

"제 뒤엔 아무도 없습니다. 제 앞에 잔인하게 수목원을 없애려는 사람들만 있을 뿐입니다. 지금이라도 철수시키세요. 그렇지 않으면 반드시 대가를 치러야 할 겁니다."

그러자 원직수는 전화를 끊어버렸다.

강신영이 다시 전화해 보라고 김범오에게 재촉했다.

"이제 안 돼. 전화가 더 이상 안 돼. 전화선이 물에 잠겼는지."

분을 머금는 강신영의 눈초리 옆으로 가선이 여러 줄 잡혔다. 그는 며칠새 몇 년 늙어버린 얼굴이었다.

"경찰은 뭐래?"

"오늘은 산사태에, 도로 유실에, 너무 일이 많아서 도저히 출동할 수가 없대. 이 비 오는 날 무슨 철거냐고 하더라. 자기네들이 전화하겠대."

"철거 반원들한테?"

"정말 했는지는 모르지. 저놈들은 꿈쩍도 안 하고 있으니까."

"내일은 와주겠지. 오늘 밤만 넘기면 될 것 같은데. 고발장은 쓰고 있냐?"

"다 썼어. 타이핑만 하면 돼. 수목원 매각 무효 소장, 공사 정지 가처분 신청도 초안까지."

얼마 전 신수호가 어렵사리 수목원으로 찾아와 김성효가 수목원 지분을 양도한 것은 사실상 도박판으로 유인돼서 뺏긴 것이라고 말했다. 게다가 수목원 회칙에 무단으로 수목원을 떠나 1년이 지났거나, 수목원에 거주하지 않는 사람에게는 조합원 자격을 주지 않는다는 규정이 있었다. 성림건설은 조상회를 조합원으로 내세웠는데, 그는 수목원에서 하룻밤도 자본 적이 없었다.

김범오는 착잡하게 말했다.

"좀 늦어버린 감이 있지만."

"아냐. 가장 늦었다고 생각할 때가 가장 이른 때야. 지금이라도 법적으로 밀어붙여야 해."

"오늘만 버티면 될 것 같아."

"그래, 오늘만."

강신영이 안타까운 얼굴로 창문 밖을 내다봤다. 그의 우비를 타고 내린 빗물이 바닥으로 번져나갔다.

"아이들을 여기 둬선 안 될 것 같아. 여기까지 쳐들어올 수도 있을 텐데. 그리고 도서실에 놓아둔 상자 정원도. 그건 네가 직접 옮기는 게 좋겠다. 지금 내려가서."

"이렇게 비가 오는데? 어디로? 비닐로 아무리 싸도 안 돼."

"저놈들이 뭉개버리거나 불에 타지는 않을까."

"일단 아이들은 내 집으로 데려가자. 상자 정원은 이 폭우속에서는 안 될 것 같아. 일단 세연이 방에라도 갖다 놓자. 1층이 침수될지도 모르니까. 장롱이나 침대 밑 같은 데 숨겨 두면 되겠지."

"그래, 그럼 빨리 움직이자."

그때 누군가 1층 계단 아래에서 다급하게 외쳤다. 형선호의 목소리였다.

"빨리 내려와! 모두 다 빨리! 쳐들어오고 있어. 다시 오고
있단 말이야!"

현관에서 누군가가 울리는 높은 사이렌 소리가 빗줄기를 뚫
고 경내에 퍼져나갔다.

철거 반원들과 중장비 차량들이 물살을 헤치고 수목원 입구
로 달려들어와 있었다. 거기 쌓아둔 목재들을 들어내려는 것
이다. 설해목과 간벌한 나무들이었다. 그중에 지난겨울 쓰러
진 편백나무는 뿌리 한 줄기만 해도 사람 몸통만 했었는데 요
며칠 사이 트럭까지 동원해서 갖다 놓은 것이었다. 판초 우의
를 걸친 철거 반원 하나가 잽싸게 목재 더미 위로 올라오는 게
보였다. 바람에 날려갈까 봐 헬멧을 자꾸 손으로 누르면서 나
무 밑동과 뿌리를 로프로 감고 있었다.

"기중기로 들어 올리려는 거다."

김범오와 강신영 같은 수목원의 청년들은 누가 먼저랄 것도
없이 우비 모자가 벗겨진 채로 입구로 달려 나갔다. 쇠 파이프
와 쇠지레 같은 것을 손에 움켜쥔 채였다. 하지만 바닥에 물이
이미 많이 고여서 장화로 물살을 헤치며 몇 걸음 나아가는 게
힘들 정도였다. 게다가 채 반도 지나기 전에 걷는 것조차 포기
해야만 했다. 격렬한 돌풍이 맞은편에서부터 몰아닥쳤다. 아
주 드센 바람이었는데, 무게 실린 공기의 부피감이 실물처럼
느껴졌다. 사람들은 쇠지레를 땅에 꽂고 팔로 몸을 감싼 채 물
속에 쪼그리고 앉아야만 했다. 저 앞에서 헬멧이 날아와 수면

에 떨어졌다. 턱줄을 댔는데도 벗겨진 철거 반원의 헬멧이었다. 물방울 튀는 소리가 요란한 수면에서 바람에 휩쓸린 물줄기가 도리어 솟구쳐 올라왔다.

"야, 이놈들아! 가만두지 못해!"

조금 뒤 김범오는 악을 쓰면서 그대로 전진했다. 평소 때라면 그냥 쓰러질 만큼 비스듬한 각도로 몸을 앞으로 기울이며 걸어도 맞바람을 받아 넘어지지 않을 정도였다. 고개가 절로 옆으로 돌아가고 숨이 가빠 입이 벌어졌다. 최악이었다. 수목원 사람들이 오후에 파놓은 직사각형의 물웅덩이를 간신히 돌아 김범오는 쌓아둔 목재 위로 다급하게 올라섰다. 터진 수도관이 바로 눈앞에 있는 것처럼 빗물이 얼굴을 때렸다. 가쁜 숨을 헐떡거리는 강신영, 조성일, 박유일 등 일고여덟 명이 잇따라 목재 아래에 도착해 입속으로 들어온 물을 뱉어냈다. 김범오가 철거 반원들에게 겁을 주려고 쇠지레를 부러 몇 바퀴 휘두르면서 고함질렀다.

"다 가! 안 가? 빨리 가! 이놈들아!"

역풍을 받아가며 쇠 무게를 다스리려고 하자 마치 느린 동작을 시연하는 것 같았다.

"가긴, 너희들이나 빨리 가! 철거한다고 통지한 게 언제냐! 이 거지들아!"

전투경찰처럼 앞가리개까지 한 헬멧을 쓴 허우대 큰 철거 반원이 쇠 파이프를 김범오의 목을 겨냥해서 험하게 휘둘렀다. 김범오는 쇠지레로 두어 번 그걸 막다가 곧장 앞차기로 오른발을 내질렀다. 가슴에 타격을 받은 철거 반원이 몸통을 돌릴 겨를도 없이 그대로 반대편 목재 아래로 떨어지자 다른 철거 반원들이 그를 받았다. 다시 한 철거 반원이 쇠 파이프를 쥐고 뒷바람을 타고 날듯이 올라왔는데 정면에서 나무들이 굴러 내리자 미끄러져버렸다. 목재 더미 위에 올라선 강신영이 발로 민 나무였다.

"위험해!"

숨 돌릴 새도 없이 김범오가 강신영의 등을 발로 밀었다. 격렬한 돌풍에 살이 뒤집힌 우산이 무시무시한 속도로 그 자리를 지나갔다. 강신영은 목재 위에 쓰러졌다가 맥이 풀린 얼굴이 되었다. 아래에서는 조성일이 어디서 다쳤는지 벌써 턱 밑에 피가 흘렀다. 잠시 돌풍이 멎는 것인가. 굵은 빗줄기가 곧게 떨어지자, 그것만으로도 한숨 돌릴 것 같았다.

하지만 정적은 잠시뿐이었다. 스피커를 통해 증폭된 소리가 목재 반대편에서 들려왔다.

"뭐 하나! 밀어내! 빨리 올라가!"

뒤에서 지프 옆에 선 중년 사내가 마이크를 손에 쥔 채 철거 반원들을 독려했다. 수목원 입구 바깥에 대기하던 서른 명도 넘는 인력들이 갑자기 와, 하는 함성과 함께 쇠 파이프를 손에 쥐고 목재 더미 쪽으로 달려들었다. 이번에는 확실하게 다 밀어버릴 거라는 단호하고 압도적인 돌진이었다. 초라할 정도로 빗물에 젖어버린 김범오와 강신영이 기세에 눌려 눈이 둥그레진 사이에 누군가 뒤편에서 쏜살같이 올라왔다. 형선호였다. 거의 쓸 일이 없던 스테인리스 농약 분무기를 등에 지고 있었다.

"자, 이 나쁜 자식들아!"

형선호가 손에 쥔 철제관 끝으로 화염이 직진해 나갔다. 몰려들던 철거 인력들이 목재 더미 아래에서 대번에 발을 멈추고 뒤로 물러섰다. 너무도 의외의 일이어서 김범오와 강신영조차도 뭐라 말도 못하고 있었는데, 형선호는 목재 더미 반대편으로 한 걸음 한 걸음 내려가면서 2미터 가까이 화염을 내쏘았다. 방사된 화염은 내리는 빗줄기에도 아랑곳없이 위협적으로 뻗어나갔다. 불덩어리가 시뻘건 주먹처럼 정면으로 날아가자 겁에 질린 철거 인력들의 얼굴에 어이없어 하는 기색이 역력하게 드러났다.

"여기까지 몰려오면 다 죽는 거야!"

사자코를 한 형선호는 발아래 고인 빗물로 불을 내쏘았다. 불덩어리가 물 위에 마치 새 둥지 같은 모양으로 모여들었다. 물속에 잠긴 투명한 가스레인지에서 불꽃이 둥글게 켜진 것 같았다. 그리고 한순간 바람을 타고 확, 동심원처럼 수면으로 낮고 넓게 번져나갔다. 그것으로 끝이었다.

··80

김범오가 경비를 설 차례였다. 그는 우비 위에 비료 포대를 뒤집어쓰고 도화관 아래쪽의 공터로 내려갔다. 사람들이 만류했지만 강세연은 그를 따라나섰다. 폭우가 계속되었지만 아직 철거 반원들은 물러가지 않았다. 서치라이트 주변에만 열 명 이상이 모여 있었다. 강세연은 지난 4월 따스한 빗방울이 떨어지자 코끼리 귀 같은 오동나무 이파리를 머리 위에 얹고 회룡포로 이어진 섶 다리를 타고 도화관으로 돌아오던 기억이 났다.

"범오 씨, 생각나? 저기 섶 다리에서 발로 세게 구르던 거?"

김범오의 얼굴에 희미하게 웃음이 지나갔다.

"그래, 다리가 마구 흔들리니까, 네가 소리를 쳤지. 지금 한 번 건너가 볼래."

그는 짓궂게 제안했다.

"범오 씨가 먼저 가면 따라갈게."

그녀는 웃음을 머금었다. 그가 여자의 손을 붙잡았다.

아, 오늘 밤이 무사하게 지나간다면. 우리가 내년 여름에도 다시 그 큰 잎사귀를 쳐들고 들판을 함께 달려갈 수 있다면.

두 사람은 가을 복숭아가 열릴 예정이던 강변의 밭으로 가보았다. 거기는 공터였는데, 물이 무릎까지 차올랐다. 강세연이 랜턴을 비췄다. 복숭아나무들은 절반 이상 물속에 잠겼고, 얼마 전까지 만개했던 진홍빛 꽃들은 거의 다 져서 가지들이 빗속에 황폐했다. 섶 다리는 이미 격류 속에 휩쓸려 갔는지 온전한 모습은 간데없고, 솔가지들이 수면 위에 간신히 드러난 형해만 남았다.

"자, 그럼 이제 건너가 볼까."

그의 장난기가 나왔다. 가끔 그는 진지한 인생 속에 담긴 허위를 희롱하곤 했다. 폭주하듯 쏟아져 내려온 강물이 수면 아래 바위가 솟은 부분에 부딪혀서 치솟아 올랐다. 마치 거대한 황새치나 다랑어가 잇따라 파도를 헤치며 솟구쳐 오르는 것 같았다. 철도와 도로를 휩쓸고, 산과 마을을 부수는 급류의 기세, 바로 그것이었다. 저 물마루에 휩쓸리면 바로 죽을 거라는 생각에 지칠 대로 지친 상태에서도 몸서리가 쳐졌다. 그가 말했다.

"물이 너무 빨리 불고 있어."

"산 쪽에서도 내려오니까."

보이지 않는 저 위에서 번개가 소리 없이 번쩍거렸다. 곧이어 대지와 강물을 뒤흔드는 천둥이 세상을 가르듯이 터져 나왔다.

강세연의 얼굴은 침착했다. 젖은 머리카락들이 뺨에 달라붙어 있었다. 그는 그녀의 얼굴에 말없이 손바닥을 갖다 댔다.

김범오는 도화관 2층의 회의실로 다시 올라가 보고 온 것을 몇 마디 전했다. 방 안에는 열여섯 명이나 되는 사람들이 눈을 빛내며 앉아 있었다. 그 중에는 6월 말에 게스트로 찾아왔다가 싸움이 끝날 때까지 남기로 한 남녀들도 있었다. 김범오는 지게차와 셔블 로더, 원통형 그레이더 같은 크지 않은 차량들이 철수하고 있다고 말했다. 방 안 분위기가 갑자기 밝아졌다. 박유일이 창가에서 러닝셔츠를 뒷덜미까지 걷어 올린 채 물파스를 바르다가 고함을 쳤을 정도였다.

"저놈들이 완전히 지쳤어. 이제 끝나가는 거 아냐?"

"비가 너무 와서 그냥 있다가는 작은 차들이 떠내려갈까 봐 그러는 거 같아요. 애초부터 시위용으로 가져온 차도 많았고. 우리도 공터에 세워둔 지프와 트럭들을 옮겨야 할 텐데."

"이미 늦었는지도 몰라요. 아까 보니 루핑 천장이 물 무게 때문에 벌써 뜯겼던데요. 짐칸에 물이 넘치기에 트럭 뒤 칸막이를 내려버렸어요."

조성일이 반창고가 붙은 턱을 손으로 누르면서 말했다.

"안 늦었으면, 차들을 김산 선생님 댁 쪽으로 옮깁시다. 거기가 지대가 높으니까. 물이 불어 차들이 둥둥 떠버리면, 아무도 감당을 못할 거예요."

"거기도 위험해요. 산에서 내려오는 물도 만만찮을 걸요. 아직 마음을 놓을 수가 없어요. 저놈들이 아직 큰 차들을 철수시키지 않는 걸 보면……. 모르지요. 그냥 안 가고 아마 한 차례 더 할 겁니다."

강신영이 차분하게 따지자 모두들 긴 숨을 쉬면서 얼굴이 굳어졌다. 형선호는 구석에 뒀던 농약 분무기를 다시 꺼내더니 주수구에 깔때기를 꽂고 시너와 휘발유를 부을 채비를 했다.

"아아, 형선호 씨, 우리 불은 더 이상 쓰지 말자."

"뭐라고? 아, 왜?"

형선호가 시너 통을 들어 올린 채로 눈이 둥그레져서 강신영에게 물었다.

"그러다가 정말 사람 죽는다구. 그리고 여기서 싸움이 벌어지면 도화관이 타버려."

형선호는 분노한 얼굴이 되었다. 그는 시너 통을 소리 나게 내려놓았다.

"이 비에 무슨 화재가 난단 말이야. 그리고 벌써 저놈들이 우리를 죽이려고 드는데, 우리는 뒷짐 지고 목청이나 가다듬나? 우리가 무슨 도덕군자인 거야? 저기 저 특장차들 한번 봐. 깔리면 다 죽는 거야. 저거 그냥 전시용으로 가져온 게 아냐. 왜 그렇게 무골호인처럼 말하는 거야."

"무골호인이 아냐. 우리 내일부터 법적으로 나갈 거야. 오늘 그 화염방사기 잘못 써서 철거 반원들 중에 화상이라도 입어봐. 형선호 씨는 구속이야. 그리고 철거 반원들이 무슨 죄가 있어. 저 사람들 다치고 나면 우리가 당당하게 밀어붙일 여지도 줄어들어."

"나, 구속 무섭지 않아. 당장 오늘 수목원이 거덜 날 판인데 내일부터 무슨 법적 대응이야. 그렇게 급할 것 같으면, 여태까지는 뭐 했던 거야. 저번에 성명한 씨가 지분 팔아 넘겼을 때 신영 씨가 너무 소극적으로 나가는 것 보고, 정말 참기 힘들었어. 그러니까 뒤에 세 사람이나 더 지분 팔고 나갔잖아. 내 인생 내가 알아서 할 거니까. 구속 걱정하지 마. 그리고 오늘 여기서 끝까지 사수할 생각이 없는 분은 지금이라도 자리를 옮기는 게 좋을 겁니다. 감정적인 게 아니라, 진심으로 드리는 말입니다."

형선호에게는 당길 대로 당겨진 활시위 같은 팽팽함이 있었다. 조성일이 파스 냄새를 확 풍기면서 앞으로 나서더니 말했다.

"형선호 씨, 기분 가라앉히세요. 김산 선생님께서도 생전에 수목원에서는 불이 없는 것처럼 살라고 말씀하셨습니다. 여기는 정말 불 쓸 때 조심해야 합니다. 아무리 폭우가 쏟아져도 그렇습니다. 도화관 실내에서 불이 날 수 있지 않습니까."

사람들이 형선호와 강신영을 각각 다른 방으로 데려갔다.

강신영은 다소 상기된 채로 옆방으로 들어갔다. 인천에서 온 대학원생 게스트의 방이었다. 그는 침대 가장자리에 앉아 천천히 흥분이 가라앉자 자기가 수목원에 들어오기 전 일들을 이야기했다. 방 안 사람들은 대부분 게스트들이었다.

"저는 서울에서 나고 자랐는데, 우리 자연의 아름다움을 깨달은 건 스물두 살 때 군에 들어가서였어요. 강원도 홍천군 중화계리의 깊은 산골에서 일빵빵 소총수로 초병 생활을 했지요. 그 힘들었던 얼차려는 기억에 없고, 꿈을 꾸듯 겪었던 자연의 신비만 남아 있는 것 같습니다.

봄, 여름, 가을, 겨울. 우리는 완전군장을 하고 야간 매복을 나가곤 했지요. 진지를 떠나 인적이라곤 완전히 두절된 산등성이 한편에 땅을 팠습니다. 판초 우의를 깔고 몸을 숨기면 능선 위에 별빛만이 반짝거리곤 했어요. 그때 저녁부터 동틀 때까지 어두운 고요 속을 응시하면서 새소리에 귀를 기울였습니다.

그 이전까지 저는 새들이 지저귀는 소리를 머리로만 모호하게 생각했지요. 하지만 귀를 기울이기 시작하자 새소리는 선명하면서도 오밀조밀하게 들려왔습니다. 동박새는 삐쭐삐쭐 하면서 웁니다. 휘파람새는 꾀꼴, 꾀꼴 하면서. 두견이는 키욧 키욧, 쿄, 쿄, 쿄, 제비는 삐찌, 삐찌, 지지지지, 종다리는 삐죽 삐죽죽, 찌이찌이찌 하고 울지요."

강신영은 두 손을 입 앞에 소라처럼 말아서는 동박새 울음을 흉내 냈다. 둘러앉은 사람들이 잠시 긴장을 풀고 웃었다. 강세연은 벽 모서리의 작은 액자에 눈이 갔는데 강신영이라고 손으로 쓴 이름이 보였다. 펜으로 그린 이곳 풍경과 어느 인디언 추장의 말을 옮겨 쓴 메모가 들어 있었다. 그가 오래전 이 방에 게스트로 묵었을 때 남긴 게 아닐까.

안개에 싸인 전나무 숲과 쏙독새의 외로운 울음소리, 빛나는 솔잎과 반짝이는 모래 기슭 같은 것을 빼버린다면 우리 인생에서 남는 것이 무엇이란 말인가.

강세연이 그 글귀를 읽는 모습을 건너다보면서 강신영은 이야기를 이어갔다.

"새들은 아주 다양한 소리들을 통해 새끼들을 부르거나 구애를 합니다. 그리고 먹이를 찾은 기쁨을 노래하지요. 같은 휘파람새라도 강원도, 경기도, 충청도에서 사는 새들끼리는 지저귀는 게 다릅니다. 사투리를 쓰는 거지요. 생명들이 이렇게 살뜰하게 살아 움직이는데 함부로 산을 깎고 물을 막으면 강산은 보복을 안 할 수 없을 겁니다. 새들이 두려운 것 없이 무리들한테 사는 기쁨을 노래할 수 있어야 합니다. 제가 친구들을 부르고, 식구들한테 말을 건네듯이 말입니다. 그래서 우리가 이 수목원을 가꿔왔고, 공동체로 함께 살아온 겁니다."

침대 머리맡의 탁자에는 히말라야 사진이 액자에 담겨 있었다. 그 아래에는 한 티베트 사람의 말이 적힌 작은 메모가 들어 있었다.

우리는 아직 하늘에 닿아보려고 하고 있다. 선진국 사람들은 다시 내려오고 있다. "그 위는 텅 비어 있어." 하고 말하면서.

강세연이 그 글귀를 다 읽기도 전에 또다시 아래층 현관에서 사이렌이 울렸다. 방 안의 사람들이 창가로 몰려가 경내 입구를 쳐다보더니 급하게 밖으로 뛰쳐나갔다.

"구명조끼를 입어요. 이제는 위험해요. 물이 너무 많이 찼어요."

누군가 현관에서 구명조끼를 들고 있었다. 하지만 누구도 입을 시간이 없었다.

김범오는 본능적으로 차를 세워두었던 공터 쪽으로 물살을 헤쳐가기 시작했다. 다른 사람들도 마찬가지였다. 경내 입구에서 강력한 엔진 소리들이 터져 나왔다. 철거 반원들이 트럭 위에 올린 서치라이트가 목재 더미를 비추고 있었다. 대형 불도저가 나무들을 밀어붙이고 있었다.

김범오는 발길을 재촉하면서 비로소 자신이 아주 지친 상태라는 걸 알았다. 물은 이미 허벅지까지 차올라 와서 속에 물이 찬 장화를 옮기기 무거울 정도였다. 거기다 발 밑바닥이 계속 미끈거려서 넘어지지 않고 빨리 걸으려니 허리가 아파올 지경이었다.

"아니, 갑자기 물이 왜 이렇게 불었지?"

"댐 때문이야. 수문으로 조절하는 데 한계가 온 거 같아."

강신영이 김범오에게 답하면서 앞질러 갔다. 지프에 가장 먼저 올라탄 사람은 바로 강신영이었다. 아까 형선호와 맞선 게 부담스러운 것 같았다. 자기가 느슨하게 보였는지 모른다고 생각한 듯했다. 그는 바로 차 열쇠를 꽂았다. 곧장 시동이 걸리자 기적처럼 여겨질 지경이었다. 그는 뒤에 오는 사람들을 기다리지 않고 차를 크게 돌리더니 입구 쪽으로 달려갔다. 물이 워낙 높이 차 있었다. 바퀴 뒤에 생기는 물꼬리는 보이지 않았다. 아예 바퀴가 뒤로 물을 퍼내면서 가는 것 같았다. 늦게 도착한 김범오는 지프가 물 위에 떠버리지나 않을까 걱정될 정도였다.

철거 반원들이 어느 틈에 로프를 걸어놓았나. 둥치 굵은 나무들이 기중기에 끌려서 쑥쑥 수목원 바깥으로 끌려가고 있었다.

강신영은 완전히 기습당한 기분이었다. 차는 물을 밀고 가듯이 무겁게 앞으로 나갔다. 그는 이곳저곳 가릴 데 없이 고인

물 때문에 차라리 '이전에 물웅덩이를 파놓았던 곳'이라고 해야 할 장소로 근접했다. 입구에 서 있던 불도저가 무쇠 삽으로 남은 나무들을 입구 안쪽으로 밀어붙이기 시작했다. 물에 뜬 나무들이 물웅덩이 쪽으로 무너지듯이 밀려왔다. 부력을 받은 나무들이 떠내려가지 못하게 무거운 나무들과 돌들로 눌러 놓았는데, 그마저 기중기에 끌려 나갔기 때문이었다.

물에 둥둥 뜬 목재 하나가 지프 앞쪽의 쿨러를 요란하게 때리더니 보닛으로 올라왔다. 강신영은 본능적으로 차를 후진시켰다. 하지만 얼마 가지 않아 차를 멈추었다. 불도저가 목재들을 다 굴려 보내고 나면 뒤에 있는 덤프트럭들이 돌덩이들과 흙들을 웅덩이에 쏟아 부을 게 분명했다.

그러면 물웅덩이가 메워지고 저들이 밀고 들어올 진입로가 확보되겠지. 그래 여기서 막자. 막아야 한다.

강신영은 물웅덩이가 있던 자리 바로 앞으로 지프를 전진시키고는 불도저를 노려보았다.

김범오는 트럭을 몰아 강신영의 차가 있는 곳으로 달려갔다. 앞에서 쏘아 보내는 서치라이트 광선이 앞 차창에서 부서졌다. 그는 눈이 부셔 손으로 앞을 가린 후 차를 조금 좌회전시켰다. 서치라이트 광선이 비껴가자 불도저와 덤프트럭이 서서히 뒤로 빠져나가는 게 보였다. 곧이어 그 자리로 거대한 포클레인 두 대가 들어왔다. 기계 팔을 동시에 천천히 위로 들어 올리는 모습이 마치 앞발을 쳐든 사마귀를 연상시켰다. 뒤에서 번쩍이는 서치라이트 불빛에 포클레인의 투명한 운전석이 비춰졌다. 역광을 받은 운전사들의 시커먼 얼굴이 눈에 들어왔다. 포클레인의 헤드라이트에서 나온 빛이 수면에서 반사되어 매끈한 물거울이 번쩍거렸다. 김범오는 다시 손바닥으로 눈앞을 가렸다. 포클레인의 뒤에서 아주 날카로운 고성이 스피커를 통해 쏟아져 나왔다.

"뭐 하고 있어! 때려! 빨리 때리란 말이야!"

처음에 김범오는 그게 무슨 말인지 몰랐다. 포클레인 운전사들도 그런 것 같았다. 포클레인은 미동도 하지 않았는데, 그 짧은 시간이 매우 길게 여겨졌다.

"야, 이 자식들아, 빨리 때려! 말 안 들어! 죽고 싶어!"

서치라이트 불빛이 왼편에 선 포클레인의 운전석으로 죽창처럼 날아들었다. 유리로 된 운전석이 환하게 비치자 운전사는 약간 체념적으로 뒤를 돌아다보더니 뭔가를 당겼다.

그 순간 어둠 속으로 높이 올라갔던 버킷 하나가 순식간에 강신영의 차 지붕을 때렸다. 기왓장을 격파하는 무도인의 주먹 같았다. 너무나도 엄청난 굉음이 바로 앞에서 터져 나와 김범오가 탄 트럭이 흔들릴 정도였다. 폭우 쏟아지는 소리가 잠시 동안 귀에 들어오지 않을 지경이었다. 강신영의 지프가 짜부라지는 것처럼 차체가 한 번 아래로 내려앉더니 다시 올라왔다. 지프 유리가 박살나는 게 보였다. 핸들에 머리를 내리찍은 강신영의 상체가 조수석으로 기울어졌다.

다시 오른편에 있던 포클레인 한 대가 들어 올렸던 버킷으로 강신영의 지프를 여지없이 내리쳤다. 천둥 치는 것 같은 소리가 터져 나와 주변의 수면이 다 출렁거렸다. 김범오는 앞이 하얗게 변하면서 순간적으로 시력을 잃어버렸다. 그것은 무엇보다 공포 때문이었다. 머릿속이 훵하게 비고, 가슴이 내려앉는 것 같았다.

김범오는 트럭을 우회전해서 강신영의 지프 쪽으로 접근하려고 했다. 거의 무의식적인 움직임이었다. 사람을 살려야 한다는 생각이었다. 그러나 트럭은 헛바퀴를 돌 뿐 제대로 움직이지 않았다. 그러고는 시동이 꺼져버렸다. 김범오가 쳐다보니, 강신영의 몸은 거의 조수석 쪽으로 넘어가 버린 상태였다.

김범오는 트럭 문을 열었는데, 차가운 물살이 기다렸다는 듯이 차 안으로 밀려들어 왔다. 차가 물에 뜨는 듯한 느낌이었다. 그는 차에서 뛰어내리다시피 했다. 그는 물을 발로 차듯이 밀어내면서 강신영 쪽으로 걸어갔다.

이렇게까지 하다니. 이게 실제 일어난 일이 맞단 말인가. 이건 살인이다. 혹시 악몽이 아닌가.

어느 결에 물이 김범오의 허리께까지 차올라 있었다. 그는 포클레인을 쳐다봤다. 다시금 기계 팔이 서서히 올라가고 있었다. 좋다. 죽어도 좋다.

"좋다! 어디 한번 때려봐! 이 나쁜 자식들아!"

그는 어금니를 깨물면서 헤엄치다시피 하면서 지프 쪽으로 나아갔다. 다시 저쪽에서 확성기 소리가 울렸다.

"때려! 때리란 말이야!"

김범오는 눈을 부릅뜨고 포클레인 운전석 쪽을 노려보았다.

정면에서 날아오는 헤드라이트 불빛이 부신 줄도 몰랐다. 지프 문을 열자 강신영의 몸은 반대편으로 넘어가 있었다.

"정신 차려. 신영아! 정신 차려! 제발!"

그는 친구의 몸을 끌어당겨 차 밖으로 끌어냈다. 강신영은 머리와 얼굴이 피범벅돼 있었다. 의식은 겨우 가누었지만, 몸은 축 늘어진 상태였다. 김범오가 그를 거의 둘러메다시피 하면서 물살을 헤치고 나오자 다시금 뒤편에서 무시무시한 폭음이 터져 나왔다. 버킷이 빈 차를 내리치는 소리였다. 유리 파편들이 물의 껍질 위로 날아와 꽂혔다. 날카로운 조각이 김범오의 목덜미를 스치고 날아갔다. 다시 격렬한 타격 음이 지프 지붕에서 터져 나왔다. 지프는 거의 반 넘어 찌그러들었다.

김범오는 숨이 턱 끝까지 차오른 상태에서 강신영을 끌고 걸음을 옮겼다. 그는 자기가 탈진해 간다고 생각했다. 비가 워낙 많이 쏟아져 이마와 눈썹에서 내려오는 물 때문에 앞이 제대로 보이지 않았다. 수목원에서 쓰는 보트 엔진 소리가 들린다는 생각이 들었다. 도화관에서도 비명과 불빛과 폭음 같은 게 들려왔다. 그는 강세연이 걱정이 돼서 그쪽으로 쳐다봤다. 하지만 뭔가 긴박한 사태가 벌어지고 있다는 느낌만 들 뿐 자세한 정경은 눈에 들어오지 않았다.

조금 뒤에 보트가 다가왔다. 물이랑이 김범오에게 밀려왔다. 누군가 뱃머리에서 랜턴을 비췄다. 누군지도 알아볼 수 없는 사람들이 배에서 수면으로 뛰어내려 강신영을 부축했다. 김범오는 얼굴이 퉁퉁 붓는 느낌이었다. 랜턴 불빛 아래 드러난 수면에는 강신영이 흘린 피가 벌겋게 지나가고 있었다. 김범오는 어깨를 늘어뜨린 채 홀로 서 있다가 그냥 물속에 쓰러지고 싶은 생각이 들었다. 누군가 배 위에서 그의 처진 어깨를 잡아끌었다.

그들은 뒤에 남겨 둔 차들을 포기했다. 정문 입구를 건너온 광선들이 수면을 비추는 가운데 차들이 물의 수렁 위에 둥둥 뜨기 시작했다. 도화관 안에서 불길이 솟구치고, 고함과 비명이 쏟아져 나왔다.

어둠 속에 잠긴 강신영의 지프는 천천히 회전하는 듯하더니 산에서 내려오는 물의 흐름 속에 끌려 들어갔다. 차는 물이 부풀고 있는 강 쪽으로 떠내려갔다.

••81

강세연은 창을 모두 열었다. 그녀는 망원렌즈를 장착한 카메라로 경내 입구의 상황을 하나하나 촬영했다. 서치라이트의 움직임을 따라다녔다. 그동안 옆방의 창가에서 가져온 참새가 온 방 안을 날아다녔다. 물살을 헤치는 김범오는 멀리서 봐도 온몸에 힘이 다 빠진 것 같았다. 강세연은 그가 랜턴이 켜진 뱃머리에 선 모습을 줌으로 당겨 찍었다. 그녀는 그가 오랫동안 불어넣어 준 다정함으로 가득 차 있었다. 렌즈에 당겨진 그의 얼굴을 보자 그녀는 어린 소녀처럼 슬픔이 복받쳤다.

철거 반원들은 양동작전을 폈다. 수목원 사람들이 불도저와 포클레인을 막으려고 경내 입구로 달려가자 곧바로 도화관에 급습해 들어왔다.

그것은 공수(空輸)였다. 비가 와서 아무도 어두운 하늘을 올려다보지 않는 가운데 거대한 박스가 도화관 쪽으로 넘어왔다. 철거 반원들을 태운 컨테이너였다. 수목원 바깥의 소나무 숲에 서 있던 골리앗 크레인이 갑자기 쭉 뻗어낸 철제 팔을 타고 옮겨지고 있었다. 처음에는 눈에 띌까 봐 크레인 팔 끄트머리의 조명등도 켜지 않은 채였다. 거의 80미터를 건너온 컨테이너는 도화관 상공에서 철제 로프를 풀기 시작했다. 컨테이너의 입구에 선 철거 반원들은 눈 아래로 점점 다가오는 도화관의 지붕을 내려다봤다.

그들은 거의 도화관 5미터 상공에서 밧줄을 내렸다. 그게 2층 회의실의 하늘 창(天窓)을 건드렸다. 그 순간 컨테이너 입구에 매달아 둔 작업등이 켜졌다. 회의실에 있던 사람들이 너나없이 올려다봤다. 어부용 가빠를 입은 수목원 회원 하나가 곧장 도화관의 좁고 비스듬한 옥상으로 올라가 밧줄을 흔들었다. 컨테이너가 따라서 흔들렸다.

"조심해요. 컨테이너가 추락할 수 있어요. 옥상 문 닫게 그만 내려오세요."

2층에서 누군가가 소리쳤다. 컨테이너가 실제로 점점 내려왔다. 하지만 가빠 입은 회원은 컨테이너가 휘청거릴 정도로 밧줄을 흔들었다. 컨테이너 밑바닥이 거의 그의 머리 위 정도까지 왔을 때가 가장 위험했다. 철거 반원들은 모두 뛰어내릴 준비를 하고 있었다. 하지만 옥상의 여건은 그들이 생각했던 것보다 좋지 않았다. 옥상은 비스듬했고 군데군데 하늘 창이 나 있었다. 그들은 가빠 입은 회원을 향해 쇠 파이프를 휘둘렀다. 회원이 몸을 낮추는 찰나 그들은 하나씩 뛰어내리려고 했다. 수목원 사내들은 거의 정문 입구로 달려가 있는 상태여서, 도화관에는 사람들이 남아 있지 않았다.

하지만 생각지도 못한 일이 벌어졌다. 작은 옥상 문이 열리더니 어둠 속에서 누군가가 나와 화염 방사기를 쏘았다. 컨테이너의 입구 바로 아래에서였다. 불꽃은 빗물도 태울 듯이 뻗어나갔다. 철거 반원들은 겁에 질려 컨테이너 안쪽으로 쏠려 들어갔다.

가빠 입은 회원이 다시 컨테이너 입구 위의 고리에 걸린 밧줄을 흔들어댔다. 하늘이 소리 없이 밝아지더니 큰 철판을 두드리는 듯한 천둥이 쳤다. 화염 방사기를 손에 든 사람이 드러났는데, 놀랍게도 여성 회원인 김수현이었다. 가빠 입은 회원은 잘못 본 게 아닌가 싶어 컨테이너 아래의 그늘에서 한 발 떨어졌다. 그 틈에 컨테이너 위쪽에서 밧줄을 옥상 가장자리로 끌어당겼다. 가빠 입은 회원은 그 힘에 이끌려 몇 발자국 옮기면서 균형을 상실해 버렸다. 그는 옥상의 가장자리에서 비명을 지르면서 바닥으로 추락했다. 신체가 물의 가죽을 뚫고 들어가는 소리가 수면에 퍼졌다. 하지만 그는 부상을 입지는 않았다.

그러나 김수현은 여전히 옥상에서 농약 분무기를 등에 진 채 달궈진 철제 관을 휘둘렀다. 저편 골리앗 크레인의 타워 꼭대기에서 랜턴 불빛이 몇 번 번쩍거렸다. 점멸의 사이가 뜸한 체념적인 신호였다. 컨테이너가 서서히 올라가더니 타워 쪽으로 멀어져 갔다.

금세 또 다른 공격이 숨 가쁘게 이어졌다. 수목원 입구가 열리고 진입로가 정리되자 20톤 트럭에 올라탄 철거 반원들이 물 위에 둥둥 뜬 수목원 차들을 젖히고 공터로 쳐들어왔다. 드디어 진입이었다. 결정적인 공격이었다. 그것으로 모두가 도화관에서 끌려나와 어딘가로 보내져야 했다. 육중한 트럭이 물너울을 헤치고 공터 한가운데로 들어왔을 때 철거 반원들 서넛이 앞을 다투는 것처럼 급히 뛰어내렸다. 하지만 곧장 비명을 지르기 시작했다. 찌릿찌릿하는 섬뜩한 소리가 물 위에서 터져 나왔다. 공터 입구에 전신주 하나가 기울어져 있었다. 수면에 닿을락 말락 하는 변압기에서 스파크가 일어났다. 끊긴 전기줄이 사방으로 전류를 방류하고 있었다. 철거 반원들의 비명은 자칫했으면 수목원 사람들이 내질렀어야 했던 것이었다.

강세연은 도화관 2층 창가에서 카메라를 눈에 댄 채 철거반 트럭을 보았다. 한순간 뷰파인더가 안 보였다. 주위가 칠흑처럼 변해 버렸다. 철거 반원들이 물러가고 도화관에는 정전이 찾아왔다.

강세연은 심지에 불을 가져갔다. 초가 켜지자 참새가 보였다. 책상에 앉아 있었다. 액자 속의 여자 옆에. 여자 아래에는 '마르그리트 뒤라스(1914~1996)'라고 써 있었다. 그리고 그 여자의 말도.

나는 정치의 이상향을 믿는다. 현실을 시험해 볼 수밖에 없다. 비록 그 시험이 실패할 게 뻔하다 해도 실패한 그 현실만이 혁명의 정신을 전진하게 만든다.

아주 오래전에 누군가가 써놓은 문구 같았다. 강세연은 김범오가 맡겨 둔 상자 정원을 내려다보았다. 낮은 나무 테두리 속에 든 직사각형의 정밀한 마을은 잠들어 있었다. 집도, 강도, 길도, 산도. 그녀가 손에 촛불을 켜들자 모형이 훨씬 생생해졌다. 미세한 모형들에 감긴 어둠이 오히려 실물감을 살려냈다. 도화관의 모형도 거기 있었다. 거기 2층의 작은 창문 속에 아주 작은 강세연이 서 있을 것 같았다.

수목원은 실패할 것인가. 그럴지도 모른다. 이렇게 남아서 버텨왔지만. 오늘 밤을 견딘다 해도. 그러면 무엇이 남아 있나. 내 인생이 남아 있다. 그리고 또 무엇이? 김범오도 내 곁에 남아 있다. 나는 그를 사랑한다. 그도 나를 사랑한다. 그리고 우리는 살아가야 한다. 그녀는 카메라를 손에 쥐었다.

보트가 현관까지 와 닿았다. 산에서 내려오는 물의 흐름 때문에 보트는 자꾸 현관에서 떠내려가려고 했다. 사람들이 겨우 뱃전을 붙잡았다. 물의 주름이 네 번째 계단까지 밀려왔다. 도화관 아래층은 이제 완전히 침수됐다. 누군가 랜턴을 비추자 복도에 찬 흙탕물이 뻘겋게 드러났다.

세 사람이 강신영을 들고 내렸다. 그는 의식을 잃은 상태였다. 피를 닦은 흔적이 얼굴에 남아 있었다. 강세연은 그 얼굴을 촬영했다. 고개를 뒤로 젖힌 강신영은 달라 보였다. 그는 빠져나가고 누군가 다른 사람이 그 모습을 차지한 것 같았다. 사람들은 그를 2층으로 빨리 옮겼다.

김범오도 그래 보였다. 그녀는 계단 아래까지 내려갔다. 무릎까지 물에 빠졌다. 보트에서 내리는 그를 부축했다. 눈이 퀭한 그는 거의 탈진해 있었다. 하지만 계단을 오르면서 강세연에게 무게를 완전히 싣진 않았다. 그는 강세연의 방으로 들어서자 젖은 솜처럼 무너졌다. 강세연은 그의 우비와 옷을 벗겼다. 그의 몸을 타월로 닦으면서 연민이 솟구쳐 올라왔다. 그녀는 눈시울을 한 번 닦았다.

김범오의 시야에 방 안이 어렴풋이 들어온 것은 자정이 다 되어서였다. 크고 작은 촛불 두 개가 켜 있었다. 그는 누구 방인지 금세 알아차렸다. 한쪽에 수목원을 찍은 사진들이 붙어 있었다. 머리를 기른 존 레논의 사진도. 다른 편에는 크고 작은 화분들이 있었다. 그가 갖다 준 것이었다. 강세연이 사는 방이었다.

그녀는 의자에 앉아 있었다. 그의 의식이 돌아오는 것을 보면서. 그의 머리카락이며 코며 아랫입술이며 얼굴의 여러 그림자들이 움직이는 것을 보면서.

그는 눈을 뜨자마자 강신영의 안부를 물었다. 강신영은 놀랍게도 그보다 먼저 의식을 회복했다. 부상이 컸지만, 강한 정신력 덕분이었다. 그녀는 김범오에게 물을 먹여 주고 나서 진지한 얼굴이 되었다.

"만일 말이야…… 정말 만일……."

그는 상반신을 일으켰다. 고단하지만 마음은 차분했다.

"우리가 어떻게 해도 수목원을 뺏길 수밖에 없으면 어떻게 해야 하지?"

촛불만 켜 있는 방 안은 고요했다. 강세연은 그를 직시했지만 그는 눈을 감았다.

"범오 씨는 생각해 본 적 없어?"

"있어."

그는 분노하지 않고 인정했다. 여전히 눈을 감고 있었다. 그녀는 패배의 경우를 묻고 있었다. 그에게 순리와 죄책감이란 말이 떠올랐다. 그는 눈을 뜨고 상자 정원을 내려다봤다. 작은 일월산의 발치에는 수직 바위가 있었다. 그는 촛불 받침을 들고 그 바위의 모형을 처음으로 자세히 봤다. 역시 미륵불이 새겨져 있었다. 육계(肉髻)까지 있었다. 그것은 미륵불의 둥그런 머리 덮개였다. 미륵불의 에너지가 세상으로 빠져나오는 통로였다. 김범오가 힘을 겨우 추스르며 천천히 말했다.

"나는 미륵불이 좋아. 용화세상을 만드는 구원의 부처니까.

하지만 언제 찾아오실지 모르지. 천년만년 뒤에 올 수도 있으니까. 그래서 사람들이 관음보살을 찾는 모양이지. 언제든지 고민을 들어주고 위로해 주는 어머니 같은 보살이니까."

그는 미륵불이 새겨진 절벽에서 강세연과 입을 맞췄다. 강세연은 숨을 낮게 쉬며 다음 이야기를 기다렸다.

"나는 옥상정원을 만드는 사람이 될 거야. 실내 정원도 만들 수 있겠지."

"그러면 서울로 간다는 말이야?"

"시골에선 옥상정원을 만들지 않으니까."

"수목원은 어떻게 하고? 포기하는 거야?"

강세연은 그를 직시했다. 혹시 나 때문에 이 사람은 강경한 자기 의지에서 물러선 게 아닌가. 그가 말했다.

"돈을 다시 모으면 산을 살 거야. 여길 다시 살지도 모르지. 아마 그렇게 될 거야. 신영이와 같이. 그러기 위해서라도 나는 옥상정원을 잘해 낼 수 있을 거야."

"산을 사서 다시 나무를 심을 거야?"

"김산 선생님처럼."

그는 세속적으로 될 수는 없다고 생각했다.

"그럼 나는?"

"네가 원하는 삶을 살아야지. 나하고 같이. 그게 내 소원이야. 아마 넌 사진을 찍겠지. 어디든지 가서. 나는 그게 좋아. 그리고 시간 나면 나를 좀 도와줘. 새로 만든 수목원을 찍어주면 되는 거야."

그녀는 그의 다정함이 자기의 전부가 된 것 같았다.

"물론이지. 나무도 같이 심는 거야."

이번에는 그가 그녀를 직시했다. 그의 얼굴에 생기가 돌았다.

"하지만 나는 이 수목원을 뺏길 수가 없어. 바로 지금은."

··82

자정이 넘었을 때 조합원 하나가 촛불을 들고 2층 복도를 오가면서 도화관에서 나가야 한다고 재촉했다. 1층에 물이 이미 복부 높이까지 차올라서 늦기 전에 소개해야 한다는 것이었다. 조금만 더 시간이 지나면 위험해질 것 같았다. 그가 분개한 목소리로 말했다.

"댐 때문이야. 이렇게 물난리가 나면 수문을 다 열어도 안 돼."

"댐 자체가 없어야 해요. 이런 날에는 상류에서 오는 물보다도 산에서 내려오는 물이 더 무서운데."

박유일이 말하면서 허탈해했다. 그때까지 2층에 남아 있던 조합원들이 찾아갈 곳은 창천산 자락 아래, 계단으로 올라가야 하는 김산의 빈집뿐이었다. 철거 반원들이 집집마다 흩어진 조합원들을 끌어낼까 봐 두려워 도화관에 농성하듯 모여 있는 것은 더 이상 옳지 않았다. 이 시각까지 쏟아지는 폭우를 보면 그랬다. 하지만 몇몇이 도화관을 지키는 것도 필요한 일이었다. 철거 반원들이 내일 새벽에라도 수목원의 중심지인 이곳을 장악해 버리면 저항을 계속해 온 조합원들의 심리적인 보루뿐 아니라, 물리적인 요충도 넘어가는 것이었다.

강세연의 방에서는 당연히 강세연이 옮겨 가고, 김범오가 남는 것으로 결정 났다. 강세연이 도화관 현관 아래를 내려다보자 수목원에서 쓰던 흰색 보트가 이미 와 있었다. 선미(船尾)에는 굵은 로프가 서너 꾸러미 실려 있었다. 도화관에서 김산의 집까지는 거의 100미터 이상 떨어져 있었다. 물살이 심한 곳이나 물이 깊은 곳에선 아마 로프의 도움을 받을 모양이었다.

김범오는 옆방에서 빌려온 큰 비닐로 상자 정원을 몇 번씩이나 둘러서 거의 밀봉하다시피 했다. 강세연은 벽에 붙은 자기의 사진과 카메라 가방, 간단한 옷가지들을 챙겼다. 이미 큰 짐들은 김범오의 집으로 옮겨 둔 상태였다.

그리고 그녀는 김범오가 만들어준 화분들을 큰 바구니에 하나둘 챙겼다. 창가의 떡갈잎 고무나무는 포기해야 했다. 너무 컸던 것이다. 김범오는 이파리에 광택이 나게끔 따뜻한 우유를 묻힌 천으로 이 고무나무를 닦아주곤 했다. 김범오에게 미안했다. 침수가 안 되기를 비는 수밖에 없었다. 그리고 흰 화분에 담긴 녹색 군자란과 에크메아도 놓아두어야 했다. 에크메아의 희끗희끗한 줄무늬가 난 이파리들이 눈에 띄었다. 질감이 가죽 같았다. 김범오는 에크메아의 빨갛고 탐스러운 꽃에다 코를 갖다 대면서 말했다.

"걱정하지 마. 내가 잘 지켜줄 테니까."

하나하나 따져보면 이 모든 식물이 김범오의 애정을 받은 것이었다. 잎 꽂이를 하느라 잘라낸 가지 끝에 발근(發根) 촉진제를 발라준 것, 뿌리가 잘 자라게끔 이탄을 잘 섞은 흙을 넣어준 것들이었다. 김범오는 강세연의 방을 잘 꾸며주었다. 옥상정원을 꾸미든, 실내 정원을 꾸미든 너무나 잘할 것 같았다. 강세연이 말했다.

"나, 가기 싫은데. 그냥 여기 있으면 안 될까?"

"왜? 여기 있으나, 거기 있으나, 똑같아. 그냥 가 있어."

그의 눈길은 너그러웠다. 화사하고 하얀 겹꽃이 핀 치자나무 화분을 들고 있었다.

"아냐. 난 정말 여기에 남고 싶어."

그녀는 치자나무 화분을 받아서 원래 있던 벽 아래에 갖다 놓았다.

그녀는 새벽에 벌어질지도 모를 전투를 그와 함께 치르지 않은 채 다시 만났을 때의 미안함을 생각했다.

"아마 날이 밝을 때까지 어떻게 됐을까 가슴 졸여하겠지. 혹시 범오 씨가 다치면 어떡하나 힘들어할 거야."

"그렇게 자책할 필요 없어. 나는 네가 가야 마음이 편할 것 같아. 싸움을 할 때는 손으로 꼬집고, 이빨로 물어뜯기도 해. 그런데 네가 보는 데선 도저히 그렇게 못할 것 같다. 체면이 있지."

그는 여전히 익살맞았다. 그녀는 그에 대해 반쯤은 무의식인 집착을 느꼈다. 그냥 떨어지기 싫은 감정이었다. 그녀는 그로 인해 고양돼 있고, 용기에 차 있는 것 같았다.

"이 고비를 함께 잘 넘기면 나는 다른 사람이 돼 있을 것 같아."

"그래. 내가 반칙하는 장면들 찍고 나면 나한테 자신감이 생기겠지, 응?"

강세연은 웃지 않았다. 그는 그녀의 눈동자를 보았다. 진지했다. 항상 야릇하고 속을 알 수 없었던 그 눈동자가.

그는 지난해 겨울 강세연이 잠시 수목원에 들렀다가 떠나간 다음 모든 것에 흥미를 잃어버렸다. 어디를 가도, 무엇을 해도 허전하고 슬펐다. 그러다 강세연이 보낸 사진이 그에게 날아왔다. 예기치 않은 것이었다. 그는 하루 종일 기뻐서 날아오를 지경이었다. 그가 다른 사람처럼 변한 것을 수목원 사람들 누구나 눈치 챌 정도였다. 그는 시간이 가는지도 모르고 그녀가 보내온 그의 사진을 보고 또 보았다. 그는 그녀의 사진을 보내달라고 답장을 썼다. 그리고 가슴 졸였던 회신이 꿈처럼 도착하는 것을 보았다. 봉투를 열자 그녀의 사진은 역시 한 장도 없었고, 그녀의 향기와 성격이 은은히 묻은 편지지가 나왔다. 그는 또 편지를 보내고, 쉬지 않고 전화를 걸었다.

그가 강세연의 손을 붙잡으면서 웃었다.

"너무 걱정하지 마. 너 가자마자 편지할게."

강세연이 함께 웃을 겨를도 없이 주저하는 사이에 조합원 하나가 새로운 소식을 갖고 왔다. 박유일이 경내 입구 쪽으로 보트를 타고 가서 보니 골리앗 크레인이 이미 철수하고 없더라는 것이었다. 강수량이 너무 많기 때문이었다. 이제 남은 것은 비교적 지대가 높은 곳에 세워둔 컨테이너들과 방수포로 덮어놓은 트럭 몇 대뿐이라고 말했다. 기뻐하는 그의 얼굴과 촛불이 만들어놓은 표정의 그림자가 기괴할 만큼 부조화스러웠다.

사람들이 밝게 웅성거리면서 복도로 나왔다. 강세연과 김범오도 짐을 싸서 나왔다. 앞에서 계단을 내려가던 사람은 어린 딸을 어깨 위에 태우고 있었다. 딸이 혼자 있기 싫어해서 여태까지 데리고 있었다고 말했다. 그들은 현관 바깥으로 맨 먼저 나가서 다소 떨어진 보트로 옮겨 가다가 넘어지고 말았다. 산에서 밀고 내려오는 물살에 아버지의 발이 미끄러진 것이었다. 수면 위에 몸이 닿은 딸을 김범오가 얼른 건져 올렸는데, 아이는 워낙 놀라서 울기부터 했다.

"아, 아, 내 안경."

아버지는 미간을 찌푸리면서 물속을 들여다봤다. 보트가 다가와서 랜턴을 물 아래로 비추는 순간, 진한 흙탕물 아래에 희미하게 드러난 검은 테 안경이 반 바퀴 회전하더니 시야에서 사라져버렸다. 물살이 의외로 빨랐다. 강세연은 도화관 반대편 멀리서 들려오는 은근한 기계 음 같은 것이 느껴졌다. 아이는 김범오에게 안긴 채 울면서 "저거, 저거." 하고 가리켰다. 큰 바구니가 도화관 아래로 떠내려가고 있었다. 아이가 쥐고 있던 것이었다. 랜턴에 드러난 바구니에는 바비 인형과 검고 큰 고릴라 인형이 담겨 있었다. 김범오는 그쪽으로 몇 걸음 향하다가 포기해야 했다. 산에서 내려오는 물살이 빨라 도저히 따라잡을 수가 없었다.

김범오는 얼른 아이를 보트에 태우고 뱃전을 붙잡았다. 그렇지 않으면 배가 아래쪽 공터로 떠내려가고 말 상황이었다. 강세연에게는 아까 들려오던 기계 음이 다소 또렷해진 것 같았다. 강세연은 배에 올라 구명조끼를 입다가, 무슨 소리가 안 들리냐고 물으려고 했다. 하지만 대학생 게스트 중에 누군가가 먼저 말했다.

"아, 참! 오늘 내 생일인데."

"그래? 파티 한번 요란하게 했네."

"다 끝나면 정식으로 한잔해야지."

광선이 고요하게 침투했다. 그들이 물속에 서 있는 곳 반대편에서 날아온 빛이었다. 1층 도서실 창을 가로질러 물이 들어찬 복도까지 날아왔다. 강세연 옆의 벽이 은박지처럼 번쩍였다. 습기인지 물때인지 불분명한 벽의 얼룩이 광선에 드러났다. 놀란 사람들 사이에 정적이 흘렀다.

계단 위쪽에 있던 사람들이 직사광선이 오는 쪽을 향해 고개를 돌렸다. 멀리서 철거 반원들이 말 그대로 날아오고 있었다. 그들을 태운 박스 형태의 짐칸이 자정의 허공을 가로질러 도화관 쪽으로 빠르게 육박해 왔다.

"저게 뭐야?"

멀리 서치라이트 불빛에 수목원의 전나무 담장이 환하게 윤곽을 드러냈다. 전나무 가지들에 최대한 가까이 접근한 특장

차 두 대가 전동식 사다리를 도화관 쪽으로 뻗어내고 있었다. 25층 이상 되는 고층 이사에 쓰이는 육중한 차량에 사다리를 거의 수평으로 놓을 수도 있게끔 무슨 장치를 한 것 같았다. 사다리 두 개는 수목원 담장에서 도화관까지 거의 70미터 되는 거리를 관통하듯이 일직선으로 날아왔다. 전조등과 바퀴들을 매단 박스 짐칸을 앞장세우고서.

김범오는 무슨 일이 벌어지는가를 확인하자마자 보트를 뒤에서부터 세게 밀었다. 반대쪽에서 밀고 내려오는 물살이 워낙 거셌다.

"빨리 엔진 켜세요. 빨리."

"범오 씨?"

"내 걱정하지 마. 잘될 거야."

수면 위에 퍼지는 보트의 물꼬리가 김범오의 허리 앞에서 두 갈래로 갈라졌다. 그는 급히 물살을 헤치고 현관으로 들어가 거의 온몸이 젖은 채로 계단을 뛰어올라 가기 시작했다. 계단이 꺾이는 참에는 그가 아까 소녀를 건져 올리느라고 내려놓았던 큰 바구니가 있었다. 화분이 담긴 바구니였다.

사다리 앞쪽의 짐칸에는 철거 반원들이 여럿 타고 있었는데, 수목원 사람들이 제대로 헤아려보기도 전에 도화관 2층 벽에 다다라서 쇠지레로 유리창을 모조리 박살 내버렸다. 격분한 박유일과 형선호가 가장 앞장서서 계단을 뛰어올라 갔다.

김범오가 게스트의 방 하나로 들어서자마자 조금 늦게 다다른 철거 반원들이 창을 깨고 있었다. 사내 하나가 먼저 방 안으로 뛰어내려 와 주춤거리자 김범오가 그 순간을 놓치지 않고 정권을 턱에 퍼부었다. 분노한 주먹이었다. 다른 방향에서 그에게 쇠 파이프가 날아들자 그는 곧장 몸을 낮춰 피한 후 허벅지를 때렸다. 다리를 수평으로 내뻗는 족격이었다. 그들은 적이었다. 그의 삶의 적. 사내 하나가 옆에서부터 새롭게 그에게 달려들었다. 그는 몸을 거의 반 바퀴 돌리다시피 해서 상대의 가슴을 발끝으로 가격했다. 갈비뼈의 속이 울릴 정도로 강한 타격이었다. 맞은 사내가 거의 날아가다시피 출입문에 등으로 부딪히더니 복도로 고꾸라졌다. 깨진 창문 너머로 새롭게 철거 반원들을 태우기 위해 사다리의 짐칸이 빠른 속도로 멀어져 가고 있었다. 창틀에 남은 유리의 잔해를 번득이며 실내를 비추던 전조등 광선이 미약해졌다. 김범오는 다시 캄캄하게 어두워진 방 안에서 몸을 일으키려는 사내의 허리를 가격했다. 비명과 함께 바닥을 구르는 모습을 보자 아픈 동정심이 밀려왔다.

그는 복도로 건너가면서 빨간 면직물 가방이 생각났다. 웬일인지 몰랐다. 강세연의 필름 통이 담긴 가방. 내가 숨긴 가방. 내 책상 맨 아래 서랍에 넣어둔 가방.

옆방으로 건너가자 빛이라고는 거의 없는 칠흑같이 어두운 공간에서 신경을 팽팽하게 곤두세우는 대치가 이어지고 있었다. 방 안으로 반 발가량 밀어 넣은 조성일은 출입구 앞에서 쇠 파이프를 흔들고 있었고, 복도로 나온 형선호는 철제 관이

뽑혀 나간 농약 분무기 옆에 쓰러져 있었다. 세(勢)에 밀린 조성일이 뒷걸음질 쳐 나왔는데, 철거 반원들이 내쳐 복도로 나오자 문 옆에서 기다리던 김범오의 주먹과 발이 불을 뿜었다. 둘, 셋이 곧장 쓰러졌다. 김범오는 조성일이 던져준 쇠 파이프를 손에 쥐었다. 저쪽에서 사다리차의 짐칸이 새로운 철거 반원들을 싣고 또다시 날아오고 있었다.

김범오는 그들이 새로 투입되기 전에 방 안으로 밀고 들어가, 복도 쪽으로 나오지 못한 채 긴장하고 있던 철거 반원들의 어깨를 쇠 파이프로 내리쳤다. 새로 다다른 철거 반원들이 창을 넘어 들어왔다. 그는 가장 먼저 방 안으로 뛰어내려 온 사내를 향해 직사포처럼 발을 내뻗었다. 발뒤축에 힘을 응집해서 복부를 직선으로 때렸다. 방 안에 떠 있던 습기의 입자가 흩어지는 것 같았다.

강극연은 방 안에서 겨우 몸을 일으켰다. 그는 가장 먼저 유리를 깨고 방 안으로 뛰어들었던 철거 반원이었다. 그의 곁에는 나이 든 철거 반원이 있었다. 짐칸이 도화관 벽에 다다르기 직전에 그 철거 반원은 착잡하게 말했다.

"나도 어렸을 적에 이렇게 철거당했는데. 참 안됐다."

그 말이 강극연의 전의(戰意)를 눌렀다. 그는 방 안에 뛰어들자마자 턱을 가격당해 쓰러졌다. 잠시 후 일어서려다 옆구리마저 차이자 몸을 제대로 쓰지 못했다. 그는 겨우겨우 일어나 복도 쪽으로 나가보았다. 어둡다는 게 악조건이었다. 실내에 익숙한 수목원 사내들은 불과 예닐곱 명 정도였는데도 자신감을 갖고 대항하고 있었다.

특히 김범오가 날렵했다. 강극연은 그가 사진 속의 바로 그 인물이라는 것을 금방 알아보았다. 어제부터 이틀 내내 긴장한 탓인지 강극연의 몸에는 피로의 신호가 끊임없이 전달되었다. 그래서인지 그는 김범오의 정지된 윤곽을 도무지 잡아낼 수가 없었다. 무슨 힘을 받았는지, 그의 존재는 마치 화선지에 그어진 하나의 획처럼 철거 반원들의 눈앞을 지나갈 뿐이었다. 또 새로운 팀이 짐칸에 실려 공수돼 오자 전조등이 복도의 벽을 비추었다. 거기 드러난 김범오의 얼굴에는 결기에 차 번득이는 두 눈이 있었다.

그는 두 주먹과 쇠 파이프로, 돌연히 몰아치는 빠른 북소리와 같은 속도로, 철거 반원들의 어설픈 진용을 휘저어 버렸다. 회전과 직진이 눈부시게 배합된 그 동작들은 가장 경제적인 각도를 찾아 최단거리로 가격하기 위한 것이었다. 심지어는 엎드리거나 드러누운 상태에서도 쉬지 않는 기계처럼 팔다리를 내뻗거나 원을 그렸다. 그가 다시 일어섰을 때 철거 반원 중에 하나가 등 뒤에서부터 달려들어 그의 허리를 싸안았다. 김범오는 가볍게 내려앉더니 팔꿈치로 그를 돌려 쳤다.

하지만 그 순간 김범오를 겨냥한 쇠 파이프가 그의 어깨를 내리쳤다. 그가 주춤하자 다른 철거 반원이 다시 그의 정수리에 타격을 가했다. 수목원의 조합원 하나가 그 철거 반원에게 쇠지레를 휘두르자 헬멧을 맞은 철거 반원이 비틀거렸다.

그때 새롭게 공수돼 온 팀이 유리창을 부수면서 다시 쏟아져 들어왔다. 이번에는 여러 명이 회중전등 빛을 내쏘고 있었다. 거기서 나온 광선이 복도에 선 김범오와 몇몇의 조합원들을 비췄다. 두 차례 가격당한 김범오는 쓰러지지는 않았지만, 헉 하는 격한 날숨과 함께 뒤로 비틀거리며 물러나고 있었다.

강극연의 눈에는 끝까지 버텨내는 그의 균형 감각이 오히려 감동적이었다. 김범오에게는 꿈이 있는 것 같았다. 그게 에너지가 되는 것 같았다. 강극연은 나라 바깥으로 떠나가려는 애인에게 갖다 줄 여비가 필요했다. 그는 김범오에게로 나아갔다.

그 순간 새로 온 철거 반원 가운데 허우대가 아주 큰 사내가 방 안의 걸상을 들고 나와 김범오에게 집어던졌다. 김범오는 그걸 안다시피 하면서 계단 아래로 굴러 떨어졌다.

철거 반원 몇 명이 앞을 다투다시피 내려가 계단참에서 일어서려는 김범오에게 달려들었다. 김범오는 옆으로 피하면서 무릎으로 상대의 배를 찍어 올렸다. 다시 밀어닥치는 다른 사내의 안면에 정권을 꽂았다. 다른 사내가 뛰어올라 그를 위에서부터 누르려고 하자 어깨로 받아내더니 뒤로 던져버렸다. 그 사내는 1층 복도의 수면 위에 떨어졌다. 그 곁에 김범오가 휘청거리면서 계단참 아래로 서너 칸 물러났다. 그와 함께 계단참에 놓여 있던 화분 바구니가 굴러 떨어지자 김범오가 손으로 잡아냈다. 바로 한 칸 아래까지 물이 차 있었다. 그는 숨을 거세게 내쉬었다.

보트 엔진 소리가 나는 것 같았다. 강극연은 계단을 한 칸

한 칸 내려가면서 저 아래 있는 김범오를 바라봤다. 나한테는 없는 낙원이 왜……. 강극연은 숨을 멈췄다. 왜…… 너희들한테는 있단 말인가.

강극연은 왠지 모를 살기가 솟아오르는 걸 느꼈다. 그는 그 어두운 계단에서 캄캄하게 절망한 자기 자신을 생각했다.

하지만 왜 너희들한텐 낙원이 있단 말인가……. 왜 너희들한텐 꿈이 있어 보인단 말인가. 너희도 나하고 크게 다르지 않은 것 같은데.

강극연은 적의를 쏟아 부어야 할 탄착점을 찾은 것 같았다. 그는 애초에 김범오를 죽일 생각은 없었다. 하지만 그는 칼을 빼 들면서 주위가 고요하다고 생각했다. 아무 소리도 들리지 않는다고.

1층 복도의 물에 빠진 철거 반원 하나가 김범오를 뒤에서 감아 물속으로 끌어들였다. 보트 엔진 소리가 아주 가까워졌다. 김범오는 물에 완전히 빠졌다가 철거 반원을 힘겹게 누르면서 일어섰다. 그때 강극연이 물속으로 따라 들어가 김범오를 한 번 싸안았다가 떨어졌다. 김범오의 입에서 비명이 터져 나왔다. 그 순간 막 살에서 뽑아낸 칼날의 내리막을 따라 물감 같은 선혈이 흘렀다. 따스한 혈액은 처마의 빗물이 처지듯이 축, 하고 수면에 떨어져 내렸다.

조합원 두 사람은 보트가 도화관 현관 입구에 다다르자 배에서 내렸다. 세상은 물의 나라였다. 물은 그들의 가슴까지 차올랐다. 그것도 모자라 폭우가 이어지고 있었다.

그들은 보트의 뱃전을 단단히 붙들고 고물에 묶어놓은 로프를 어디다 고정해야 할지 현관 주변을 둘러보았다. 산에서 밀고 내려오는 물살 때문에 보트가 자꾸만 휩쓸려 가려고 했다. 키가 큰 조합원은 갈수록 당황했다. 보트에 빗물이 자꾸 차고 있었다.

"아, 안 되겠어요."

강세연이 배에서 뛰어내렸다. 그녀의 블라우스가 물의 부력 때문에 활짝 펴지듯이 떠올랐다. 그들은 사람들을 김산의 집으로 올라가는 계단에 내려놓고 돌아왔다. 이제는 우산을 여러 개 가져왔으니 방에 누워 있는 강신영과 다른 환자를 옮길 수 있을 것 같았다. 그러나 도화관에서 격전이 벌어지고 있어서 그게 도대체 가능할 것인지, 오면서부터 암울한 지경이었다. 환자들을 먼저 태워야 했다는 자괴감이 들었다. 조합원 하나가 1층 복도의 열린 식당 문 손잡이에 로프를 묶고 있을 때 벌써 반대쪽 물 위에서는 격투가 벌어지고 있었다. 계단 쪽이었다. 누군가의 높은 비명이 수면 위에 울려 퍼졌다. 분명히 수목원 사람인 것 같은 사내들이 "뭐야?" 하면서 2층에서 내려다보다가 계단으로 뛰어내려 왔다. 다시 비명이 솟구쳐 나왔다.

강세연의 얼굴이 새파랗게 질리더니 눈을 크게 떴다.

"아! 범오 씨! 안 돼!"

그녀가 마치 넋을 잃은 것처럼 물살을 헤치고 계단 쪽으로 나아갔다. 조합원 하나가, 아, 잠깐만, 하면서 그녀를 제지하려고 했지만, 그녀가 훨씬 빨랐다. 그녀가 앞으로 나아가면서 손전등을 비추자 배를 감싸 쥐고 있는 한 사내의 얼굴이 나타났다.

비명에 놀란 조성일은 굵은 몽둥이를 휘두르며 계단을 내려갔다. 계단참에서 철거 반원 하나가 일어서려는 것을 거의 발로 밟다시피 하면서 내려갔다. 비명은 김범오의 것이었다. 다시 비명이 나오던 그 순간 조성일은 강극연의 뒤통수를 내리쳤다. 어느 틈에 내려왔는지 다른 조합원 하나가 물속으로 들어가 강극연의 어깨를 쇠 파이프로 가격했다.

강극연은 온몸에 힘이 다 빠져나간 채로 물속에 잠겼다. 불시에 죄책감이 찾아오더니 얼얼해졌다. 물에 빠진 그의 얼굴과 복부로 발길질이 날아들었다. 그는 연달아 얻어맞으면서 자기가 죽을죄를 졌다는 생각에 빠져버렸다. 하지만 돌이킬 수가 없었다. 단 하나도. 어느 결엔가 칼이 손에서 빠져나가고 없었다. 몇 초 동안 무슨 일이 어떻게 벌어졌는지 도무지 알 수 없었다. 2층으로 다시 철거 반원들이 짐칸에 실려 온 것 같았다. 위에서 고함과 비명 소리가 쏟아져 나온 것 같았다. 그러나 그것은 강극연의 짐작일 뿐, 그는 청각을 잃어버린 것 같았다.

강세연은 조금도 지체 없이 그녀의 남자를 병원으로 데려가야 했다. 격투가 벌어지고 있는 2층으로 다시 올라가는 것은 김범오를 죽도록 방치하는 것이었다. 그녀는 보트에 올라타자마자 우산을 펼치고는 자신의 블라우스를 찢었다. 그녀는 뱃전에 기댄 김범오의 티셔츠를 들추고 살이 찢어진 아랫배를 묶었다. 보트에 고인 빗물 위로 피가 벌겋게 번져가고 있었다.

조성일이 보트가 묶인 로프를 풀어서 허겁지겁 가져왔다. 보트가 자꾸 아래로 휩쓸려 내려가려고 했다. 사내들이 안간힘을 다해 배를 붙잡았다. 아아, 이 폭우 속을 뚫고 어떻게 병원으로. 수목원 바깥으로 나가는 것조차 불가능해 보였다. 조성일이 보트 위로 올라탔다. 앰뷸런스를 최대한 가까이 불러야 한다. 도화관은 전화가 안 된다. 다른 집도 안 될 가능성이 높다. 이곳은 휴대전화도 전파가 안 잡힌다. 아아, 어떻게 해. 그녀는 솟구치는 눈물을 참을 수가 없었다. 뜨거운 눈물이 그녀의 뺨 아래로 흘러내렸다. 그녀는 보트 주위로 몰려든 사내들에게 울먹이면서 말했다.

"수목원 바깥으로 나가야 해요. 큰 트럭을 타고 달려야 해요. 철거반 거라도. 아직 한두 대는 남아 있을 거예요."

조성일이 숨을 급하게 몰아쉬며 엔진에 시동을 걸었다.

"다른 방법이 없으니까. 자, 빨리."

"한 사람이 더 타야 할 것 같아요."

"아냐. 네 사람은 너무 무거워."

배가 떠나려는데 거의 무의식 상태의 김범오가 배를 싸쥐고
말했다.

"신영이, 신영이는? 데려와야 해."

"지금 그럴 처지가 아니야."

조성일이 쉰 목소리로 말했다. 배는 쏟아지는 물살에 한 번
뒤로 휘청 물러서더니 서서히 앞으로 나아갔다. 비가 하도 많
이 쏟아져서 수면에서 안개가 피어오르는 것 같았다.

배를 떠나보낸 조합원 세 사람은 복도를 거쳐 2층으로 올라
가려고 했다. 그러나 거기에는 철거 반원들이 워낙 많이 쏟아
져 들어와 있어서 두려움이 앞섰다. 누가 건드렸는지 갑자기
계단에서 바구니가 넘어졌다. 화분들이 물에 가라앉았다.

흰 장미 꽃잎들이 수면 아래로 내려가자마자 부풀어 오르는
것처럼 펴졌다. 그리고 천천히 물속으로 하강했다. 노란 협죽
도도 마찬가지였다. 붉은 베고니아는 꽃송이들이 안으로 모이
면서 마지막까지 물을 음미하는 것 같았다. 천천히 침잠을 끝
내더니 꽃잎 두 점이 뜯겨져서 수면 위로 올라왔다.

보트는 배 안에 쏟아진 빗물 때문에 조금씩 가라앉으면서
앞으로 나아갔다. 물의 무게에 엔진마저 무력해진 것 같았다.
산과 골짜기에 퍼부은 강우(降雨)의 흐름이, 경사를 타고 내려
온 기세 그대로 수목원을 가로질러 나아갔다. 그 흐름이 보트

를 옆에서부터 밀어붙여 미약한 항로를 방해했다. 많은 것이 그 흐름을 따라 저지대인 강변으로 흘러갔다. 이제는 물이 불어 올라 강변이라고 할 수도 없는 곳이었다. 뿌리 뽑힌 나무들과 목재, 작은 짐승들의 익사체와 나뭇잎들이 떠내려갔다. 보트가 공터 아래로 떠가서 경내 입구에 좀 더 가까워지자 무너진 목재 더미들이 둥둥 떠다니며 앞을 가로막았다. 보트가 보다 더 가라앉고 있었다. 놀란 강세연의 목소리가 높아졌다.

"어떻게 해요? 성일 씨."

"조금만 더 가면 될 것 같은데."

조성일이 머리카락이며, 얼굴이며 가릴 것 없이 물로 범벅이 된 채로 말했다. 그는 피로에 절어 있었고, 숨이 가빴다. 무엇보다 보트에 오를 때부터 비관적이었다. 그는 두 손으로 물을 퍼내려고 했지만, 빗물 쏟아지는 양이 더 많았다. 무언가가 뒤에서 보트를 세게 들이받는 바람에 허리를 구부리고 있던 그가 뒤로 넘어졌다. 목재였다.

그와 동시에 우산을 들고 있던 강세연이 김범오의 앞으로 쓰러졌다가 겨우 배의 난간을 붙잡았다. 보트가 좌우로 크게 흔들거리면서 앞으로 겨우 나아갔다.

"아, 이거, 배가 가라앉을 것 같아."

조성일이 배에서 물속으로 내려서야 할지 망설이는데, 이번에는 아까의 목재보다 훨씬 큰 뿌리 뽑힌 나무가 산 쪽에서 흘러온 급류를 타고 죽 미끄러져 오다가 크게 보트를 들이받았다. 충격이 생각보다 컸다. 조성일은 뒤로 넘어지면서 물속에 빠져버렸다. 물에 빠진 것은 그뿐만이 아니었다. 보트 자체가 무게중심을 잃더니 강세연의 날카로운 비명과 함께 두 사람 모두 물속에 빠져버렸다. 뒤집힌 보트가 수면에 겨우 떠 있을 뿐이었다.

"범오 씨!"

조성일은 뒤집혀진 보트의 저편에서 김범오를 불렀다. 물이 목까지 차올랐다. 강세연이 헤엄을 쳐서 김범오에게 접근하더니 그들 쪽으로 미끄러져 온 나무에 안간힘을 다해 매달렸다.

"여기요! 누가 없나요! 여기요!"

조성일은 거의 정신을 잃은 채로 두 손을 모아 고함을 쳤다. 하지만 그의 외침은 폭우 속에 갇혀버렸다. 멀리 있어야 할 철거 반원들은 보다 더 고지대로 올라갔는지 소나무 숲 근처에는 보이지 않았다. 그는 다시 두 손을 모았는데, 그 순간 아름드리 목재가 다시 떠내려 오면서 그의 목을 꺾듯이 때렸다. 그는 정신을 잃고 물속으로 가라앉았다.

"범오 씨, 범오 씨, 정신 차려! 제발!"

강세연은 수면의 나무 위에 몸을 겨우 얹은 김범오를 흔들었다. 그녀는 눈에 눈물이 그렁그렁했고, 눈 주위가 퉁퉁 부어 있었다. 사태는 너무나 비관적이었다. 바로 옆에 그녀가 펼쳤던 우산이 살이 꺾인 채 떠내려가고 있었다. 세상은 수국(水國)이었다. 천 리 공중에서 내려온 어둠으로 수면은 끝없이 캄 캄한데 그 모든 물이 그녀가 전부 감당해야 할 것이었다.

그가 겨우겨우 눈을 떴다. 순정한 눈이었다. 검은 눈동자에 흰 눈망울이 보였다. 눈물이 맺혀 있었다.

　김범오의 눈에 광선들이 번져 보였다. 허공을 오가는 사다리 짐칸의 전조등에서 나오는 것이었다. 거기에 어떤 힘이 있어 보였다. 그러나 그는 목숨을 애걸할 생각이 없었다. 멀리서 그가 버린 트럭이 둥둥 뜬 채 강을 향해 조금씩 멀어져 갔다. 강신영이 몰았던 지프는 어디로 떠내려갔는지 보이지 않았다. 물의 너울이 그를 밀어내고 있었다. 그는 숨이 찼다. 그는 오래도록 살고 싶었다. 아름다운 그 어떤 곳에서, 현실을 견디며, 현실을 극복해 내며 살고 싶었다. 그러나 그는 지금 삶의 터전을 잃어가고 있었다. 그는 체념 다음에 오는 희망을 붙들려고 했다. 그러나 힘이 모자랐다. 절벽에 새겨진 부처가 생각났다. 미륵불. 미래에 찾아오는 구원의 부처. 몸이 반이나 흙 속에 묻힌 부처. 돌 속에 갇혀 아직 세상으로 다 나오지 못한 부처. 누가 어떻게 끄집어내야 할지 모르는 부처. 그의 여자는 슬픔에 복받쳐 솟구치는 눈물을 가누지 못하고 있었다. 그들이 매달린 나무가 물의 흐름을 따라 서서히 쓸려 갔다. 그는 반대편에 매달린 강세연에게 말했다.
　"오지 마…… . 따라오지 마."
　바람이 새 나가는 목소리였다.
　"범오 씨, 우리는 살 수 있어."
　"상자 정원은?"
　"아까 보트에 실어 보냈어. 내가 헤엄쳐 가서 사람들을 불러올게."

"아냐……. 내 방에…… 네가…… 찍은 필름들이 있어."

강세연은 그의 말을 알아들을 수가 없었다.

"그런 건 상관없어. 조금만 힘을 내."

그녀는 발버둥을 쳤다. 그들이 매달린 나무를 제자리에 멎게 하려는 것이었다. 그녀의 발바닥이 물밑에서 몇 번 미끄러졌다. 아악! 그녀는 울부짖으며 기를 썼다. 그러나 겹산의 골짜기에서 내려오는 물의 너울들은 강으로 향하고 있었다.

"여기요! 여기 좀, 여기요!"

그녀가 있는 힘을 다해 외쳤다. 그러나 외로운 외침이었다. 김범오는 피가 그의 아랫배에서 빠져나가는 것을 느꼈다. 그는 강세연의 애처로운 몸부림을 무기력하게 바라봤다. 그녀의 하얀 면 티가 선혈로 젖어 있었다. 대세는 이미 정해진 것이었다. 그녀는 위태로운 거역을 하고 있었다. 그녀는 선하면서도 영민했다. 그동안 쾌활함과 슬픔으로 그를 위로해 왔다. 하지만 그녀는 김범오에게서 당연히 누려야 할 것을 얻지 못했다. 김범오는 연민이 가득한 눈으로 그녀를 봤다.

"참 고와……. 네 얼굴……."

"범오 씨, 힘을 내."

"우리…… 좀 더…… 일찍 만났더라면……."

죽음과 삶 사이에 수면만이 있었다. 그는 거기에 떠오른 자기 피를 보았다. 어디선가 흘러온 낯익은 꽃잎이 있었다. 복숭아꽃이었다. 붉은 꽃. 그 꽃잎이 두셋 무더기로 그에게 떠왔다. 구분할 수 없는 피와 꽃이 그의 몸을 감싸고 붉은 도포처럼 물 위에 부유했다. 바람이 일자 물보라가 쳤다. 오, 비여, 바람이여, 무정한 모든 것이여.

나뭇가지를 쥔 그의 손이 풀리고 있었다.

"아, 안 돼, 범오 씨! 안 돼!"

강세연은 위험을 무릅쓰고 그가 있는 쪽으로 헤엄쳐 와서 그의 손을 붙잡았다. 그녀는 눈이 부어서 앞을 제대로 볼 수가 없었다. 그녀는 목숨을 걸고 있었다.

그러나 그는 알 수 있었다. 강 쪽으로 향하는 물살이 갈수록 거세졌다. 그들 둘이 그 물살을 함께 거역할 수는 없었다. 멀리 폭류(暴流)가 지나가는 소리가 들려왔다. 그는 나무에서 떨어져 나왔다. 그의 머리가 물속에 슬며시 잠겼다.

"아아! 범오 씨, 안 돼!"

강세연은 물위의 나무에 매달려 날카로운 목소리로 울부짖었다. 눈물이 쏟아져 앞이 거의 보이지 않았다. 그녀는 끝까지 손을 놓지 않았다. 숲 일에 긁혀지고, 벗겨진 거친 손바닥. 그를 살리기 위해 발악이라도 하고 싶었다. 잠깐 그의 얼굴이 물 위로 겨우 겨우 떠올랐다. 그는 입으로 들어오는 물을 안간힘을 다해 뱉어냈다.

"이제 됐어……. 나는 걱정하지 마……. 우리 다음에 다시 태어나면 만나서 꼭 결혼하자…… 나, 너 꼭 찾아갈 거야…… 이제 어서 가……."

"아냐, 범오 씨! 범오 씨! 조금만 참아. 범오 씨, 살 수 있어!"

"……나, 너 꼭 찾아갈 거야…… 너, 아름다워……"

그는 맞잡은 손을 뿌리쳤다. 그 순간 그의 몸이 물을 따라 뒤로 쑥 밀려 내려갔다. 강세연과 그 사이의 거리가 멀어져 가자 그는 안도감을 느꼈다. 여자가 그를 부르는 고통스러운 목소리가 빗속에 높게 퍼져나갔다.

그를 둘러싼 물줄기가 아주 빨라졌다. 한 겹의 물살이 그의 얼굴을 소가죽처럼 내리눌렀다가 빠져나갔다. 물이 들어차 눈이 떠지지 않고, 숨이 가빠왔다. 머지 않은 곳에 거센 물결마루가 오르내리고 있었다. 그의 몸이 물을 따라 한 번 가파르게 솟구쳐 오르더니 대번에 가라앉았다. 그는 무섭지 않았다. 이제 짧은 방문을 끝내고 돌아가는 길이었다. 그는 빈손을 그러쥐었다. 그 상태로 급류 속 어딘가에 몸이 부서지도록 처박히더니 물에 감겨 공중제비를 돌듯이 휘돌았다.

어느 한순간 주위가 고요해지더니 몸속의 고통이 사라지는 것 같았다. 아주 맑게 되었다. 그는 그 진통이 가진 함축성을 알았다. 종말이 거의 완성되었다. 감사하다는 생각이 들었다.

••84

좋은 봄날이었다. 비 갠 오전에 안개가 피어올라 전나무 숲 전체가 하얀 꿈을 꾸는 것 같았다. 수목원 사람들은 개방일을 마련해서 큰 도시에 사는 초등학생들을 초대했다. 김범오가 세상에서 떠나가기 두 달 전의 어느 날이었다.

아이들은 전나무 숲으로 들어가서는 "여기는 왜 이렇게 시원해요." 하고 말했다. 강신영이 대답했다.

"나무는 뿌리로 물을 퍼다가 잎에서 수증기를 내지. 그러니까 시원하지."

"에헤, 그, 그, 그럼 에, 에어컨이네요."

"그래, 맞아, 아유, 우리 유근이는 한 번 들으면 금방 아네."

김범오가 그 아이의 뺨에다 뽀뽀했다. 그 아이는 서울의 연립주택에서 김범오와 같이 살았던 아이였다.

아이들은 도화관에서 채소와 계란, 우유로 점심을 먹고, 도서실에서 상자 정원을 보았다. 자기들이 오전에 보고 돌아온 마을과 숲이 들어 있는 미니어처였다. 수목원에 들어온 지 다섯 달이 좀 넘은 김범오는 아이들한테 이 작은 정원을 어떻게 설명해야 할지 머뭇거렸다. 하지만 강신영이 나서서 신기해하는 아이들의 질문에 대답해 주었다.

"이건 우리 수목원에서 제일 중요한 거야."

아이들이 관광버스를 타고 집으로 돌아가고 나자 김산을 추모하는 지등(紙燈)이 도화관 옆에 켜졌다. 황혼이 질 무렵부터 불빛 둘레에 작은 벌레들이 날아왔다. 강신영은 김범오에게 그 상자 정원이 어떤 것인지 내력을 말해 주었다. 쇠약해지기 전의 김산이 온갖 감정을 되살려 강신영에게 말해 주었듯이.

김산은 1920년생이었어. 우리나라에서 처음 노조가 생겨난해였지. 그 노조는 전통 두레와 러시아 아나키스트인 크로포트킨의 상호부조론을 함께 내세운 조선노동공제회였어. 그러니까 철저한 조선식 아나키스트 단체가 생겨나던 해에 김산이 태어난 거야.

김산은 아홉 살 나던 해에 일본 소년 야나기타 류타로의 벽장에 숨겨진 아주 커다란 하코니와를 보게 됐어.

하코니와는 한자로 '상정(箱庭)'이라고 쓰는 거야. 말 그대로 상자 속의 정원, 일본 어린애들이 만드는 모형 정원이야. 풀 먹인 닥종이와 속이 하얀 참나무, 잘게 쪼갠 대나무, 물에 갠 흙, 작은 돌 같은 걸로 만드는 거지. 걸리버 여행기의 소인국에나 나올 것 같은 난쟁이 집을 짓고, 축소된 연못과 채마밭, 분재 같은 동산도 만드는 거야. 지금도 일본의 교토나 고베에 들르면 이런 걸 기념품으로 파는 가게가 있어.

류타로의 아버지는 은행 지점장이었고, 가족을 데리고 경성으로 파견 왔어. 류타로는 김산의 소학교 동창이었는데 왜소하고 병약한 데다 다리까지 심하게 절었어. 김산은 류타로의 집까지 매일 가방을 들어주곤 했지. 류타로의 집은 옛날 황금정(黃金町)의 일본인 주택촌에 있었어. 황금정은 지금의 을지로고, 거기엔 활동사진관 은성좌(銀星座)도 있었지.

류타로의 집으로 들어가 보면 다다미방의 장식대나 벽장에는 까마득히 오래된 분청사기와 청동보살상이 신비로운 곡선을 빛내며 놓여 있었어. 하지만 김산의 눈길을 번번이 붙드는 것은 벽장 속의 하코니와뿐이었지. 벽장은 류타로의 동향(東

向) 방 한쪽에 있었는데 항아리 속처럼 캄캄했어. 하지만 여닫 이문을 슬쩍 열면 마른 풀 향기가 흘러 나왔어. 아련하고 그윽 한가 하면 맵싸한 냄새도 있었지. 살이 자주 곪는 류타로의 치 료약 삼아 말린 풀들의 냄새였어. 톱풀과 샐비어, 치자와 죽절 초 열매 같은 것 말이야. 벽장이라곤 해도 웬만한 작은 방 넓 이였는데, 하코니와는 그걸 온통 채우고 있었어.

"이건 아빠랑 내가 몇 년째 만들고 있는 거야. 다른 하코니 와보다 열 배는 더 커."

류타로의 아버지는 동그란 이마 아래 은테 안경을 낀 지적 인 얼굴이었는데 병약한 아들의 시름을 덜어주기 위해 틈이 날 때마다 하코니와를 같이 만들곤 했어. 그건 정말로 엄청나 게 컸다. 강과 숲에, 과수원과 학교, 은행까지 있어서 상자 속 의 정원이라기보다는 마을이라고 할 만했지.

"아…… 정말 낙원 같아, 류타로……."

김산은 홀린 듯이 쳐다봤어. 왕릉 지하의 보물 궤를 열어본 어린 도굴꾼처럼, 부화되는 순간에 세상의 강력한 빛줄기를 목도한 새끼 새처럼. 류타로도 홀린 듯이 말했지.

"우리 아빠가 그랬어. 사람이 죽기 전에 모든 걸 반성하고 눈물을 흘리면, 가장 즐거웠던 순간에 영원히 살게 된다 고……."

"류타로, 그럼, 우린 죽어서나 이런 데서 살게 될까?"

"아냐. 내가 우리 아빠처럼 자동차만 제대로 몰 수 있으면, 어디선가 이런 진짜 낙원을 찾아낼 텐데……. 이런 덴 세상 어딘가에 분명히 있어. 분명히. 봐! 이렇게 모형으로도 만들 수 있는데. 어른들은 아마 어딘가에 크게도 만들어놨을 거야……."

"그런데, 왜 너희 아빠 자동차를 몰고 이런 데를 안 찾아가는 걸까?"

"아마 나랑 놀아주느라고 시간이 없어서겠지. 아빠는 낙원보다 나를 더 사랑하시니까."

"어른이 되면, 우리도 실제로 이런 델 만들 수 있을까?"

"물론이야. 내가 어른이 되면 너를 여기로 꼭 부를게. 꼭."

류타로는 환하게 웃었어. 그건 곧바로 어린 김산에게도 꿈이 돼버렸어. 어두컴컴한 벽장 속에 비현실적으로 놓여 있던 모형의 이상향. 그게 김산의 머릿속에 들어와 버린 거야. 현실 속에 육화(肉化)될 날을 오래오래 기다리면서.

김산의 머릿속을 숙주(宿主) 삼아 몇 년간 머무르던 그 모형은 소화(昭和) 13년, 그러니까 1937년 5월의 어느 날 밤 다시금 김산의 몸 밖으로 나오려고 했지. 김산이 제일고보 독서회에 가입해서 불령선인(不逞鮮人), 그러니까 불온한 조선인들이나 본다는 책들을 접할 무렵이었어.

김산은 제일고보 선배 이하림의 청파정(町) 자취방에서 호야를 밝힌 채 자그마한 토론회를 갖고 있었어. 이하림은 수원 출신으로 제일고보를 마친 후에 경성제대로 진학한 상태였지. 고보 시절 학년 수석을 도맡아 하던 수재였는데, 졸업한 후에도 모교의 독서회 후배들과 만나고 있었어. 이하림은 역시 총명하고 영어와 일본어를 영특하게 잘하는 김산을 무척 아꼈어. 그날 집이 먼 독서회 후배 둘이 먼저 자리를 떠서 이하림과 김산이 자연스레 독대하게 됐어. 이하림은 앉은뱅이책상 위의 벽장을 처음으로 활짝 열어 보여줬어. 거기에는 놀랍게도 총독부가 금서(禁書)로 낙인찍은 책들이 수백 권이나 빽빽하게 꽂혀 있었어.

"산(山)이 자네한테 이 책을 권하고 싶네……."

마극사(馬極斯)의 『경제학 비판』?

마극사란 마르크스를 음차한 이름이야. 『경제학 비판』은 서언에 그 유명한 유물사관의 개요를 담고 있는 책이지. 봉건제가 자본제로, 자본제가 사회주의 지상낙원으로 이행할 거라는 사관(史觀) 말이야.

호야 불에 비친 이하림의 그림자가 책 더미 위에 크게 한 번 일렁였어. 이하림은 사회주의를 김산에게 알려주고 싶은 모양이었겠지. 김산의 머릿속에는 벌써 8년 전에 학교에서 피를 토하며 숨져버린 류타로가 까닭 모르게 떠올랐어. 그 널찍하고 어두컴컴한 벽장도 생각이 났고. 거기 놓여 있던 모형의 이상향이 영원히 부식되지 않을 모습으로 아주 명료하게 되살아났지. 류타로의 아버지는 그 하코니와를 아들의 무덤 가장 밑바닥에 넣어주었어. 사회주의는…… 지상낙원을 만들 수 있을까……. 류타로와 함께 잠들어 있을 하코니와 같은…… 지상낙원을…… 과연 사회주의가?

김산은 물끄러미 벽장을 쳐다보다가 갑자기 다른 책 한 권을 끄집어냈어.

"선배, 제가 지금 읽고 있는 책은 이런 건데요……."

오오스키 사카에〔大杉榮〕의 『아나키즘』이라는 책이었어. 아나키스트였던 오오스키는 일본 대정(大正) 시대 최고의 사상가였지. 경찰의 감시를 줄곧 받아오다가 관동대지진이 터진 1922년 헌병들의 일제 검속에 걸려 무참히 살해당했어. 김산이 보기에 오오스키는 천황제는 물론 일체의 정치권력과 억압이 사라지고 일본인들이 자유롭게 살아갈 수 있는 세상을 꿈꾼 최후의 이상주의자였어.

이하림은 김산이 손에 든 책이 『아나키즘』이라는 걸 알고 의외라는 표정이었어. 사회주의와 아나키즘이 등 돌린 채 떨어져 있는 거리가, 그 거리 사이의 적의(敵意)가 떠오른 것이었지. 이하림은 고보생인 김산이 아나키즘을 알면 얼마 만큼 알까 싶어 이렇게 물어보았어.

"산이, 자네는 아나키즘(Anarchism)이 뭐라고 생각하나?"

"자율주의라면 왠지 생활철학 같고. '자주인(自主人) 사상'이라 해야겠지요. 우두머리나 통치자(arch)를 부정(an)하는 사상이니까요. 동경제대의 게쿠리야마 센타로〔煙山專太郎〕는 1902년 쓴 글에서 아나키즘을 '무정부주의'라고 직역했지요. 그게 지금까지 내려오고 있는데. 법도 질서도 없이, 무언가 때려 부수자는 주의, 주장쯤으로 오해받게 만들었지요."

"자네, 러시아의 흑적(黑赤) 갈등에 대해선 어떻게 생각하나?"

흑(黑)은 아나키스트, 적(赤)은 사회주의자를 가리키는 말이었다.

"러시아 전체의 신망을 받던 크로포트킨이 죽은 다음에 레닌은 아나계(系)를 대숙청했지요…… . 둘은 전제군주와 자본주의에 맞선다는 점에서 비슷해 보였지만 사실은 정말 달랐던 겁니다."

김산은 말을 아꼈어. 당시 우크라이나에선 2년간 흑적 내전으로 피바람이 불었다. 조선과 일본에서도 흑적은 사이가 극도로 나빴어. 김산은 뒤늦게야 이하림의 얼굴을 들여다보면서 자기가 책을 잘못 뽑아 들었다는 생각을 했어. 혹은 이하림이 질문을 잘못 꺼냈든지. 두 사람은 자기들 사이에 선연한 경계가 있다는 걸 느낀 거야. 하지만 이하림은 개의치 않다는 듯이 말해 나갔지.

"자네한테 둘 중 하나를 택하라면, 어느 쪽이지?"

"아나(아나키즘)가 되겠지요…… . 지금으로서는."

이하림은 후훗, 하고 소리 내어 웃었어. 아마 고보생이…… 하고 가소롭게 봤을지도 모르지.

"자네가 군이 패배한 쪽을 택하는 이유는?"

러시아에서 흑적 갈등의 패배자는 아나키스트였어. 이하림은 여유로웠지. 토론을 할 때 그는 늘 그랬어.

"아나가 더 궁극적이기 때문입니다…… . 권력 없는 세상을 만든다는 건 어떤 주의, 주장보다 가장 근본적이지 않습니까."

"사회주의는?"

"사회주의는 권력을 없애자는 게 아닙니다. 노동계급이 자본가의 권력을 뺏어 갖자는 거지요."

"그러지 않고 세상을 어떻게 바꿀 수 있나?"

이하림은 쉬운 상대를 만난 복서처럼 웃었지. 김산은 그게 은근히 화가 났어.

"이 선배, 노동계급이 권력을 쥔다고 세상이 바뀌겠습니까? 그런다고 세상 모순이 다 풀릴 거라고는 생각하지 않습니다. 보십시오. 러시아 관료들이 인민들을 억압하는 건 여전합니다. 험한 남자들이 여자들을 짓누르는 건요? 다수 민족이 소수 민족에게 부리는 압제는요? 러시아는 힘없는 민족들을 복속시켜서 소련을 만들었지요. 러시아는 인류 최초로 사회주의만 실험한 게 아닙니다. 약육강식의 본보기까지 보인 셈이지요."

"산이. 혁명에는 순서가 있어. 먼저 노동계급이 권력을 쥐고, 그다음 그런 문제들을 하나둘 해결해야 하잖겠나."

"누가 말입니까? 노동계급이요? 관료주의 문제든, 여성 문제든 민족문제든 노동계급이 다 해결해 준다는 말입니까? 하지만 지금 러시아 노동계급은 혁명을 끝내고 프롤레타리아 독재를 하는 참인데……. 그 독재 아래 다 숨을 죽이고 있는데요. 자본가의 억압을 깨부순 노동자들이 또 다른 억압을 만들고 있다니……. 그게 정말 인간을 위한 철학인가요?"

이하림은 웃음을 거두고 긴장하는 얼굴이 되었어. 그는 말했지.

"산이, 머릿속에서만 이상을 꿈꾸지 않으려면 무엇보다 현실주의자가 돼야 한다. 아나들이 새로운 세상을 만들려면 무엇보다 현실 속에서 권력을 쥐어야 해. 그래야 세상을 움직일 수 있어. 그건 수없이 미묘한 역학 관계들을 아주 많이 고심하면서 다뤄야 한다는 걸 의미해. 세상은 간단치가 않아. 노동계급들은 그걸 알고 있어. 하지만 만일 아나들이 국가권력을 쥔다면, 바로 그 순간부터 자기모순에 빠지고 말지. 자기 스스로 권력 없는 세상을 만들어야 한다고 주장해 온 사람들이니까. 나는 논리적으로 그토록 허약한 사상에 점수를 주고 싶지가 않아."

이하림은 설득하고픈 눈치였어. 김산이 대답했지.

"아나들의 계획은 국가권력을 찬탈한 다음 세상을 바꾸는 게 아닙니다. 거꾸로지요. 세상을 바꾼 다음 국가권력이 사라지도록 하는 거지요. 국가권력이 위민(爲民) 기구가 되게끔 하는 겁니다."

"세상을 바꾸고 나서 권력이 사라지게 한다? 그게 가능한가?"

"권력을 바꾸기 전에, 세상에 무수히 새로운 마을들을 만드는 겁니다. 수천수만 군데에 자주인들의 마을을. '자기 뜻에 따라 자기 삶을 사는 자주인' 공동체 말이지요. 스페인의 아나키스트 공동체들처럼……."

1936년의 스페인에서는 아나키즘의 마지막 불꽃이 타오르고 있었거든. 가스틸랴에 230곳, 아라곤에 400곳, 레반테에 500곳, 그리고 안달루시아에도…… 집산주의(集産主義) 아나키즘 촌락들이 건설되었지. 지주들 가운데 포악한 이들이나 그 앞잡이들은 추방되고, 남은 사람들은 토지를 같이 소유하기로 했어. 터무니없이 부자이거나 비참하게 가난한 사람도 없이, 함께 들판을 일궈서 함께 나눠 가지는 식이었지……. 지금 와서 돌이켜보면 동화 같은 마을들이었어. 모든 걸 회의로 결정하고, 학교와 병원들이 만들어지고, 과학 농경을 시도하고……. 금욕적이면서도 기품 있는 질서들이 만들어졌지……. 농촌뿐 아니라 도회의 직장과 동네들에서도.

하지만 김산이 이하림과 만난 1937년 5월의 어느 밤에는 그 마을들이 프랑코 군벌(軍閥)과 격전을 벌이다가 하나씩 둘씩 스러져가고 있었어. 그러나 김산은 스페인의 그 같은 마을들이 보여준 높은 정신세계가 쉽사리, 그리고 영원히 무너질 거라곤 결코 생각지 않았어.

스페인에서 아나 운동이 패배로 돌아간 데는 당시에 스탈린이 이끌던 소련의 탓도 있었어. 소련은, 말로는 프랑코 군벌 같은 반동 세력에는 흑적의 진보 진영이 뭉쳐서 맞서야 한다고 했지만, 실제로는 스페인 아나키스트들을 따돌린 채 스페인 사회주의자들한테만 편파적으로 무기를 공급했던 거지.

그러나 김산은 더 이상 이하림과 마음의 골을 만들고 싶지 않았어. 그는, 스페인의 아나키스트 공동체들처럼……, 하고 말한 다음에는 이을 말을 잊어버린 채 상기된 낯빛으로 이하림을 지켜볼 뿐이었어.

이하림도 김산을 말없이 바라보다가 한참이나 지나서야 입을 열었어.

"산이 자네, 정말 공부 많이 한 것 같군……. 오늘은 여기까지만 하면 어떨까."

"좋습니다."

"그리고 여기 오오스키의 책은 임자를 만난 것 같아. 자네가 가져가게나."

김산은 이미 자기가 오오스키의 『아나키즘』을 갖고 있다는 말을 못한 채 책을 들고 집으로 돌아왔지.

두 사람이 흑적 갈등을 놓고 공방을 주고받은 건 사실상 그게 처음이자 마지막이었어. 이하림은 6월에 접어들자 서서히 토론회를 사회주의 지하조직으로 바꿔나갔고, 김산은 나름대로 아나키즘 운동을 준비하던 다른 비밀 회합으로 자리를 옮겨야만 했지.

김산은 그해 12월 눈송이들이 함박꽃처럼 날리던 밤 지금 숙명여대가 있는 청파정의 고샅길을 따라 들어가 이하림이 가정교사를 하고 있던 삼치집 마당으로 들어섰어. 기와지붕 골골이 눈이 쌓였지만 처마에서는 눈 녹은 기스락 물이 뚝뚝 떨어졌지. 김산은 창호지 바른 유리창 속에 호야 등을 놓고 앉은 선배의 그림자가 꼿꼿한 것을 오래오래 지켜봤어. 김산은 한참이나 그렇게 서 있다가 그림자를 향해 천천히 고개를 숙였지. 보자기 꾸러미 하나를 안마루의 이하림의 방문 쪽으로 밀어 보냈어. 그러고는 그 하얗게 쌓인 눈밭 길을 떠나왔어.

그가 밀어 보낸 보자기에는 이제 더 이상 공부할 것이 남아 있지 않았던 오오스키의 낡은 책과 그가 오래전에 만든 작은 하코니와가 다소곳이 싸여 있었던 거야……

김산은 그 길로 서울역에서 만주 봉천(奉天)행 북행 열차를 탔거든. 망명한 조선 아나키스트들이 국내보다 훨씬 더 큰 세력을 갖추고 있다는 상해로 가기 위해서였어. 더 이상 남아 있으면 일제에 징병될지도 모른다는 생각도 들었지.

김산은 밤새 기적 소리를 들으면서 평안도 벌판을 가로지르고, 성에 낀 아침 유리창 너머로 상고대가 하얗게 낀 숲이 지나가는 걸 봤어. 다음 날 정오 무렵에는 침목(枕木) 틈 아래로 하얗게 결빙된 압록강이 내려다보이는 철교를 넘었지.

지금 심양(沈陽)으로 불리는 봉천에 도착해서는 플랫폼에 걸린 커다란 시계를 보면서 은회색 회중시계를 한 시간 늦췄어. 그걸 고보 입학 선물로 주신 부모님과 누이, 아우, 친구들이 살고 있는 시간으로부터 10분…… 20분…… 30분…… 한 시간 멀어졌어……. 이제 그는 일가들과 시간이 격리된 낯선 곳에서 중국 생활을 정식으로 시작한 것이었지.

그가 상해에 처음 당도해 알게 된 것은 이미 한 달 전인 1937년의 11월에 일본군이 상해를 점령해 버렸다는 것이었지. 그가 결국 정착한 곳은 상해 프랑스 전관조계(專管租界)의 소흥로(紹興路)에 있던 여련(麗蓮)식당이었어. 그는 이곳 2층의 작은 방에서 숙식을 해결했는데 결국 조선자주혁명당[2] 군사부에서 일하던 아나키스트 최성무(崔成武)와 선이 닿았어. 최성

---

2) 당시 상해에서 실제 활약하던 아나키스트 독립 단체는 조선민족혁명당이다.

무는 눈이 부리부리하고 콧망울이 굵은 전형적인 무관 타입이었지. 그는 후에 중국 팔로군에 들어갔다가 한국전쟁 때는 무정(武亭) 장군의 포병 부대장이 됐는데 전후에 패전 책임을 지고 숙청됐지. 그는 상해에서는 은행 담보물들을 보관해 두던 이름도 없는 창고 뒤뜰의 누관(樓館)에서 살고 있었어. 거기서 경비로 지내던 청년당원들과 함께.

최성무는 1938년 봄 사과꽃이 필 때까지 프랑스 공원 근처의 외딴 방에서 조선인 청년들을 모아놓고 계급 이론서들을 공부했어. 창밖으로는 군도를 찬 일본 기마병들이 또각또각 말발굽 소리를 내며 순찰하고 있었지. 최성무는 어느 봄날 밤이 이슥해지자 김산을 처음으로 은행 창고의 누관 2층으로 불러들였어. 그의 방은 의외로 정돈이 잘돼 있었는데 큰 벽에는 장총이 걸려 있었지. 그는 입 안이 확확 달아오르는 독한 배갈을 권하더니 이렇게 말했어.

"김산, 이제 책을 덮을 때가 됐다. 실전 수련을 할 때가 온 거야. 내일이다. 이제 너희들은 아나키스트의 대임을 처음 맡게 됐다. 창조하기 위해 파괴하는 대임 말이다. 나설 테냐?"

김산은 이게 무슨 말인지 알았지. 신출들이 으레 거치는 처형식을 치르라는 거였어. 당의 신참들이 끝까지 배신하지 않도록 '적(敵)'으로 낙인찍은 일본인이나 반역 조선인들을 처형하는 데 동참하라는 것이었지.

"해보지요."

김산은 눈을 부릅떴어. 배갈의 더운 기운이 목을 타고 내려가고 있었는데. 그는 생각했지. 아나키즘은 사람들을 자주인으로서 각성시키는 힘을 갖고 있다. 하지만 '사상의 살기(殺氣)'도 가졌다. 모든 이데올로기가 그렇듯이 장애물들을 가차 없이 파괴해 버리는. 김산은 사람을 죽인다는 게 끔찍스럽고 믿어지지 않았지만, 최성무의 느닷없는 제안을 운명이라고 여겼어.

"우리가 처형할 자는 '조국 해방의 적'이고, '자주인의 적'이다. 조선 사람이지만 왜놈 이름도 갖고 있다. 오다케 요시오〔大竹義雄〕! 영화사인 동방전영(電影) 취체역(取締役, 이사)이다. 겉으로는 아나키스트입네 했지만, 뒷구멍으로는 일제의 밀정 노릇을 해왔다. 버러지 같은 이 인간의 썩은 정신을 껍질째 벗겨 내지 않는다면 우리는 죽어서도 선열들 앞에서 고개를 못 들 거야."

최성무는 다음 날 해가 질 무렵 화다원(花茶園) 거리의 2층 건물 현관 지붕으로 올라가 바로 옆 창문을 통해 들어갔어. 오다케는 거실의 거울 앞에서 웃통을 벗은 채 면도 거품을 바르고 있었지. 그는 최성무를 보자마자 비명을 지르면서 큰방으로 도망쳐 버렸어. 눈에 불을 켠 최성무가 쥔 브라우닝 7연발이 너무나도 흉측했던 거야.

김산의 손에는 폭죽이 든 가방이 쥐어 있었지. 저격 소음이 멀리 퍼지기 때문에 너무 깊은 밤 시간은 피하는 게 원칙이었어. 그리고 저격 소음을 감추려고 대통에 든 폭죽을 신입이 터뜨려주곤 했어.

최성무는 큰방 문을 크게 한 번 발로 내질렀는데. 쾅! 방문은 뜯겨 나가지 않았어. 김산은 오히려 큰방에서 오다케가 쏜 총알이 날아오지 않을까 신경이 곤두서 있었지. 다시, 쾅! 오다케는 죽음을 각오해 왔을까? 한 번 더, 쾅! 아나키스트 오다케는 왜놈들한테 왜 동지들을 팔아넘겼을까? 쾅! 오다케한테는 어떤 행복이 있었을까. 자기 낙원을 꿈꾸었을까? 쾅! 큰방 문 쩌귀가 크게 덜컹거렸어. 모두들 자기 낙원을 향해 몸부림치면서 달려가는데…… 쾅! 드디어 큰방 문이 날아갔지. 최성무의 시야가 뻥 뚫렸어……. 왜 그 낙원으로 가는 모습은 이토록 사납고 피비린내 나는 것일까? 김산은 생각했어.

최성무가 총을 든 팔을 쫙 뻗으며 큰방 안으로 들어섰어. 김산은 폭죽을 꺼내 창문 밖으로 내밀고 성냥을 들었어. 그러면서 그는 혹시라도 최성무가 뭔가 잘못 알고 있거나, 오다케가 불구가 된 누이를 부양해야 하는, 그런 처지가 아니기를 빌었어.

큰방으로 들어선 최성무는 이불장을 열어보았지만 아무것도 없었어.

"오다케!"

최성무의 고함은 노여움이라기보단 불안감에서 나온 것이었어. 그는 열린 창을 보더니 낙담한 얼굴이 되었어. 그러고는 벽들을 걷어차기 시작했어. "오다케! 오다케! 오다케!" 그랬는데 갑자기 빠직! 하는 소리가 터져 나왔어. 벽지를 덧대 위장한 나무 문이 깨지면서 오다케의 얼굴이 나타난 거야. 겁에 질려 사시나무처럼 몸을 떨고 있었지. 그 컴컴한 벽장 속에서 하얀 면도 거품도 제대로 닦지 못한 채, 벌벌벌벌 떨면서 말이야. 눈 아래 두덩과 아래위 입술이 퍼렇게 물든 채 푸들푸들 경련을 일으키고 있었어. 그는 정신없이 손을 비벼대면서 뭐라고 변명을 해댔지만 김산은 도무지 아무것도 귀에 들리지가 않았어.

"뭬! 네놈 거짓말에 넘어갈 내가 아니다! 네놈 밀고질에 죽어간 동지들의 영령들이 이 총구 위에 서 계시다!"

"아닙니다요! 아닙니다요! 제가 밀고를 했다니 천부당만부당한 말입니다요!"

"듣기 싫다!! 이놈! 그 말이 그 말 아니냐! 네놈이 비적 떼의 명단이라고 불렀던 이름들 때문에 얼마나 많은 희생이 있었느냐. 너 같은 놈 때문에 시간을 낭비할 순 없다. 순국선열들과 민족 해방 투쟁의 이름으로 너를 처단한다! 산이, 뭐해!"

김산은 완전히 얼어붙은 채로 폭죽에 불을 붙였어. 그는 오다케를 죽이고 싶지 않았다.

아무리 해도 도화선에는 불이 옮겨 가지 않았어. 습기가 긴 것이었어. 김산은 당장 등 뒤에서 일본군이라도 나타날 것처럼 조급해졌지. 김산은 급히 다른 폭죽을 꺼냈어. 이제 정말 한 사람의 죽음을 불러와야 하는 걸까. 팍, 성냥을 긋자 유황 냄새가 다가왔어. 이번에는 도화선이 김산의 갈등도 모른 채 기다렸다는 듯이 불길을 받아 삼켰지. 김산은 폭죽을 창밖으로 쑥 밀어냈는데.

불씨들이 일제히 화다원 거리 위로 솟아서는 힘찬 폭음과 함께 형형색색의 불꽃들을 만들어냈어. 거리의 아이들이 무슨 일인가 하고 하늘에 핀 빛깔의 개화(開花)를 올려다봤지. 멀리 채소 가게 노인과 생선 가게 아줌마들도. 그러나 그 사이에 단호하게 터져 나오는 총성이 있었어. 그리고 그 직전의 절박한 비명도. 살려 주세요! 김산은 여전히 하늘을 수놓고 있는 불꽃들을 망연하게 바라봤어.

우리들의 낙원은 저토록 아름다운데…… 거기 가는 길은 왜 이토록 피로 얼룩져야 하는 걸까.

최성무는 타월에다 피가 튄 총열을 황급하게 닦아내고 있었어. 큰방의 숨겨진 벽장에는 그윽한 마른 풀 향기가 없었어. 톱풀도, 샐비어도, 치자 열매도, 금지된 '불령선인의 책'들도. 대신 얼굴이 으께져 눈, 코, 입, 귀를 구분할 수 없는 오다케가 도살된 짐승처럼 널브러져 있었어. 역한 피비린내가 물씬했지. 그는 여전히 울부짖으며 살려 달라고 애원하는 것처럼 보였어. 그의 얼굴에 난 커다랗고 시커먼 구멍에선 핏줄기가 솟아 나와 면도 거품을 물들이고 있었지.

"김산! 뭐 하나! 빨리, 뛰어!"

최성무는 벼락처럼 고함지르고 계단을 내려갔지. 김산은 그와 끈으로 묶인 사람처럼 따라갔어. 상해의 좁은 골목을 몇 번이고 꺾어가며 급하게 달리면 달릴수록 김산의 머릿속에 들어 있는 또 다른 김산은 수없이 늘어선 벽장문들을 열어젖혔지. 그럴 때마다 문 안에서 나타났어. 총을 맞은 몰골, 불타는 책들, 눈을 부릅뜬 시체, 쾨쾨한 책들, 목이 날아간 시신, 곰팡

이가 슨 책들……. 달리면서 김산은 어느 순간 상해의 막다른 벽에 머리를 박은 채 뜻도 없는 비명을 지르고 싶었어.

아, 아, 아, 아!

그는 실제 눈감고 귀를 막은 채 고함을 내질렀지.

바로 그때 보였어. 영롱하고 그윽하게 빛나는 상자 속의 정원이! 아아! 어느 벽장에 있었나! 그 어린 시절의 벗과 함께 꿈꿨던 낙원이! 세상 어딘가에 있다던 낙원이! 그는 인적 없는 길에 서고 말았어.

아아, 항쟁은 계속돼야 한다. 하지만 사람 죽이는 일이 나에게는 너무나 힘들구나. 사상의 살기는 아무리 해도 내게 될 수 없는 게 아닌가.

걷고, 또 걷고, 상해의 뒷골목을 새벽까지 걷던 김산의 머릿속에 어느 순간 상자 속의 마을이 나타나 천상의 꽃처럼 빛났어. 하코니와 속의 그 마을이. 바로 지금 이 수목원이. 김산은 100년 뒤를 준비하는 사람이 되기로 한 거지. 저기 금모래가 반짝이는 강변과 흰 버섯이 자라는 측백나무 숲을 만드는 사람, 노루가 잠든 풀밭과 고라니가 날아오르는 골짜기를 가꾸는 사람이 되기로…….

강신영의 얼굴이 피부 안에서 불을 밝힌 듯이 환해졌다. 자기 이야기를 마침내 다 끝낸 사람 같았다.

교르르르— 삐요오— 섶 다리에 앉은 호반새의 울음이 멀리 강물 위에 퍼져나갔다. 강신영이 물었다.

"이제 그 아이들은 서울에 다 갔겠지?"

"그렇겠지. 세 시간이 다 돼가는데."

"아까, 너, 그 아이한테 준 게 뭐니, 대봉투에다 담아서?"

"아, 유근이한테? 그거, 내가 쓴 거, 「생물들의 감각세계」."

"아, 무슨 꿀벌하고, 잠자리, 돌고래 나오는 그 이야기? 이 친구야, 그걸 그 아이가 어떻게 이해하겠어?"

"지금은 모르겠지. 하지만 나이가 들면 한 번쯤 읽어볼 거야. 내가 슬쩍 생각날 거고, 나는 그걸로 좋아."

"이 친구가 싱겁긴. 그 아이는 풍뎅이들은 다 풀어줬을까. 네가 잡아준 풍뎅이 말이야."

"아마 그럴 거야. 지금쯤 정원에 다 풀어줬을 거야. 반딧불이도 날려줬겠지. 그 옥상정원에다. 거기는, 그 아이의 보금자리니까."

꿈을 꾸듯 웃고 있는 김범오의 손바닥으로 김산을 추모하는 지등(紙燈)의 불빛이 떨어졌다. 금록색 광택이 나는 풍뎅이가 그 손 위에 날아와 앉았다.

PARADISE GARDEN

Epilogue
에필로그

PARADISE GARDEN

에필로그

•• I

우주의 한가로운 길손 하나
집 떠난 지 세월도 오래구나
도원의 꽃과 대〔竹〕 이 내 꿈이요
풍악의 물과 구름 이 내 마음일세
宇宙一閑客 離容歲月深
桃源花竹夢 楓嶽水雲深
　　　 ― 서산(西山)대사, 「무상거사(無相居士)에게 주는 시」

두 사람은 동강(東江)이 큰 폭으로 휘는 물굽이에 보트를 잠시 댔다. 거기는 소나무들이 자란 바위섬과 빛나는 흰 모래톱으로 이뤄진 연못 같은 곳이었다. 보트는 거기서부터 낮은 엔진 소리를 내며 상류인 주천강 쪽으로 물을 거슬러 올라갔다.

물길을 한 번 꺾을 때마다 비경이 계곡 사이와 수면에 함께 벌어져 번쩍거렸다.

서울서 온 김도영은 거무스레한 강변의 암벽에 크고 작은 동굴들이 너무 많아 놀랐다. 보트가 지나가는 물 아래에도 있었다. 저 위의 동굴에는 새들이, 좀 아래로는 수달이, 수중의 굴로는 자라가 드나드는 게 보였다. 군청에서 일하는 이혜경이 여기저기 배를 대고 나비를 잡는 동안 김도영은 동굴들을 100개까지 헤아리다가 숫자를 잊어버렸다. 청령포와 뒷개를 지나자 이혜경은 눈을 반짝거리더니 저기 모래톱 쪽으로 배를 천천히 몰라고 했다.

모래톱의 물밑에는 가을을 열 번 정도 맞은 듯한 단풍들이 누워 있었다. 녹이 오래 슨 금속처럼 적갈색인 것도, 물이끼들이 잔뜩 앉은 것도 있었다. 4월의 태양은 물속에 흰 광선으로 살고 있었다.

고요한 정적이 10초도 넘게 지나갔다.

"아아이!"

헛나간 포충망이 수면을 스치자 이혜경은 강변의 포플러나무 쪽을 쳐다봤다. 나뭇가지 사이에 까치들이 지어놓은 둥지가 보였고, 나비 한 마리가 날고 있었다.

"놓쳐 버렸구나. 좀 특별해 보이네."

김도영이 말했다. 다홍색 바탕에 붓으로 점을 꾹꾹 찍어놓은 듯한 나비였다. 날갯짓이 굳세고, 나는 게 빨라, 탈속한 사내 같았다.

"들신선나비야. 고산(高山)나비. 겨울에는 도리어 높은 산으로 올라가니까."

"승천하는 거네."

"승천? 글쎄, 후훗. 나비들은 다 여자 같은데. 좀 씩씩한 남자 같은 나비야."

"날개가 다 해진 것 같아."

"눈보라 속에서 지냈을 테니까. 그래도 살아왔네. 고산에 올라가면 거의 다 죽는데."

"저건 뭘까?"

"뭔데?"

나비가 앉았다 날아간 낡디낡은 바구니를 이혜경이 포충망으로 슬슬 끌어당기자 김도영이 건져 올렸다.

"이건 바비 인형이잖아?"

"옷이 다 벗겨져서 김도영 좋아하겠다."

"어휴. 어디를 이렇게 떠다녔냐. 응? 이브닝드레스는 다 찢어지고, 금발은 다 잘리고. 여기 팔다리에 상처 좀 봐라. 어휴, 불쌍해라."

서른이 다 된 김도영이 바비 인형을 끌어안기라도 할 듯이 진지하게 슬퍼해 주자, 이혜경은 소리를 내서 키득키득 웃었다.

"애인들 많았을 거야. 자라도 있고, 두꺼비 수달도 있고. 저기 바구니에 검은 털도 있다. 지 애인이 떼 주고 간 모양이야."

김도영이 여자를 흘겨보았다.

"너는 너무한다. 이 봐라. 세파에 얼마나 시달렸으면 이렇겠냐. 그나저나 도대체 애는 바구니를 타고 어디로 가려고 했던 걸까?"

이혜경은 회룡포까지 간다고 했다.

"거기 건너편에는 마을이 있어. 처음 영월에 왔을 때 그 마을이 있던 수목원에서 나비를 참 많이 잡았었는데."

그녀는 어떤 나비는 날아가는 돛단배처럼 생겼다고 했다. 생김새가 단풍잎이나 불꽃, 뱀눈이나 쇳조각 같은 것도 있다. 제비나비는 자개장롱의 그림 속에서 날아온 것 같다. 나비 수집은 한번 빠져들면 헤어 나오지 못하는 중독성 같은 게 있는 것 같았다.

따스해진 봄 공기가 수면 위에서 떠오르고 있었다. 김도영은 상류로 갈수록 숨통이 트이면서 날아오를 것 같았다. 물거울 위로 날아다니는 나비들이 울긋불긋했다. 이혜경이 말했다.

"쟤네들 좀 봐. 꼭 꿈을 꾸는 것 같아."

"이런 데서 산다는 게 꿈 같은 거 아니니? 나도 빨리 여기 와야 되는데."

김도영이 서울에서 하는 일은 하수 점검이었다. 나쁜 냄새를 막는 방취(防臭) 마스크를 끼고, 캄캄한 대형 하수로 속을 한나절 순회하다가 지상으로 나오면 곧장 쓰러질 것 같았다. 랜턴 앞에 번들거리는 온갖 검은 물들. 병든 시궁쥐라도 한번 발 위로 지나가면 그는 비명을 질러 탈진하다시피 했다.

그러던 그가 지금 보고 있는 것은 정말 선경(仙境)이었다.

이혜경이 서울에서 일하다가 과감하게 영월로 옮겨 온 게 부러웠다.

보트가 검은 치마처럼 펼쳐진 절벽을 지나 한참을 달리자 물밑에 잠긴 모래밭이 넓게 보이고, 작은 섬 위에 솔숲이 있는 곳이 나왔다. 김도영은 소나무 섬에 가까운 물의 가장자리로 배를 몰고 갔다. 물밑의 모래밭에서 놀던 송사리 떼가 배를 피해 재빨리 흩어졌다.

"여기 어디쯤에 회룡포가 있었는데."

이혜경은 머뭇거렸다.

"마을하고 복숭아밭이 있었다며. 혹시 저기 아냐?"

반대편 강안에는 커다란 은행나무가 물결에 흔들리는 장대한 그림자를 떨어뜨리며 서 있었다. 조금만 더 물이 차면 밑둥치가 잠길 것 같았다. 좀 더 멀리로는 형해만 남은 2층의 목조 건물이 투명한 봄볕 속에 을씨년스러웠다.

"글쎄, 복숭아밭은 왜 없지? 우리가 모르고 벌써 지나왔나?"

그녀는 고개를 저었다.

"아냐, 아냐. 틀림없이 이 근방인데. 저기 저 댐인가?"

공사를 하다 만 것 같은 물막이 댐 너머로 시원한 수증기가 피어올랐다.

"아, 성림건설이 지었다는 댐. 그래서 다 수몰된 거 아냐?"

"아냐. 마을은 아직 수몰 안 됐어."

"사람들은 다 나갔다며. 부지는 코르젠이 갖고 있고."

"너 어떻게 아니?"

"나, 거기 취직하려고. 그래야 나도 여기 올 거 아냐."

"그럼 정말 좋겠다. 그런데 쉽게 될까?"

김도영이 이혜경의 손을 잡았다.

"아냐. 해볼 거야. 아버지가 거기 사장하고 초등학교 동창 이래."

"정말? 사장이 누군데?"

"서병로 사장, 1월에 됐는데. 학교 때도 그렇게 똑똑했대."

"그래? 시험은 언제래?"

"곧 한대. 골치 아픈 게 지나가면. 수목원 사람들이 소송을 걸고 있대. 부지 양도가 무효라고."

"아, 생각난다. 무슨 손해배상 소송도 걸고, 사람도 죽어서 문제라던데."

"순 억지래. 보상 많이 받으려고."

"늘 그렇지 뭐. 그럼, 우리 한번 제대로 찾아보자. 사진도 찍게. 저건 댐이 아니라 돌무더기 같다."

보트가 느릿느릿 떠가자 배 그림자가 물속의 섶 다리 위를 구불거리며 넘어갔다. 섶 다리 위를 지나가는 물고기 떼의 비늘들이 비단의 무늬처럼 번쩍거렸다.

"자, 좀 더 위로. 회룡포는 특이하니까. 물이 찼어도 금방 알아볼 거야."

그녀가 가속 레버를 당기자 물살이 뱃머리에서 투명한 날개처럼 펴졌다. 그녀는 대(竹)가 반 너머 빠져나간 바구니를 뱃머리에서 들어 보였다.

"이건 버리자."

"아, 안 돼! 도대체 왜 그래?"

"이거 서울 가져갈 거니? 왜 이 불어터진 인형에 관심이 그렇게 많아? 너 군대 갔다 온 거 맞아?"

이혜경은 바구니를 집어 던졌다. 바구니는 강 양쪽의 허여멀쑥한 병풍바위들이 바싹 다가선 하협(河峽)에 떨어졌다. 물살에 밀려 금세 멀어져 갔다.

"그래도 불쌍하잖아."

김도영은 뱃전에 손을 얹었다. 어느 결에 나타났는지 아까의 다홍색 나비가 물 위의 바구니를 따라가는 걸 물끄러미 바라봤다. 들신선나비였다. 나비는 물살을 떠가는 바비 인형 곁에 내려앉더니 그의 시야에서 천천히 사라져갔다.

••2

팔십 년 전에 그대는 나
팔십 년 후에 나는 그대
八十年前 渠是我
八十年後 我是渠

—서산대사, 「자찬(自贊)」

별들이 성운이라 불리는 우주의 안개 속에 생겨나듯 태아는 양수(羊水)라 불리는 자궁의 물속에서 자라난다.

강세연은 목련이 핀 봄날의 아침, 허리에서 저릿한 진통이 시작되자 이제 양수가 자기 몸 밖으로 빠져나가는 물길이 생길 거라고 여겼다. 그것은 아기가 빠져나가는 길이기도 했다. 이제까지 아홉 달을 기다렸다. 그녀는 기뻤다. 손가락으로 그려보던 얼굴을 이제 곧 눈앞에서 볼 수 있게 된 것이었다. 봄눈이 덮인 잎사귀 위에, 산부인과 옥상의 환풍기 위에, 비 오는 날 지나가는 행인의 우산 위에 그러곤 했던 얼굴. 이제 볼 수는 없지만 늘 곁에 있는 것 같은 그 한 사람의 얼굴. 진통이 골반에 가해질 무렵 늘 웃고 다니던 당직 간호사가 강세연을 휠체어에 태워 분만실로 옮겨 갔다.

강세연은 서른다섯 살이었다. 그녀의 뺨과 목덜미는 부어 있었다. 그녀는 태임을 알게 된 뒤부터 슬퍼해 본 적이 없었다. 비애는 그녀의 것이 아니었다. 그녀는 이제 어머니가 되려고 했다. 기대와 의지가 그녀의 것이었다. 간호사가 그녀를 수술복으로 갈아 입히고 나자 그녀는 분만대 머리맡의 손잡이에 묶인 광목 천을 손에 감았다. 그리고 주먹을 쥐었다.

누가 어머니의 몸속에서 북채를 쥐고 있을까, 혈관이 맥박치는 소리. 누가 어머니의 몸속에서 놋종을 흔들고 있을까, 내장이 움직이는 소리. 그리고 어머니의 목소리, 어머니가 배를 눌러보는 소리.

소리들이 오가는 자궁이 이제는 좁았다. 태아의 머리와 무릎이 맞닿을 정도였다. 시간이 되었다. 힘차게 움직이기 시작한 자궁의 내벽이 아기의 등을 두드렸다. 손가락 끝에 지문이 다 만들어졌다. 시간이 다 되었다. 세상으로 나갈 시간이.

아기의 머리 앞으로 산도(産道)가 벌어졌다. 사막에 강이 생기고, 바다에 길이 열리듯이 그렇게 벌어졌다. 이어 양막이 고요히 터졌다. 양수를 담고 있던 얇고 하얀 막이다. 아기는 마치 허물을 벗어내는 나비처럼 양막을 내려놓았다. 양막의 터진 틈으로 양수가 쏟아져 나갔다. 길고 둥근 통로를 따라 흘러 나갔다.

그리고 커다란 힘이 시작되었다. 아기가 도무지 거역할 수 없는 크나큰 인력(引力)이 길고 둥근 통로를 따라 뻗쳐 왔다. 그러나 아기는 그 통로가 갑자기 무서워졌다. 그토록 오랫동안 자기를 어루만져 온 물의 온기를 대신해 나타난 그 미지의 통로가. 우주가 하나의 자아(自我)에게 열어놓은 그 통로가. 그 끝에 온통 빛의 갈기가 일렁이는 통로가, 눈을 제대로 뜨지도 못할 만큼 환한 빛이 출렁거리는 통로가.

아기는 여전히 눈을 감고, 입도 다문 채 버티기에 들어갔다.

그러나 강세연은 분만을 위해 턱을 당기고 온 힘을 다 쏟았다. 손에 찬 땀이 광목에 묻어나고, 핏줄이 목에 떠올랐다.

어머니와 아기를 화해시키는 빛의 역사(役事)는 부드러웠다. 따스한 힘이 한결같이 아기에게 가해졌다. 마침내 서서히 끌어당겨졌다. 아기가 빛의 막을 향해 산도를 다시 미끄러져 내려가기 시작했을 때 거대하고 따스한 손이 그 통로의 끝에서 기다리고 있었다. 무영등의 빛을 받아 온통 하얗게 반사되는 의사의 손이었다. 그리고 채색된 삼라만상이 기다리고 있었다. 아기는 그 무한한 빛과 상봉하기 위해 젖은 배냇머리로 통로의 끝을 향해 힘차게 힘차게 나아갔다.

작가의 말

　나는 넥타이 매는 법을 이제 배우고 싶다. 나는 얼마 전까지 신문사의 문학 담당 기자였다. 1월에는 신춘문예 시상식이 있는데, 올해도 그랬다.

　나는 6년 전 결혼식 상견례 때 아우가 매듭을 만들어준 넥타이를 꺼내 매고 시상식 사회와 진행을 맡았다. 아침에는 꽃과 잎이 커다란 양란 화분들을 구해다 놓았다. 모던 국악을 하는 이들에게 축하 연주를 부탁했다. 수상자는 아홉 명, 그들을 기쁘게 해주고 싶었다. 오래 남는 축복의 시간이 되게 해주고 싶었다. 식장에는 내가 10년간 보아온 어느 신춘문예 시상식보다 많은 하객이 찾아왔다. 나는 수상자들에게 차례차례 인사했다.

기자들은 바쁘게 산다. 시상식이 끝난 후 30분가량 지나자 부서의 회의가 열렸고, 나는 거기서 회사를 그만두겠다고 밝혔다. 모든 소리가 결빙되고, 기침하는 사람조차 없던 그 길고 적막한 다음 순간이 잊히지 않는다. 미안하다.

회사를 떠나면서 주먹 속에 쥔 휴대전화의 버튼을 눌러 착발신을 정지시켰다.

책 읽는 일을 직업으로 하면서 어느 순간부터 완전히 다른 소설을 써보고 싶었다. 완전히 다른 질료와, 완전히 다른 화법까지 기꺼이 수용해서 이야기의 근육으로 만든 소설. 이야기의 두뇌와 몸뚱이, 피부가, 달리는 말처럼 하나가 된 소설. 백이면 백 개의 챕터가 저마다 눈동자나 손가락처럼 스스로 완성돼 있는 소설. 그래서 바둑 기사처럼 숙고하면서 말(馬)을 만들어보려고 했다. 정밀하면서도 역동적인 그 어떤 드라마가 분명히 머릿속으로 지나갔다. 하지만 글이 거의 다 정리돼 버린 지금, 사실은 모든 게 우연하게, 사적(私的)으로 만들어졌다는 걸 나는 안다. 거기, 이 길로 나선 사람의 막막함과 두려움, 그리고 슬픔 같은 게 있다.

작가가 됐다는 소식을 들었지만, 큰 기쁨이 찾아오지는 않았다. 유쾌한 웃음이 나오지도 않았다. 산에는 싸리 꽃이, 아파트에는 산수유가 피었다. 일부러 걸어가는 하굣길 한 시간, 적막한 벚나무 아래 앉아 하인리히 뵐을 읽던, 지금 내 나이의 절반도 안 되던 소년이 잠시 보였다가 지나갔다.

기사를 쓰면서 업(業)을 쌓고 있다고 생각했다. 이제는 사실이 아닌 일로 진정을 추구해야 하는 세계에 들어왔다. 나는 묻고 있었다. 너는 과연 원하던 곳으로 찾아왔는가.

바라던 저 너머로 가는 산속에 들어섰다고 대답했다. 기꺼이 진흙 구덩이를 열겠다고, 돌 비탈을 올라가겠다고. 하지만 이렇게 시작한 싸움을 언젠가는 끝낼 수 있게 해달라고, 그 뒤에는 정녕 작은 안식이라도 달라고. 들어주는 이 없는 말을, 읊조렸다.

파라다이스 가든 2

1판 1쇄 찍음 · 2006년 7월 28일
1판 1쇄 펴냄 · 2006년 8월 4일

지은이 · 권기태
편집인 · 장은수
발행인 · 박근섭
펴낸곳 · (주) 민음사
출판등록 · 1966. 5. 19. 제16-490호
서울시 강남구 신사동 506번지 강남출판문화센터 5층(135-887)
대표전화 515-2000 · 팩시밀리 515-2007
www.minumsa.com

값 9,500원

ISBN 89-374-8095-6 04810
ISBN 89-374-8093-X (세트)